JN106899

断層の昭和

偽りの沃野

土屋 伸
TSUCHIYA Shin

文芸社

目次

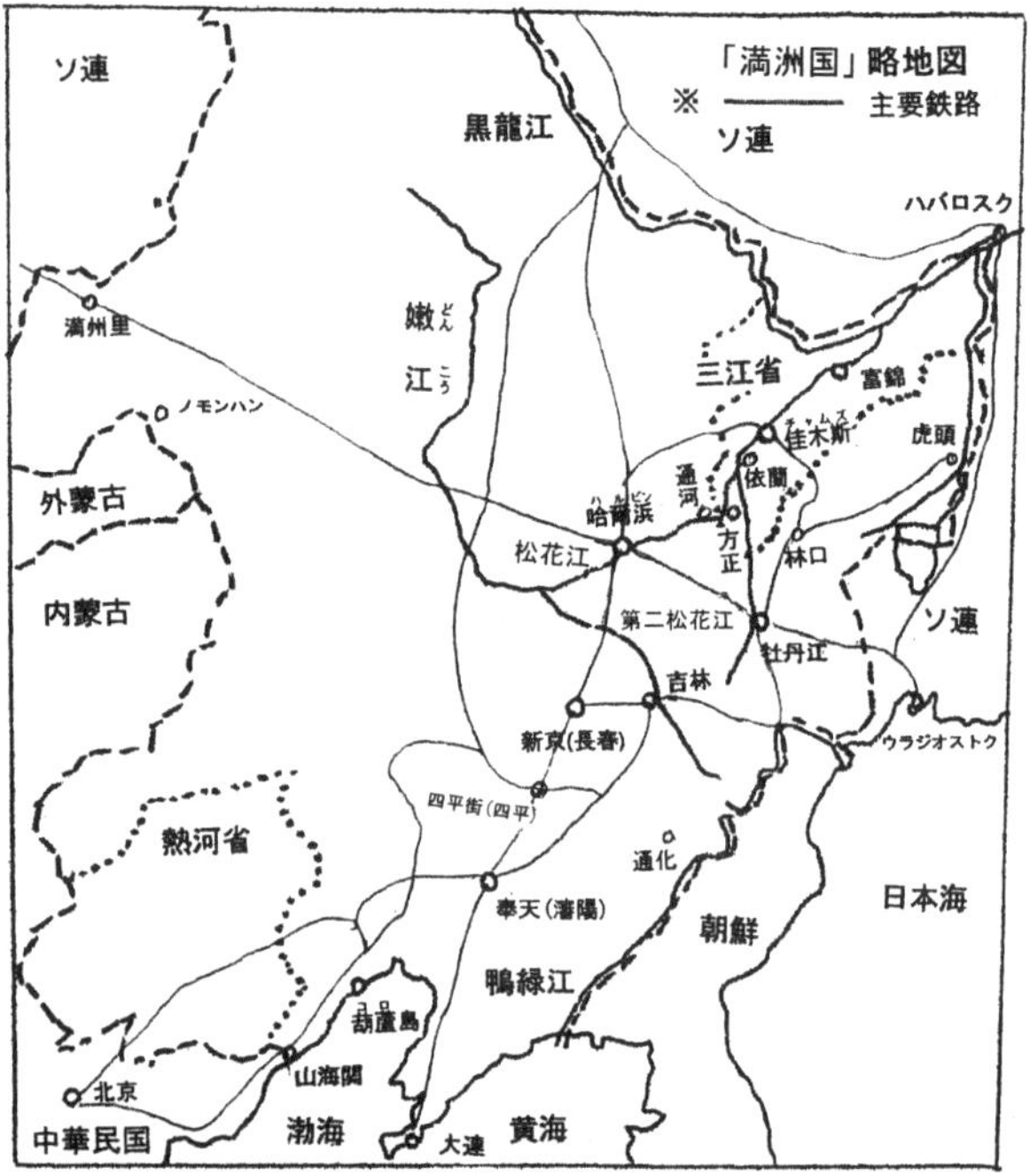

※作中の主要な舞台となる「清家屯」「清家鎮」は作者が創造した架空の地名です。

1939年頃の　哈爾浜《ハルビン》市街略地図

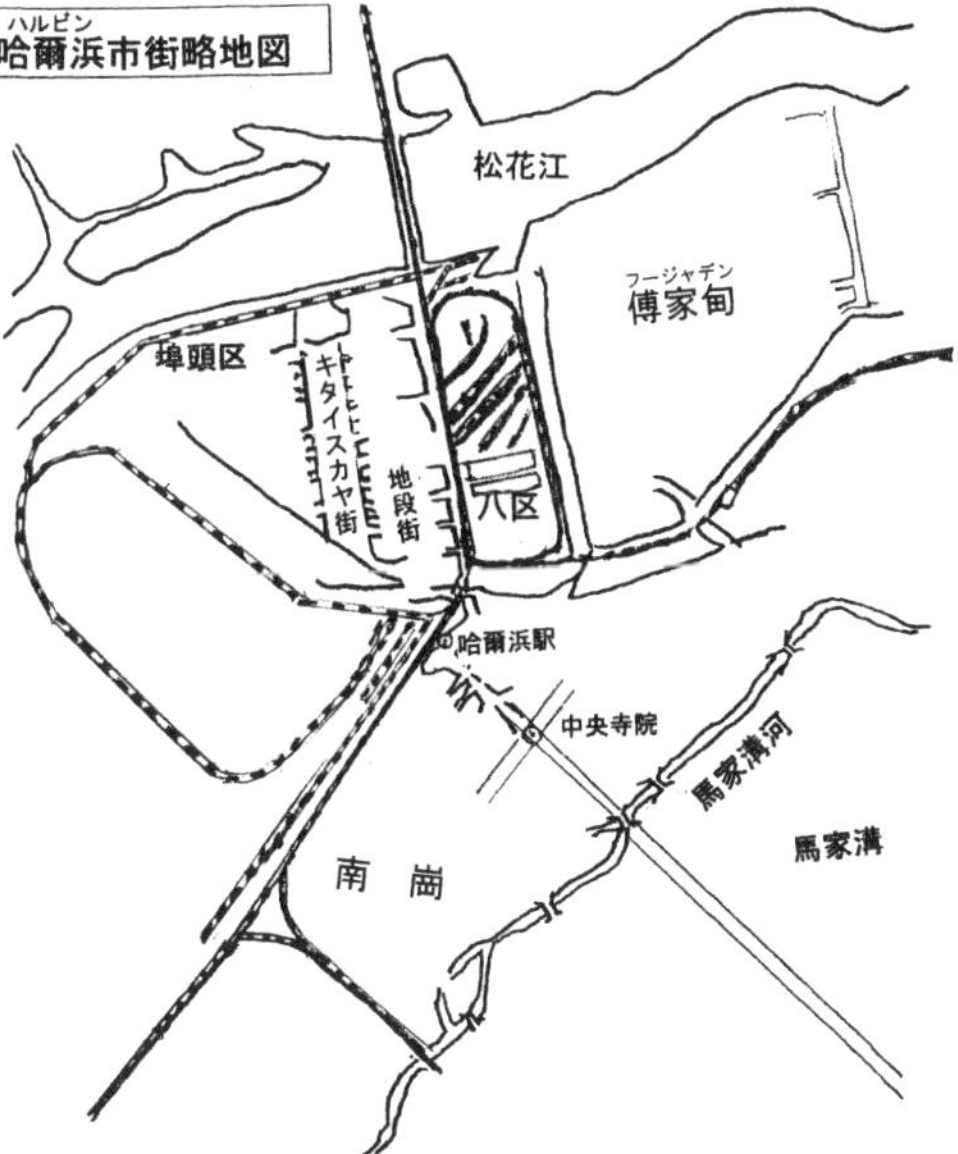

一　マンジュグルンの虹

マンジュグルン、漢字表記では満洲国。現在の中国東北部である。マンジュは、もともとは民族名であったが、後に満洲族の故地の呼び名となった。グルンは満洲語で集落、集団、転じて国家の意を表す。

一九三二年（昭和七年）に建国した大日本帝国の傀儡《かいらい》国家満洲国は、マンジュグルンを偽って名乗った偽《ぎ》満洲国であるとして、今日の中国、台湾では認めていない。

マンジュグルンの北部、女真・満洲族の要衝として歴史に足跡を残してきた地がある。十九世紀末、ロシア帝国による東清《とうしん》鉄道の建設が始まると、この地に都市が生まれ、欧州の文化が入り、大きく変貌した。その都市の名は哈爾浜《ハルビン》（哈爾濱）、戦前の日本人は、ハルピンと呼んでいた。

哈爾浜をゆったりと流れる大河。帆を張った船がゆっくりと川面を下っていく。多くの小舟が対岸を行き交う。外輪船がけたたましく水音を立て、上っていく。まさか、と思うほどの大きさの内陸航路の貨客船が停泊し、乗船客を運ぶランチが埠頭を離れる。

松花江である。満洲語でスンアリウラ「天の河」と呼ぶ。当時のロシア人たちはスンガリと呼び、住んでいた日本人もそう呼んでいた。

この年の松花江の解氷は、例年になく早かった。これは毎年のことだが、川面の氷結が緩み始めると氷の裂け目が次々とでき、それこそ、あっという間に氷の流れに変わる。

川岸に繋がれていた大小の船が、待ちわびたように動き出す。ただ、まだ冬の眠りから覚めやらないのか、その動きはぎこちなく、緩慢だ。それでも、三日もたつと哈爾浜の埠頭は、五ヶ月ぶりの活気が戻ってくる。

つい先ほどまで降っていた春を呼ぶ雪交じりの雨は、止んでいた。薄日が差し始めた。運航が再開された港に春の空気が漂っていた。埠頭は賑わっていた。松花江を渡る風は、ほんの微かだが春の温もりさえ感じられた。

松花江の彼方《かなた》、東の空に黒く重い雲が横たわる。稲妻が一筋走った。しばらくして、雷鳴が遠慮がちに届いた。

一九四一年（昭和十六年）四月半ばの頃だった。

羽織った将校用のマントの下、少佐階級章を付けた軍服姿の男は、それが着なれないのか、少し窮屈な様子だった。もう一人の中年の男が、それを茶化すと、あなたの国民服姿も無理に着せられたように見えると言い返した。

外套を手にした国民服の男は、将校より歳《とし》が一回り上だった。

「自分は軍人が嫌いです」

将校は真顔《まがお》で言い、軍帽を取った。彫の深い整った顔立ちだった。

「正直すぎるな。あの軍のなかで、よくやってこられたものだ」

男の左頬には斜めに走る傷跡があった。男のいかつい顔に不吉が張り付いているように見えた。

「そう思っても、自分の頭に留まっている限り、つまらない譫言《うわごと》ですよ」

「お前の特務工作も頭の中で踊っていただけのことか」

皮肉な響きはなかった。憐れみ？　男は自問したが、口には出さなかった。

「作戦参謀も俺たちの機関は幻の機関だったと笑っていました。資金源として若干の役割があったから、関東軍中枢は我々を黙認し、泳がせていたにすぎません」

「あんたの軍人嫌いの源は、なんだ」

「答えは簡単です。軍人がいないほうが世の中、平和だからです。自分が言っても、天に向かって唾を吐くようなものですがね」

「軍人を排除するということか。だが、排除する側が権力を得たら、その力は手放さないだろう。どちらしても軍人は残る。所詮、言葉の遊びだな」

男は苦い表情で続けた。

「軍人は独りよがりの考えを弄《もてあそ》ぶうちはいいが、暴力装置を前にしていると、その考えが唯一絶対だと思うようになる。その傲慢不遜さは性質《たち》が悪い。挙句にその装置を使うことに執着し、一歩を踏み出す。正義と称し、愛国と称してな」

将校は苦笑しながら聞いていた。

「あんたが自決しやすいよう、これを贈ろう。指揮官が手っ取り早く自決すれば、兵は死ななくても済む」

男は外套のポケットから無造作に銀色のブローニングを取り出すと、将校に差し出した。

「形見ですか。故障しないという優れ物ですからね。確かにその時の役に立ちます。それでは私のも受け取ってください」

将校はマントのポケットからホルスターに入った十四式拳銃を出した。

「いらん。必要ない」

「あなたは何時《いつ》命を狙われても不思議ではない。護身用です。というより、私の形見として受け取ってください」

男は苦笑しながら、ホルスターごと拳銃を受け取った。

「おとなしく百姓をやることです」

将校は真顔で言った。

大型の外輪船が水音をけたたましく立てながら、近づいてきた。接岸に備え、船員たちがあわただしく立ち働いていた。船員が舫い綱を投げると、埠頭の作業員が係留杭に引っ掛けた。船はゆっくりと接岸した。二人は黙ったまま、その光景を見るとはなしに眺めていた。

「満洲に骨を埋めるんだったら、百姓になって根をおろすことです。それと、家族を持つことです」

将校が、笑みを浮かべながら言った。

「一回り歳下のあんたがいう科白《せりふ》ではないぞ。中国人を追い払った土地で、開拓者面して五族協和の御託《ごたく》を並べる身にはならん。すぐに戻るさ」

「戻ってきたら、今度は本当に消されますよ。どの特務もあなたを嫌っているのは確かです」

「関東軍の思い通りにならん」

「甘いですよ。あなたがここまでやってこられたのも関東軍の後ろ盾があったからですよ。あなたに言わせれば、俺を利用して、さんざん利益を得たと言いたいでしょうがね」

「いや、俺はそんなこと言わん。俺がやってきたことは関東軍のためでもない。俺がやると決めたからだ。汚い仕事でもだ」

「関東軍の掌《てのひら》で踊っていただけです」

「俺のことより、あんたはどうなる」

「私ですか、恐らく中支にいる原隊に復帰でしょう。戦線拡大は時間の問題です。永の別れになるでしょう」

「関東軍が自分勝手に始めた戦争が、誰も、どの組織も制御できずに、拡大していく。あの国の統治能力のお粗末さには、呆れるばかりだ」

男が外輪船に乗り込むとき、将校は言った。

「特務のいくつかが、あなたを消したがっていたのは確かでした。それをやると満洲の黒社会《くろしゃかい》が反関東軍で動くと警告しておきましたよ。広げた風呂敷は大風呂敷ですがね。おとなしく百姓をやるんですね」

外輪船は岸を離れた。将校の目に外輪船の長い煙突、そして、その先の鉄橋が映り、さらに視線は彼方の天空に移った。

将校の表情に、穏やかな笑みが浮かんだ。鉄橋のはるか彼方、松花江の上空に虹がかかっていた。将校は飽かず目をやっていた。

その虹の下に向かう男の将来を、将校は思いやった。吉と出るか、凶と出るか。外輪船は、ゆっくり下って行った。

三年後、将校は、スコールが過ぎ去ったジャングルの樹間から覗く虹を仰ぎ見ていた。俺のほうは、とりあえずは凶と出ましたよ、とはるか海の彼方、満洲の空の下の男に呼びかけるように、呟いた。昭和十九年七月七日、サイパンの日本軍が壊滅した日だった。それでも、まだまだ、吉に転じる芽は残っていますがね、とさらに呟いた。

将校は生き残った四十三名の兵士に出発を命じた。玉砕しない、降伏しない、生き抜くために戦う、将校は満洲のあの時のように、穏やかな笑みを浮かべた。将校が指揮する残存部隊は、ジャングル奥深く入って行った。

二　清家屯伊那谷郷開拓団

原口伊三郎が北満の三江省《さんこう》（現在の黒竜江省、吉林省の一部）通河県《つうか》、清家屯《せいかとん》伊那谷郷開拓団の地に赴いたのは、昭和十六年四月二十日だった。開拓団が清家屯に入植して四年後のことだ。新たに団長補佐という役職ができ、原口が就いた。

しかし、実際は原口を開拓団に入れるために作られた地位だった。このことを知る者は、開拓団には誰もいなかった。団長の西澤庄一も知らない。

通河県公署から西澤に、団長補佐の役職の設置とそこにあてがう人物について、近々に日本の拓務省《たくむ》から指示があるということが、口頭で伝えられた。

そして、一週間もたたないうちに、拓務省の指示書と本人宛の辞令が長野県拓務課を経由して届いた。

指示書には原口伊三郎を清家屯伊那谷郷開拓団団長補佐とするという短いものだっ

た。

　あまりに早い指示に、西澤も驚いたほどだった。しかし、それは一月前に作成され、すでに通河県公署に届いていた。

　それから三日後、原口伊三郎が開拓団にやってきた。

　翌日の午後、原口の着任式が本部に隣接する小学校の講堂で行われた。開拓団の三つの部落、中央部落、西部落、北部落の成人男子全員が集められた。

　西澤、原口とも国民服に身を包んでいた。西澤と並んだ原口は、優に西澤の首一つ分背丈が高かった。六尺（約一八〇㎝）はあるな、と誰もが思った。真新しい国民服が窮屈そうに感じられた。その背丈とがっちりした体格から猛々しさを感じられた者が多かったが、同時に立ち並んだ全員が禍々《まがまが》しさを感じた。原口の左の側頭部から頬にかけて、傷跡が刻まれていた。五寸（約一五㎝）はある、視線を注いでいた者が呟いた。

　演台に立った西澤は、型通りの歓迎の言葉を述べた。西澤は長野県下伊那郡竜丘尋常高等小学校の校長だった。上伊那郡、下伊那郡全体の村から募ってできた開拓団の団長にふさわしい人物として白羽の矢が立った。

　伊那の開拓団を作るにあたって、教員組織である南信濃教師会は率先して勧誘を勧めてきた。団長は校長から出すべきだという声が強まった。特に在郷軍人会、上・下伊那町村長会の声は強く、教師会は人選を迫られた。

西澤は快く引き受けた。

「満洲に行くことはお国のため、名誉このうえもない。しかし、それだけではない。満洲開拓民は五族協和、王道楽土建設という崇高な理念の実践者でもある」

子供たちに事あるごとに語っていた西澤にとって、自らの言葉の実践は、考えるまでもないことだった。

ただ、妻の咲江は、女学校に通う娘二人を中退させてまで満洲に行くことを渋った。最も強く反対したのは大下條村の小地主である義父、佐藤卓治だった。

「中国人の土地を奪っておいて、五族協和とは何事か。満洲開拓に大義はない」

誰はばかることなく言う佐藤に、在郷軍人会、県議たちが猛烈な批判の矢を浴びせた。飯田警察署長は、治安維持法に抵触すると言う者も署内にいる、と遠回しに佐藤に脅しをかけた。

佐藤は西澤に娘と孫たちを満洲に連れて行くのであったら、離縁させるとまで言った。西澤は家族を下伊那に残した。

西澤は満洲開拓団の大義をひとしきり述べると原口の経歴を書きとめた紙を見ながら話し始めた。

居並ぶ男たちは、団長のいつもの弁舌にはうんざりしていたが、原口のことが話されると、誰もが顔を上げた。

「今回、拓務省からの指示により、原口君を団長補佐として迎えることになりました。団長補佐の役職は、団長が任意に任命する副団長と違い、拓務省の任命による専従職であります。団長に次ぐ役職であります。まあ、私が頼りないから拓務省が心配して、立派な補佐をつけてくださったということでしょうね」

　謹厳実直な西澤である。自嘲的に聞こえる物言いも、彼にとっては本音だった。ただ、家族を本土に残してきたという負い目はいつも持っており、彼をますます控えめにさせていた。

　開拓民のほとんどは、そんな西澤を元校長ということもあって、先生と親しみを持って呼び、親近感を抱いていた。ただ、幹部たちの一部には人柄はいいが、八方美人で、校長は務まっても開拓団の団長としての指導力ははなはだ心許ない、と言い放つ者もいた。

「原口伊三郎君は明治三十一年、松尾村の原口家の三男として生をうけられました。松尾尋常小学校、飯田中学に進まれましたが、飯田中学校在校中から、満洲への憧れは止みがたく飯田中学を中退、すぐにも渡満ということでありましたが、御父上の猛反対にあいました。まあ、私が察するところ、理想はいいとしても、実践力が伴わなければ、理想の実現は遠い、修業をして力をつけよ、ということではないかと、原口君、どうですか」

　原口はそれに答えなかったし、表情も何ら変わらなかった。誰もがとっつきの悪さを感じた。

「大正七年、兵役検査、甲種合格、即、松本の歩兵五十連隊に入隊。二年間の兵役を務められ、除隊。除隊後、念願の渡満、その後、満洲各地で様々な仕事に就かれたそうです。主な仕事は関東軍の軍属としてでありますが、軍に関わることでありましょうから、詳細は知らされておりません。恐らく、五族協和の理想実現、王道楽土たる満洲国建国にも関わっておられたと推察する次第であります」

　五族協和の理想論に話をもっていくのが、自分の務めだと団長は思っているだろうが、それさえなければいい団長だ、と思う者は少なからずいた。

「これは原口君には了解を得て話しますが、昭和九年のあの土龍山事件では、かなりの活躍をされたということです。土龍山事件は、諸君も知っていると思いますが、五族協和を快く思わない一部満人匪賊《ひぞく》が満人農民をそそのかし、扇動、日本人開拓民を襲撃した事件であります」

　当時、満洲にいた日本人は、満洲にいる満洲族、漢族、朝鮮族の区別なしに満人と呼んでいた。そこには少なからず差別的な意識があった。

「事件は、日本人開拓民の勇気ある行動と満洲国に責任をもつ関東軍によって瞬く間に鎮圧されました。諸君は、すでに気づかれたと思いますが、原口君の頬の傷跡は、その時、匪賊の山刀《やまがたな》を受けた名誉の負傷であります」

土龍山事件についての西澤の理解は、当時の日本人の誰もが口にすることだった。ただ、それは満洲支配に布石を打つ日本の行為を正当化する嘘っぱちだということを、原口は知っていた。

土龍山事件は三江省依蘭《いらん》県土龍山で起きた中国農民の蜂起である。満洲国をつくった関東軍のもくろみの一つに、日本人の農業移民があった。中国人がすでに耕作している土地に、開拓と称して移民を送る。荒れ地を耕地に変えるわけではなく、中国人耕作地を二束三文の金で買い取り、中国人を追いやって日本人を入植させる。その開拓地とはいえない既耕地は六割に及んだといわれている。

それは、いずれ満洲国の大地に日本の農民を満たし、日本人の土地にしようとするもくろみの第一歩だった。開拓と称したのは強奪したことを少しでも隠そうとした姑息な方法だった。

中国人の土地を奪うのだから、当然抵抗はあると判断された。抗日武装集団を勢いづかせることは予想できた。そこで、開拓事業の当初は、入植者に武装させた。それも予備役兵から選んだ若い男たちだ。武装開拓団である。

武装した日本人が次々に入植し、中国人の土地は奪われていく。農民蜂起は必然だったというのが、原口の密かな理解だった。

「原口君は満蒙開拓の草分けの一員であることは、その類の傷跡が示しているわけであります。原口君を団長補佐として迎えることは、開拓団にとって幾千万の味方を得たと同じ、まことに心強く思っておる次第であります。まあ、私が長々としゃべっても、原口君の功績は語り尽くせないでしょう。諸君の表情も、団長引っ込めと言っておるようですので、私の挨拶は終わりとします」

ぱらぱらとわずかに拍手があった。

「ちょっと話が長すぎましたかな」

西澤がはにかんで言うと、いつものこと、と声がかかると、笑い声が起こり、拍手が勢いよく送られた。

「では、原口君、挨拶を」

と促され、原口は演台に立った。

誰もがその後の言葉が続くと思っていた。次の言葉はなかった。誰もが次にどうしたらいいか、不安な思いにとらわれた。

「お世話になります。よろしく」

原口がぴょこんと頭を下げ、演台を離れた。西澤がふと気づいたように拍手をした。それを機に解き放たれたように拍手が起こった。

「いや、あの短いのはよかった。団長の長い話に慣らされていたから、どうなるやろ、と思ったが、いやいやこのうえない新鮮さを感じたな」

その後の幹部会で幹部の一人が笑いながら言った。

「原口君は言葉抜きで私を補佐してくれる。頼もしいことです」

団長の西澤は苦笑いしながら、言った。

原口の開拓団の生活が始まった。本部は中央部落の中にあった。門から部落を貫く道に沿って、開拓民の家が並んでいた。

当初は開拓民の誰もが、遠巻きにするような接し方をしていた。その頬の傷跡のせいばかりではない。原口の全身から、不吉めいた恐れを感じていたからだ。

ただ、子供たちの目には原口が珍しい人と映ったのか、原口が外に出ると、その後を恐る恐るついてくるようになった。

数日すると、二、三人であった子供たちの数が二十数人に膨れてきた。それもはじめは十メートル近く離れていたのが、数メートルと近づいていた。調子にのった子は、原口のすぐ後ろまでやってきた。

親たちは、そのうち原口が子供たちをひどく叱りつけ、その矛先を親に向けてくるのではないかと、気が気ではなかった。子供たちを叱り、止めさせたが、数日もたつと子供たちは、またやりだした。

ある日の夕暮れ時だった。原口が本部の門を出て、集落に続く道を歩いていると、子供たちが目ざとく見つけ、例によってその後を付け始めた。

原口の一歩は子供たちの倍以上、いつもは少し早足でついていたが、この日の原口の歩幅はいつもより大きく、それに速かった。子供たちは小走りになった。低学年の男の子の一人が、原口のすぐ後ろまで近づいた。

いきなり、原口は足を止めた。男の子は足を止める間もなく、勢い余ってぶつかって、尻もちをついた。原口は振り返って、男の子に傷跡のある頬をことさら向けると、目をむいて睨み付けた。そして、うっー、と犬が唸るような低く太い声を出した。男の子はその傷跡から目を離せないまま、口をパクパクさせた。声が出なかったのだ。

原口は睨み付けたまま犬のように大きく吠えた。子供は尻をついたまま、後ずさりをした。原口は追い立てるように吠えた。男の子はわき目もふらず逃げ出した。数メートルほど後ろについていた男の子、女の子二十数人も蜘蛛の子を散らすように逃げていった。

原口は笑った。それは腹の底から出る心地よい笑いだった。こんな笑いはいつ以来だろう。満洲に来てからはなかった、そう思いながら笑った。子供たちの顔が、路地から家の戸口から、納屋の陰から出てきた。

原口は、再び足を進めた。今度はひどくゆっくりとだ。顔を覗かせていた子供たちが、道に出てきた。かたまりとなって少し距離をとり、原口の後についた。再び、振り返って、吠え、そして少し子供たちを追った。子供たちは声をあげて逃げた。ちょっとした鬼ごっこになった。

夕餉の用意をしていた女たちが、何事かと外に出てきた。子供たちの歓声をあげて逃げる姿と、大柄な原口の子供じみた動きに思わず、頬を緩めた。

男たちが畑仕事から帰ってきた。半ば、呆れたように原口を見た。ただ、今まで見ることのなかった原口の笑った顔を確かに見た。男たちの気持ちの中に、原口の存在が抵抗なく入ってきた。

この日から、原口は名実ともに伊那谷郷開拓団の団長補佐となった。開拓団の誰もが、原口のことを、補佐さんと親しみをこめて呼ぶようになった。

ただ、当の原口は開拓団にすっかり身を置くという気持ちにはなっていなかった。一時身を隠す、緊急避難という気持ちは抜けていなかった。

緊急避難のつもりが、夏を迎える頃には、原口は身も心も開拓団の生活にどっぷり浸かっていた。そんな自分に違和感はなかった。

開拓団民の中でも、原口の存在が特別でなくなっていた。頬の傷跡も今では皺の一つぐらいにしか感じられず、気にも留めなかった。原口はこの小さな社会に溶けこんだ。開拓団の一員にするりと脱皮した変わり身の早さに、我ながら苦笑した。

原口さん、我々の仕事もここまででしょう。少しは穏やかな生活をするのもいいことですよ、と言った石坂少佐のお膳立ては、原口がこうなることを予測していたようだ。余計なことを、原口はやはり苦笑しながら、石坂に思いを馳せた。

さらに転機は、急速にやってきた。原口が伊那谷郷開拓団の団長になったのだ。昭和十六年十一月、日米開戦の一月前のことだった。胃潰瘍の持病を持つ団長の西澤が、本土での療養を余儀なくされたのだ。

すでに、原口が開拓団にやってきた頃には、西澤は胃の不調を口にしていた。原口がすっかり開拓団に溶けこんだ頃には、団長の仕事はほとんどが原口に任せられていた。

「原口君、団長職は私には向いていないということだ。気は張っていても、体は正直だ」

その頃から西澤は、原口に弱音を吐くことが多くなった。通河県公署から係官が訪れることも多くなった。

原口が開拓団に来て、一月に一回は公署から係官と称して、開拓団本部に顔を出す男がいた。如才ない所作だが、一瞬鋭い視線を向ける。

石坂少佐が、特務機関の監視が続くが、気にしないようにと言った、その監視要員だろうと原口は判断した。

しかし、九月になって訪れた係官は、明らかに役人の傲慢さを隠そうとしない、典型的な小役人面だった。

「五族協和、王道楽土の実現を果たそうと満洲にやってきたが、道半ばにも至らず無念です。原口君、団長として私の意志を継いで、この開拓団を理想実現の模範開拓団にしてほしい。君だったらできる。頼む」

そう言って、懇願されたのは、係官が三度目にきた後だった。

原口は、私では無理ですと言ったが、いや、君しかできない、すでに通河県公署を通して本国の拓務省に上申書を提出した、と西澤は原口の手を取って、言った。

原口は特務機関から横槍が入って、そうはならない、ということはもちろん口に出さなかった。

それから一週間後、あの監視要員の男がやってきた。男は特務機関員ということを隠す様子もなかった。

「石坂少佐からの言付けをお伝えします。開拓団長となり、満洲に骨を埋めてください。なお、石坂少佐は中佐に昇進され、中支に派遣されている原隊に復帰されます。後顧の憂いなし、ということであります」

兵士の口調だった。

十一月末、団長職務の引継ぎが済むと、西澤庄一は失意のうちに満洲の地を去った。言行一致を信条とする西澤にとって、体が西澤の理念から離反していった現実は、絶望的だった。

下伊那に戻った西澤は、請われても教職に復帰することはなかった。満洲に思いを馳せるように畑仕事に勤しんだ。

終戦の年、長野県の多くの満洲開拓団が悲惨な逃避行と多大な犠牲者が出ていることを聞き及ぶにつれ、西澤は家にこもった。翌年三月、伊那谷郷開拓団の安否が伝わらないまま、集団自決の噂が伊那に流れた。西澤庄一は紅梅の花咲く裏山で、首をくくった。遺書はなかった。

原口は職務遂行に意を決した。取り組んだことは開拓団の将来を見越した思い切った収益増だった。開拓団の農業生産は、大豆、トウモロコシ、麦、高粱《コーリャン》、粟、黍《きび》などの畑作物で、開拓団が食糧を欠くことはなかったが、米を口にすることはわずかだった。

清家屯の地は松花江沿いの湿地帯が入り込んでいる。その湿地帯を開墾し、水田にして、米作りをしようというのだ。米作りが伸びれば、収益も期待できるという考えだった。

こんな北の大地で、広範囲に米作りするなんてのは絵空事《えそらごと》だ、実現は不可能、と口にする者は多かった。

ただ、開拓団の一部農家では、畑作の合間に自家消費用の米作りを始めていた。清家屯の夏の気温は米作りが可能な気温だった。

何年もかけて品種改良すれば、この地にあった好適種を生み出すことも可能だ。本当の開拓民となって、湿地を稲穂の大地に変えよう。そうすれば、中国人に土地を戻すことができ、五族協和の実現が可能となる。西澤団長の意志も叶う。王道楽土は清家屯の地から始まる、と原口は主張した。

五族協和の嘘っぽちなこと、王道楽土は日本にとっての都合の良さだけのことと、原口は解していた。だが、水田開発の方向に開拓団員の意志を一つにさせるためには、錦の御旗になる。

米作りが軌道に乗るのは、子孫の代になるかもしれないが、それは可能だ。我々は豊かにならなければならない。豊かになる道のりこそ、五族協和、王道楽土への道のりだ、原口は歯の浮くような気持ちを抑え、力説した。

原口はそんな自分に奇妙さを覚えていた。満洲にどっぷり浸かろうと、俺は無理しているのか。いや、違う。伊那谷郷開拓団は関東軍の満洲支配の手駒にさせない、俺の意志だ。すっかり団長職に染まったな。

しかし、原口のもくろみは、あっけなく崩れていった。開拓団は手駒どころか、ついには捨て駒にされることになる。

原口の計画実現に開拓団が、数歩歩みかけた昭和十八年後半から、開拓団員に召集令状が届くようになった。開拓団員には召集がないはずだ、と思っていたのに、誰もが寝耳に水だった。

昭和十七年、南太平洋ガダルカナル島の戦いで惨敗を喫して以後、太平洋の戦局は悪化の一途をたどっていた。ただ、遠い北満の開拓地には、その小波《さざなみ》さえ伝わってこなかった。その波が津波となって襲ってきたのは、その三年後のことである。それを予測できた者は開拓団の中には誰もいなかった。

開拓団員の若い働き盛りの男たちが、一人、二人と櫛の歯が抜けるように召集されていった。原口の計画は頓挫を余儀なくされた。それどころか、その男たちが抜けたあと、開拓団の生産能力の維持と生活維持をはかることに腐心せざるを得なく、原口の計画は夢と消えた。

原口は徹底した農作業の協同化を進め、さらに中国人農民の協力を得るため、収穫量の分配を今までの二倍に引き上げた。開拓団員の中には反対する者もいたが、人が欠けていく現状では、原口の言に従わざるを得なかった。結果、生産量は増えた。増えた分の大半は中国人農民に分配されることになったが、開拓団員の生活水準は維持された。

昭和二十年八月、満洲全域に広がる開拓団は決断を迫られていた。

八月九日、満ソ国境を越えたソ連軍は、関東軍を枯草を薙ぎ払うようにして侵攻してきた。精強百万と信じていた関東軍のあっけなさに、開拓民は悪夢をみているのかと思った。

その精強百万の関東軍が、かろうじて名実共にあったのは、昭和十八年初めまでのことだった。

一九四一年（昭和十六年）六月、独ソ戦が始まると、それに即応するように関東軍は七月、関東軍特種演習の名のもと、準戦時動員し、十二個師団三十万人の兵力が満洲に増強された。その後、十四の師団、二戦車師団を基幹とした八十万人近い兵力となった。対ソ連開戦を見据えた軍備増強政策だった。

しかし、昭和十八年後半になるとその兵力は激減していく。日米英開戦後、戦線の力点が中国から太平洋戦域に移っていた。さらにその戦域での戦況が急迫すると、満洲防衛の関東軍の精鋭は南方戦域に相次いで引き抜かれていった。そのため大本営は、対ソ戦への備えのため、長期持久作戦に方針を転換せざるを得なかった。その持久戦の戦略として、関東軍の防衛線を大連、新京、図們《ともん》の三角線まで段階的に南下、後退させた。それも兵士、在満邦人に気づかれないよう密かに進められた。ソ連軍が満ソ国境を侵攻したとき、満洲の四分の三をすでに関東軍は放棄していた。

さらに、昭和二十年になると、本土防衛のために兵力、資材とも引き抜かれていった。その穴埋めに、開拓民も例外ではない在留邦人を対象に根こそぎ動員が行われ、兵員の数の上でのつじつま合わせが行われた。松花江下流の満ソ国境にいた師団は、関東軍の後退をソ連軍に悟られないための張子の虎だった。命からがら本国にたどり着くことができた開拓民がそれを知ったのは、戦後かなりたってからのことだった。

八月十七日の昼前、初老の男が、伊那谷郷開拓本部に馬でやってきた。男は、満洲国三江省の開拓政策を統括する開拓総局佳木斯《チャムス》支部の日本人吏員だった。佐竹と名乗った。佐竹は国民服、革靴を履き、ゲートルを巻いていた。リュックサックを背負った旅姿だった。

「急ぎ、知らせに来た。すまない、水を所望したい」

佐竹は、リュックを背負ったまま言った。

原口が麦茶をやかんごと持ってきて、コップに注ぐと一口で飲み干し、すまん、おかわりする、と言って、自分でやかんから注ぐとまた、飲み干し、ふっと息をついた。

「どうやら、ここも放送を聞いていないようだ。事前に知らせていないから、当然だが、ほとんどの開拓団は知らないだろう」

独り言のように言う佐竹の言葉が、原口には何のことかわからなかったが、嫌な予感がした。

佐竹はリュックを下ろし、国民服を整えると、直立不動の姿勢をとった。

「一昨日、十五日正午、畏《かしこ》くも、天皇陛下じきじきの放送がありました。終戦の詔《みことのり》です」

佐竹は終戦を告げた。米英ソ中の四ヶ国の共同宣言を受け入れての無条件降伏だと言った。

「ソ連軍は明日にも佳木斯に入るだろう。満洲全土はソ連の軍政下に入る。満洲の日本人の今後については、正直なところは不明だ」

佐竹は松花江沿いに進み、居残っている流域の開拓団に終戦の詔を伝えるため、哈爾浜まで行くつもりだと言った。

「それだけですか？」

原口は詰問するように言った。

「それだけとは？」

佐竹が聞き返した。

「開拓団の今後についての指示なり、命令はないですか？」

佐竹は、一歩踏み出した原口を見上げた。その威圧感に、思わず、すまない、何も

ない、と言い、

「開拓団ですべてを決定してほしい」

と小声で言った。

佐竹は佳木斯の主だった日本人官吏は、ソ連軍侵攻後すぐに、家族共々松花江の特別便でハルピンに去ったと苦々しく言った。

「そういう私も、妻子はすでにハルピンに送り出している。団長さん、あてにする国も、組織もない。自分たちで生き延びることを考えることだ」

あわただしく馬上の人となった佐竹は、挨拶もそこそこに、馬を走らせた。見送る原口は何を、どうするか、頭で整理しようとした。開拓団の女、子供、年寄りたちの顔が湧き上がるように浮かんできた。

原口は幹部会を急ぎ招集した。本部の会議室に集まった幹部連に何事か、という表情はなかった。三年前から本格的に始めた稲の収穫時の相談だろうと思っていた。今年は松花江の湿地帯に排水用の水路を幾本も設け、水田を二町歩ほど広げ、五町歩の水田で稲を育てた。予想以上に稲穂は重く垂れさがっていた。

副団長の勝田正蔵は、本格的な排水路を作り乾田化すれば、百町歩の田も夢ではないな、と笑いながら言った。勝田は開拓団の長老的な存在だ。原口が水稲作りを提案したとき、絵空事だと言って、反対の声を真っ先に上げた人物だった。

今の人手だと、二十年はかかりますよ、と同じ副団長の市野徳三が言った。市野は最初の武装開拓団の一員として、満洲に入植した。冷静に物事を判断することができ、原口の米作りの提案に、伊那の深い谷間の冷涼な土地で米を作ってきた経験が活きます、と言って賛成した一人だった。原口より五歳年下で、普段の物言いは穏やかであったが、原口はもちろん、幹部連の信頼を得ている唯一の若手幹部だった。

若い衆たちが戻ってくれば、早いもんだ、と幹部の一人、筒井亮二が口を挟んだ。正蔵さん、それを見込んでのことだよな、と言った。筒井は下伊那郡阿智村の出身で市田村出身の勝田と親戚筋にあたる。幹部会での話し合いでは何かと勝田の肩を持っていた。

「亮さん、あんたにはそれを言う資格はないな、長男は満鉄の機関士、軍属待遇で赤紙はこなかったというじゃないか、亮さんはいずれ、ここを出てハルピンの都会暮らし、俺のとこや正蔵さんとこのように息子共が、兵隊にとられているとは大違いだ」

と皮肉交じりに言ったのは、幹部の一人、上伊那郡伊那里村出身の中村梅吉だった。

幹部連の会話に穏やかな表情で黙って耳を傾けているのがいつもの原口だが、今は腕を組んだまま沈思黙考、その様子に、市野はうん？　と思い、何やら不吉めいたものを感じた。

「すまん、遅れた。うちの駄馬が走ってくれんかった」

と言って、幹部の上伊那郡小野村出身の丸山清が入ってきた。

原口が水稲耕作を打ち出したのは、丸山の助言と指導があったからだった。丸山は入植時から湿地帯に目をつけ、米作りができると踏んでいた。畑の開墾が一段落すると、試行的に水稲耕作を始め、原口が米作りを言い出した時には、一反ほどの自家米用の米作りを軌道に乗せていた。

原口が日本の敗戦を告げた。あまりにあっさりした言い方だったため、そこにいた者たちは、俄《にわか》に信じられなかった。しばらく沈黙が続いた。

関東軍は盤石の安きにある、邦人、特に国境開拓団の諸君は安んじて生業に励むがよろしい、という放送を聞いたのは八月二日だった。その数日後、ソ連軍が国境を越えたという噂が伝わってきたとき、関東軍が押し留めるだろうと誰もが確信していた。騙された、勝田は歯軋《はぎし》りした。

日米開戦の報が伝わってきた頃は、開拓団の面々は、遠く太平洋での連戦連勝に勝ち試合を観る観客のような気持ちでいた。ソ連とは中立条約を結んでいる。ソ連が米英側についたとしても、満洲には精鋭関東軍がいる。無謀な手出しはできない。満洲は、太平洋の戦いの外野席のようだった。誰もが他人事《ひとごと》のように戦争の推移を眺めていた。

昭和十八年の十月、勝田の次男誠司に赤紙が届いた。戦争の波が一気に襲ってきた。

寝耳に水だった。

満蒙開拓民は軍隊の召集はないという約束ではなかったか、勝田は清河鎮《せいかちん》役場の日本人配達人に食ってかかった。配達人は恐らく給仕役であろう、あどけなさが残る少年だった。

「召集令状を持ってまいりました。おめでとうございます」

少年はこの口上を繰り返した。三回目である。勝田は受け取らなかった。少年にとっては、勝田の態度は不思議だった。どの家もご苦労様、お国のために働くことができる、身がひきしまる思いと口にするのに、この家はどうしたのか、と思った。

「父さん、行くのは俺だ。出征兵士の家だ。開拓団で大きな顔ができる。兄貴がいる。俺は心配なく出征できる」

若い男だった。少年は、はっと気がついたように、

「勝田誠司様ですか。このたびはおめでとうございます」

と言って、赤紙を恭《うやうや》しく差し出した。

少年は、清河鎮への帰路を、馬を進めた。鞍につけたランタンの明かりが、揺れながら道を照らした。

少年は勝田誠司の言葉を思い出していた。

「ご苦労様、夜道は危険だ。馬は走らせちゃ、だめだぞ。降りて、手綱を引くのが一

番だが、遠い距離、そうもいくまい。気をつけて帰ってくれ」

自分とさして歳が変わらない誠次の態度に、潔《いさぎよ》さと気高さを感じた。遅くとも三年後には、自分も受け取る日がくる。あのような潔い態度で召集令状を受け取ろうと思った。八月の満天の星の下、少年は自分の仕事を誇らしく思いながら、ゆっくりと馬を進めた。

少年が召集令状を受け取ったのはその二年後だった。少年がシベリアから舞鶴の桟橋に降り立ったのはさらに七年後だった。生きて帰った安堵感以上に、自分が手渡した赤紙の主が何人が生きて帰ったか、自分のように祖国の地を踏んだだろうか、その思いが重く心を占めていた。

太平洋の戦いは緒戦勝利の後は、一進一退を続けているだろう、と勝田は思っていた。それが昨年、誠司がフィリピンに転属と聞いて、日本は大丈夫かという思いが湧いてきた。

本土が空襲されている、という話を伝え聞いたとき、まさか、という思いのほうが強かった。不安が募った。だが、誠司の戦死の公報は届いていない。伊那谷郷開拓団にも、公報が届いている家が、数軒あった。

「正蔵さ、みてやってくれ。作治は名誉の戦死だ」

と、同じ市田村からやってきた下嶋太平は、その紙を見せた。

死亡告知書と印刷された和紙に、本籍地、軍階級、氏名、戦死日時、場所が手書きされていた。赤紙一枚で出征、戻ってきたのは薄っぺらな紙一枚、勝田はふいに怒りが込み上がってきた。しかし、その気持ちとは裏腹に、

「太平さ、作治はご英霊となって戻ってきた。戻ってきたんだよ」

何という慰めの言葉か、と自分の偽りの言葉を呪った。誠司たちの戦死公報は届いていない。あいつは、生きている。生きて戻ってくる、と心の中で何度も、繰り返した。

そんな勝田の願いを嘲笑《あざわら》うように長男誠一にも召集令状が届いた。今年の六月だった。四十間近の男に赤紙が届くこと自体驚きだった。ましてや、三人の子持ち、一家の大黒柱だ。勝田は何かの間違いだと言った。

「親父、心配するな、入隊は佳木斯の師団だ。近いもんだ。恐らくソ連軍に備えての補強だろう。俺たち年配者は、精鋭部隊の後方支援だ。それにソ連が攻めてくることはまずないと俺は思っている」

誠一は自分に言い聞かせるように言った。

伊那谷郷開拓団の四十歳までの働き盛りの男たち、若者たちは、この時点ですべて出征していった。残された者たちは五十歳前後の男たちが二十数名、後は老人、女、そして子供ばかりになっていた。

「団長、どうするんだ」

　勝田の口調は、投げやりだった。膨れ上がる不安を追い払うような物言いだった。腕組みを外した原口は、両手をテーブルに置いた。

「ひとえに選択にかかっている。ただ、どう選択をしようと、開拓民すべてが、無事、日本の地を踏むこと、この一点に尽きる」

　その言葉の重さに比べ、原口の物言いに気負いはない、と市野は感じた。

「団長、何、言ってるんだ、ここを引き揚げると決めているのか、結論を出しているのと同じじゃないか」

　勝田が吠えるように言った。

「そうだ、急いで結論を出す時じゃない。日本が負けたとしても、ここは満洲国だ。満洲国にとって、俺たち開拓団は必要だ」

　筒井は勝田に同調するように言った。

「亮二さ、俺たちは日本人だぞ。満洲国籍を持った満人ではない。満洲国が俺たち日本人を保護する義務はない。それよりも何よりも、日本あっての満洲国だ。日本がだめになったら、満洲国もおしまいだ。ソ連が米英と手を組んだのは、満洲を自分のものにするつもりだからだ。日本人を追っ払うのは、目に見えている」

　丸山が口を挟んだ。

「団長、もう少し、具体的に話してもらえんですか。ここで皆が皆、いきり立っても話はまとまりません」

市野の穏やかな口ぶりだった。

「すまん、自分の思いが先にたった」

原口は素直に頭を下げた。

「自分も丸山さんと同じ意見だ。満洲国はこれで消える。開拓団の後ろ盾になる国はない。ソ連が日本人をどこまで保護するのか、見当もつかないし、期待はしないほうがいい。今、国民党と共産党は抗日で手を結んでいるが、所詮、呉越同舟だ、共に戦う相手がなくなれば、再び内戦となる予想は難しいことではない。ソ連の動き次第で、満洲が戦場になることもある」

「国が、救いの手を差し伸べてくる。俺たちを送り出したんだ。俺は期待する」

筒井がきっぱりと言った。

「亮二、お前は馬鹿か。日本は負けたんだぞ、それに本土は焼け野原で、皆が飢えているというじゃないか。自分たちで手いっぱいなのに、手を差し伸べる気も、力もない。何百里彼方の同胞のことなんか、頭にはない。俺たちは荒海を漂う小舟だ。波に任せるしかないということだ。舵取りしようなんて、無理なことだ」

勝田の投げやりな口調は変わらなかった。

「正蔵さ、団長の話は終わってないぞ。口を挟みたがるのは正蔵さのいつものことだがな」

　中村が笑いながら言った。場の雰囲気が少し緩んだ。

「正蔵さん、進む方向さえ決まっていれば、舵取りは意志の問題だ」

　原口は穏やかに言った。

「口では何とでも言える」

　勝田はぶつぶつと、小さく吐き出すように言った。

「ごたごた言うことはない。決まっていることは一つだ。団長、了解したぞ、全員、日本に帰る、それに尽きる」

　丸山の明るい声だった。

「帰るなんて、口では言える。どう帰るんだ。何百里先、それも海を越えてだ、どう転んだって、できるわけない。四百人近い数、それも女、子供、年寄りばかりだ。正蔵さんはそれが言いたいんだ」

　筒井は気色ばんで言った。

「筒井さんの言う通りだ」

　原口はそう言って、続けた。

「どう帰るのかは、白紙だ。今は何も考えられない、それが正直なところだ。どう帰るかを決めるために、開拓団を取り巻く情勢を知ることだ」

「団長、わかりました。俺、佳木斯に行ってきます。ソ連軍の動きも、関東軍がどうなったかもわかるでしょう」

市野にしては珍しく、気が急《せ》くような物言いだった。団長は白紙と言ったが、恐らく幾つかの選択肢を頭に持っている、と市野は思った。その選択肢を一つに絞るにしても、情報が必要だ。そうであるなら、今は行動が先だ、市野は噛み合わない話に苛立っていた。今やることは動くことだと思っていた。

「市野、そう急くな。副団長にしては珍しいことだな。団長どうだ、通河、方正《ほうまさ》へも行ってみる必要があるだろう。幹部会で分担して、調べに行こう。正蔵さ、いいよな」

丸山が勝田に同意を求めた。

「闇雲に結論出すことではないな。他の開拓団がどうするか、それも調べることだ。団長、開拓民にはいつ知らせる」

勝田の表情が穏やかになっていた。

「この後、すぐに講堂に集まってもらう。年寄り、女、子供も含めた全員だ。祖国の敗戦と、敗戦後の近隣の街、開拓団の様子を調べに行くことを話す。開拓団の先のことは触れない。質問、疑問が出るだろうが、伊那谷郷開拓団は今まで通り、まとまって平穏無事に日々を送ろうと言う。誤魔化しだが、今のところそれしか言えない」

原口の左頰の傷跡が歪んだ。原口が苦笑したとき、その傷跡が歪むことを市野は知っていた。

市野と中村は、開拓団の川舟で清河鎮まで行き、そこから貨客船で佳木斯に向かおうとした。しかし、松花江を行き来する船はなかった。ソ連軍がすでに依蘭に入ったことを知らされた。これでは、佳木斯どころか、依蘭にも行けない。

通河県の清河鎮支所から日本人吏員は消えていた。支所に掲げられていた日の丸と満洲国の五色旗が、ソ連の赤色旗と国民政府の青天白日旗に代わっていた。いずれ、ソ連軍部隊が進駐してくるという。

商店街の中国人の店は手作りの赤色旗が掲げられていた。その旗がない商店は日本人の店で、店内は略奪にあい荒らされていた。店主家族は哈爾浜に去ったという。

清河鎮の港には、三江省の奥地から来たという、百人ほどの開拓民がいた。松花江の客船で哈爾浜に行くつもりだったという。だが、船は来なかった。市野が開拓民の団長に、開拓地に戻るのかと聞くと、

「ソ連が越境してすぐ、匪賊が襲ってきた。恐らく満人の百姓どもと結託してのことだろう。何とか撃退したが二度、三度となると持たない。とにかく身の安全のために、清河鎮まで避難してきたが、着いたら日本の敗戦を知らされた。役所の連中は、我が

身が大事とばかり、俺たちに構うことなくさっさとハルピンに去った。年寄り、女、子供ばかりだが、何とか生きて帰りたい。対岸の方正に開拓民が集まっているという。方正に渡ろうと決めたところだ」

当時、満洲にいた日本人たちは、現在の黒竜江省の宝清をほうせいと呼び、それと区別するために方正を重箱読みで、ほうまささと呼んでいた。

翌朝、市野たちは川舟を方正に近い河岸の村に向けた。師団司令部のある方正は、避難する多くの日本人と、ソ連軍に追われてきた兵士たちで、ごった返していた。三江省の東の端から来たという開拓民も多くいた。

開拓民の初老の男に、市野が話を聞くと、ソ連軍が越境すると同時に、開拓団は南に移動するよう指示があったという。

鉄道沿線に近い開拓団は、貨物列車に乗り牡丹江《ぼたんこう》に向かった。途中、列車が地上攻撃機の餌食になって、開拓民はばらばらになった。俺も家族と離れ離れになった、と言った。歩いて依蘭までたどり着いたが、着く間もなくソ連軍に追われるように、方正まで軍隊と一緒に来た。妻も子たちも方正にたどり着いてほしいと、悲痛な声で言った。

方正の街は、師団司令部によって秩序は維持されていた。避難民、兵士は方正の街とその周辺の村々につくられた臨時の収容所に入った。間もなく、ソ連の先遣部隊が武装解除のために方正に進駐してくるという話が伝わった。

市野と中村が清家屯に戻ったのは、次の日の夕刻だった。日が沈んだ赤く染まった空の端に、影のような山陵が横たわっていた。松花江の川面に朱色が映え、ゆったりした流れが縞状の光の模様を描いていた。

中村が帆を下ろすと、市野は舳先《へさき》に立って竹竿を立て、川舟を葦《あし》が茂る水路に乗り入れた。船着き場から白い道が一本、夕闇に浮かび上がるように数キロ先の集落まで続く。河岸から離れ、小高いところに立つと、夕餉《ゆうげ》のための白い煙が幾筋か、遠くに望まれる。穏やかで平和な光景だった。

逃避する開拓民とソ連軍の恐怖から追い立てられるように足を運ぶ兵士、開拓民たちの騒然とした方正の光景と静寂とした目の前の光景との違いに、市野は底知れない不安を感じた。これが嵐の前の静けさという奴か、市野はすぐにも押し寄せてくる不安と恐怖の波に、心が萎《な》えていく感覚を覚えた。

清家屯開拓団はとりあえず残留し、様子見するか、それともすぐに方正に移るか、思い切って哈爾浜まで行くか、いずれかの決断を迫られた。

市野は方正に兵士と開拓民避難者が押し寄せ、臨時の収容所の環境は、日に日に悪化していると言った。方正からの移動はソ連軍が進駐してからのことだろう、今は留まっているしかないと言った。だったら、俺たちはここにいて、日本への帰還がはっきりしてからでもいいではないか、と主張した。

　残るのも、楽ではない、と丸山が呟いた。丸山と筒井は馬で通河の街に行った。途中、二つの開拓団に立ち寄った。二つの開拓団は、浮足立っていた。すでに食糧を荷馬車に積み、通河に立った家族もいるという。結局、開拓地から去るということで、残るという選択肢はなかった。ソ連軍侵攻後すぐに奥地の開拓団から、着の身着のままで避難し、開拓団にたどり着いた開拓民の話に、次は我が身と思ったからだと言った。

　奥地の開拓団は、敗戦と同時に、満人の襲撃にあったという。身ぐるみ剝がされるというのは、ああいうことか、というぐらい何も残らなかった。それでも、命は残った。それを何とか永らえて、ここの開拓団までたどり着いたという。

「だが、それより奥地の開拓団は、さらに悲惨だ。自決した開拓団もあると言った」

　筒井が強張った表情で言った。

「ジケツ?」

　何のことだというように、中村が言った。

「自分たちで自ら命を絶った。集団自決だよ」

「どうしてだ?」

　中村が怒ったように言うと、丸山が話した。

「満人の襲撃にあって、とりあえず持てるものは持って、開拓地から出たのはいいが、途中、匪賊に襲われたという。持っている物を取られても匪賊は二度、三度襲ってきた。このままでは女どもは無事には済まん。日本に帰っても鬼畜米英がのさばる地獄、夫も戦地に出たきりで音沙汰ない。日本は負けたのだから、戦死したと思ったほうがいい。このまま匪賊のおもちゃにされて生き永らえ、この世の地獄に身を置くより、命を絶ったほうが楽だ。女どもの意見が通ったそうだ。子供たちを残しても、このまま餓死するか、匪賊が満人に売り払って奴隷のようにこき使われる運命、一瞬の我慢で楽になったほうがいい、結論はすべて集団自決に向かったそうだ」

「団長、副団長も自決と結論したのか」

市野の言葉には、やり場のない怒りがこもっていた。

「団長は匪賊が襲撃したときに立ち向かって山刀で切られ、それがもとで二日後に亡くなったという。副団長は団長を救おうと、猟銃をぶっ放したが、相手の銃で撃たれたそうだ。主だった男たちが死んだということで、集団自決に向かったかもしれん。この話、出さんつもりだったが、そういうわけにはいかんわな」

丸山の顔がわずかに歪んだ。浮かべた苦笑いが、強張っていたからだった。

幹部会は重苦しい雰囲気に包まれた。誰もの心に生より死が、希望より絶望が凍りついていくのを感じた。

「生きて帰る。結論は決まっている」

原口はぼそっと言い、そのためにどうしたらいいか、知恵を出そう、その言葉の調子は、そこにいた者たちが拍子抜けするほど軽かった。

とりあえず一冬をここで過ごそう、というのが幹部連の大方の意見だった。ただ、筒井は今こそが哈爾浜に向かう最後の機会になるかもしれない、と口を挟んだ。松花江の定期船はまだ行き来していた。通河の港からだと乗船できるはずだ、通河まで行けば何とかなる、と言った。丸山と筒井は、通河の港の様子を見に行ったときに、日本人家族が、哈爾浜行きの客船に笑顔で乗船していくのを見ていた。ただ、開拓民らしい一行は全く見なかった。

「亮二さ、行き来していても、乗れるという保証はないぞ。満鉄はソ連軍の支配下に置かれてたという話だったろう」

松花江の水運は満洲鉄道内にある東満江運局《とうまんこううんきょく》が担っていた。その満洲鉄道は敗戦後すぐにソ連軍が接収、船の運航に支障が生じていた、と丸山は言った。

「亮二、お前の魂胆はわかっている」

勝田が言った。

「忠志は満鉄の人間だ。とにかくハルピンまで行って、忠志と一緒になりたいということだ。お前とこの事情を開拓団に持ち込むな。行くんだったらお前のとこだけ行け」

勝田は憎々しげに言った。

「そうさせてもらう。俺は日本に帰りたい」

筒井は弱々しく言った。

「亮二さ、帰りたいのは俺たちも同じだ。ただ、早まるな」

市野が穏やかに言った。

「行くと言っても、亮二さの家族は十人だぞ。年寄り、女、子供ばかりで通河まで行くのも大変だ。まさか自分一人で行くつもりじゃないだろうな」

中村が嫌みっぽく言った。

筒井の家族は、年老いた両親、筒井夫婦、十六歳の次男、十八歳の長女、そして、長男の嫁と孫の三歳の女の子と一歳の男の子だった。

長男の忠志は昭和十四年のノモンハンの戦いを密かに伝え聞いていた。ソ連の戦車隊に日本の戦車隊が壊滅的打撃を受けたという話だった。

戦端が開かれれば、ソ連の戦車群は北満の拠点ハルピンになだれこんでくると思った。日ソ中立条約が結ばれても、忠志の不安は消えなかった。だが、そんなことはおくびにも出さなかった。口に出せば、中立条約を破ってまでソ連軍はこない、と一笑に付され、気が小さい奴、と馬鹿にされると思ったからだ。忠志は昭和十七年四月、松花江の氷解を待って、祖父母の世話と称して忠志の家族を清家屯に疎開させた。

「亮二、敗戦を知った息子は当然家族のことが心配で、清家屯に向かうだろう。混乱の最中《さなか》とはいえ、五日もあれば着いたはずだ。敗戦から一週間たった。何が起きたかわからんぞ」

勝田は嘲笑うように言った。筒井は強く握った拳に目をやったまま、小刻みに体を震わせていた。

「勝田さん、それ以上言うな」

原口が遮った。

「筒井さん、どうだ、とりあえずハルピンまで行って様子を見てきたら。開拓団が当面、ここに残るとしても、離れる時の行き先はハルピンになる。様子を知りたいと思っていた。満鉄も混乱しているだろう。家族が心配だと思っても、鉄道の仕事から離れられないかもしれん。息子さんと会って、先々のことを相談したほうがいい」

原口の表情は穏やかだった。

「亮二さ、浮足立つのはまずい。ここは一呼吸して、落ち着くことだ。団長の言うようにしたらどうだ。正蔵さの口の悪さは今に始まったことではなかろう。正蔵さは、ここに残ることを決めているから、あんな嫌みを言うのさ」

丸山が笑いながら、言った。

「そうよ、俺はここにいると決めているんだ。誠一が戻るまで、ここにいる」

「正蔵さ、長男坊は明日にでも戻るかもしれんぞ。そうなったら、さっさと引き揚げるのか」

中村が笑って言うと、勝田は、何を言いやがる、と言って苦笑いした。幹部会の場は緩くなり、なごんできた。

三　生き残りの策

筒井亮二は松花江の港からキタイスカヤ通りを哈爾浜駅に向かって歩いた。八月二十七日、陽は高く昇っていた。通河から三回乗継ぎ、五日にわたる渡船だった。港についてすぐキタイスカヤ通りを哈爾浜駅に向かった。哈爾浜駅の裏にある機関車庫に行ってみようと思った。忠志に何となく会えそうな気がするという程度のことだった。だめだったら、南崗街にある鉄路局を訪ねるつもりだった。

キタイスカヤ通りの街の外観は、筒井が三年前に長男家族を訪ねたときと変わっていなかった。ソ連軍の空爆があったと聞いていたから、瓦礫《がれき》重なる街並みを思っていた。洋館が建ち並ぶ異国情緒の華やかな街並みはそのままだし、人通りは多かった。幅広縁の帽子を被り、豊満な体の線が浮き出た洋服姿で歩くロシアの女には、やはり目が行った。見るからに裕福な身なりの中国人の姿も三年前とは変わらなかった。

ただ、以前は目に映った着飾った和服姿の日本の女は全く見なかった。日本人そのものの姿がなかった。

丸屋根のある大きな建物には、二つの巨大な肖像画が掲げられ、赤色旗がここかしこに立っていた。後でその肖像はレーニンとスターリンというソ連の指導者だと知った。通りの角々《かどかど》には、装甲車が配置されていた。警戒に当たるソ連兵は、見たこともない円形の弾倉のついた銃を手にしていた。

当初の変わらないと思った印象は、あっけなく崩れた。ソ連兵を見た途端、哈爾浜の街の雰囲気は大きく変わっていたことを思い知らされた。

筒井は兵士の鋭い視線から逃れるように、横丁に入った。横丁を抜けると、筒井の目に、見慣れた漢字の看板が入ってきた。人通りの多い商店街だった。ロシア語、漢語に交じって日本語の看板が掲げられていた。日本人が地段街と呼ぶモストワヤ街だ。

どの店も、赤色旗が掲げられていた。日本人の姿もあったが、薄汚れた身なりで、人目を避けるように足早に歩いていた。男が突然、逃げるように路地に入って行った。一人だけではなかった。そんな男たちが何人かいた。すべて日本人だった。筒井は何事かと思っていると、銃を手にした三人のソ連兵が目に入った。

一人は髭面で、もう一人は赤ら顔、鼻が異様に高く感じた。二人とも軍服の釦《ボタン》を外し、崩れた身なりだった。大柄な身体は、凶暴さを見せつけるようだった。もう一人は、上背はあったがひょろりとした、顔にそばかすが浮いた少年だった。

　三人は商店を物色するように、筒井のほうにやってきた。少年兵と目があった。筒井は頭の中が真っ白になっていた。凍り付いたようにその場に突っ立っていた。狙われたと思った。一瞬、ハルピンに来たことを悔やんだ。

　しかし、少年兵の目は、筒井を越して、中国人、ロシア人の人だかりを泳いでいった。少年兵の目の輝きはなく、暗く沈んでいた。

　兵士たちは、筒井が立つ目の前の商店の前で立ち止まった。旭日堂と金文字がガラス窓に描かれた店だった。婦人用の白い夏服が飾られ、その隣に、和服の夏帯が三本垂らされていた。和洋服を商う日本人の店だった。店の入り口には赤色旗が掲げられていた。

　赤ら顔の兵士が、少年兵を呼ぶと、中へ入れと言った。少年がおずおずと足を進めると、髭面が少年兵の尻を蹴り上げた。少年兵はつんのめるように店に入った。二人の兵士は、下卑た笑い声をあげ、店に入った。

　滞っていた人の流れが戻った。ただ、筒井はその場に立っていた。恐ろしさが、何がどうなるという興味に代わっていた。店から兵士たちの怒鳴り声が聞こえてきた。その時、筒井の上着の裾が引っ張られた。驚いて振り向くと、初老の日本人の男がいた。男はそのまま、強張った表情の筒井を通りの反対側まで引っ張っていった。久野時計舗という看板がかかった店の中に筒井を押し入れた。

「あんた、あんなところに突っ立っていたら、面倒なことになるぞ」

男は強張ったままの筒井をほぐすように笑いながら言った。

「ハルピンの人間じゃないな、どこから来たんだ。一人で避難してきたのか？　家族は？」

矢継ぎ早の問いに筒井は、きょとんして男を見ていた。

「わしは、久野という。この時計屋の者だ。といっても、時計は、柱時計ばかりだ。さすが、ソ連兵は柱時計はいらんと見える。それでも持っていった奴もいたがな」

壁に掛かった時計は振り子が振れ、時を刻んでいたが、ガラスケースは空だった。

「ソ連兵がやってきて六日目だ。敗戦の日から、たちの悪い満人や不良ロシア人どもが暴れ、略奪にやってきたが、まだまだ序の口だった。ソ連兵が来て、やれやれ秩序が戻ると思ったら、とんでもないことだった」

ソ連軍が哈爾浜に入ってきたのは、八月十八日だった。その三日後にソ連軍の軍事パレードがあった。ソ連の重戦車、重砲を引いた車輌、自動小銃を手にした兵士が乗る軍用車輌が続いた後に、自動小銃を胸にあてがって道いっぱいに行進する大柄な兵士たちを見て、久野は、その圧倒的な兵力に度肝を抜かれた。

その兵隊たち、四列縦隊で整然と行進する日本の兵隊とちがって、笑いながら、時に歌いながら通りいっぱいに広がって行進した。女、子供の兵士もいた。明るく、親しげな兵隊に見えた。

「正直ほっとしたよ。これで秩序が戻ると思った。ところが、とんでもない奴らだということは、すぐに思い知らされた」

警邏《けいら》と称して入ってきたソ連兵たちが、有無を言わせず、腕時計をかっさらっていった。

「自動小銃を突き付けての略奪だから、満人どもとは比較にならない。抵抗でもしようものなら、自動小銃の連射だったろう。腕時計で命が引き換えられたら、安いものだ。わしのところはまだいい。年頃の女どもがいる家は、奴らの餌食だ。鬼畜米英の仲間に入った国だが、鬼畜以上の連中だ」

久野は吐き捨てるように言った。

「あんた、なんでハルピンにきた」

久野は改めて聞いた。

筒井は清河鎮近くの開拓団から、満鉄機関士の息子の安否を尋ねてきたことを話した。

「あんたすぐに戻ったほうがいい。今のハルピンは、安全なところではない」

久野の警告に、筒井は、それでも息子には会っていきたい、と言った。松花江の鉄

橋を渡る列車を見たから、息子もまだ列車に乗っているだろうと言うと、

「今、動かしているのは満人の機関士だろう。ソ連軍が越境したと知ると、軍用列車がかなりの数の客車を連結し出発したと聞いている。その後、満鉄や役所の上の連中やその家族も特別列車をしたてて、出て行ったということだ。当然、日本人機関士が動かしている。息子さん、いないかもしれんぞ」

ただ、久野は満洲国鉄の機関士としてチチハル、ハイラルに配属されていた満鉄日本人機関士が、機関車ごとそのままソ連軍の輸送用としてシベリアに連れて行かれたという話はしなかった。

それでも筒井は、機関車庫や鉄路局に行きたいと言った。

「水を差すつもりはないが、ソ連軍に接収されているから、警備兵がいるのは確かだ。あんたが日本人とわかれば、拘束される恐れがある」

筒井が、どういうことだと聞くと、

「ハルピンでは日本人の働き手がソ連兵に連れていかれている。仕事をさせるつもりだろう。あんたは体も大きいし、がっちりしている。少しばかり歳いってても、丈夫と思われれば、連れて行かれる」

筒井はそれでも哈爾浜駅には行きたいと言った。その時だった。銃声が響いた。久野は、まずいと口にすると、戸口から通りを窺《うかが》った。続いて、前より重く、大きな発

射音が響いた。

久野は散弾銃の音に違いないと思った。自動小銃の連射音が響いた。久野は、ソ連兵たちが入って行った旭日堂の店内で何が起きたかを察した。久野は、あんたは出るな、と言うと店から飛び出した。

旭日堂の店主土屋精三は、敗戦直後、押し入ろうとした満人たちに散弾銃を空に向け発射し、追い返していた。気の強い男だ。拳銃も持っていると言った。ソ連兵には使わないほうがいいと、忠告したのは、ソ連軍が入って来た日だ。土屋は、俺も馬鹿じゃない、万が一の護身用だと、笑って言った。

万が一のことが起きたのか、久野は人だかりをかき分けて、前に出た。開け放たれた入り口から店内が見えた。人はいなかった。着物や帯が衣桁《いこう》から落ちていた。和装小物が入ったガラスケースの上に、帯留、櫛が散らばっていた。

ソ連兵たちは恐らく奥の事務所に入って行ったのだろう、それにしては人の声も、物音もしない、どうしたんだ、と思っても、中に入るのは危険だ。

「久野さん、何があった？」

驚いて振り向くと、日本人商店会の会長矢部だった。

「ソ連兵三人が入って行った。銃声がした。何回もだ」

上ずった声だった。矢部は押し黙った。物音が聞こえてきた。ロシア人の男が、店を覗き込もうと一歩足を入れた。その時、銃の連射音が響いた。驚いたロシア人が舗道に尻もちをついた。人垣が店前から離れた。

ソ連兵の一団が声をあげながら、走ってきた。先頭の兵士が自動小銃を空に向けて連射した。人垣が散り散りになって、あっという間に通りから人が消えた。

久野は店に飛び込んで、戸に鍵をかけた。時計店のガラス越しに外を見ていた筒井が大丈夫でしょうか？　と上ずった声で言った。筒井はソ連兵が久野を追って店に押し入ってくると思った。

小型軍用車が店前に止まった。将校が降りると、店に入った。二人の兵士が店前に立ち、銃口を通りに向けた。

兵士を満載したトラックが着くと、警戒線は地段街の南半分の地域に張られた。濃緑色の救護車が到着し、担架が三つ運び入れられた。しばらくして、兵士が担架を担いできた。二つは布に覆われ、一つは青ざめた少年兵が乗せられていた。左肩に応急の白い布が巻かれてあった。血痕が滲《にじ》んでいた。

久野がソ連兵に呼ばれ、旭日堂に入って行ったのは、それから十数分ほどたってからだった。他に三人の日本人が入って行った。日本人商店会の会長の矢部もいた。四人は商店会の幹部たちだった。

小一時間して、久野が戻ってきた。青ざめた表情だった。恐ろしさより、怒りの表情だと筒井は後で気づいた。

「ソ連兵が娘さんを手籠めにしようとした。土屋さんは娘さんを守ろうとして撃ち合いになったのは確かだ。ソ連軍将校はそれには一切触れず、土屋さんを敵対者としてでっち上げた。土屋さん夫妻と二人の兵士が死んだ。少年兵は撃たれて気を失ったということだ。娘さんとその弟は生き残った」

久野は、途切れ、途切れに話をした。

ソ連軍将校は会長の矢部に、日本人が武器を隠し持っている情報があり、探索中に銃撃にあったと通訳を通して伝えた。このままではモストワヤ街の日本人商店主すべてを拘禁し、武器を探索し、武器が見つかった場合は軍事裁判にかけ、銃殺もあり得ると脅した。将校は三人のソ連兵の行動は、正当な捜索活動であったことを強調した。ソ連軍将校は土屋の店に銃器がまだ隠されているとして、会長たちを立ち合わせ探索した。

「見え透いた、茶番だった」

久野は吐き捨てるように言った。

筒井が久野の店を出たのは、昼過ぎだった。地段街で目撃したことは、忠志の居場所を探る気力を、かなり萎えさせた。それでも哈爾浜駅まで行こうと決めた。久野はとにかく開拓団に戻ったほうがいいと言った。日本人にとってハルピンは地獄だ、とも言った。筒井は別れ際に、列車は動いているのに、どうしてハルピンに留まっているか、と聞いた。

「大連まで行ってもその先の海は渡れんぞ。足止めをくらっている。いつ解除されるか、わからん。一年先か、二年先か。何年先になるかわからんな」

久野は笑って言った。

「笑いごとではないな」

真顔になって言うと、

「俺たちより、奥地からとりあえず逃げてきた開拓団が大変だ。地獄から逃げてきても、たどり着いたハルピンも地獄だ。筒井さん、開拓団に早く戻れ。どうするかは、落ち着いて決めることだ」

筒井の足取りは重かった。忠志の消息を確かめたいが、今のハルピンでは、無駄に終わるように思われた。特別列車の機関士として日本に帰還していれば、そのほうがいいと思った。ただ、忠志の妻子を日本に無事帰国させる責任が重く伸し掛かった。

地段街を通り抜けると、入母屋造りの高い大きな甍《いらか》が目に入った。哈爾浜西本願寺だ。ぞろぞろと足を引きずって歩く男たちの列が門に入って行った。久野が言っていた奥地から逃れてきた開拓民だとすぐにわかった。

誰もが半病人のようで、歩くのがやっとという状態だ。ぼろ布をまとったような服装で、荷物もリュックを負っている者はわずかだった。風呂敷包み一つが大方で、何も持っていない者もいた。中には、麻袋を頭から被った一団もいた。筒井は呼び止め、声をかけたいと思ったが、はばかられた。

筒井は一行とすれ違いながら、気づいた。男ばかりだ。それも筒井と同年齢で五十歳前後、年寄り、子供はほんのわずかだった。女はときどきすれ違ったが、男たちに比べ、その数は少ない。この避難民たちが開拓地から哈爾浜にたどり着くまで、何が起きたか、筒井は容易に想像できた。

ソ連軍の侵攻、手荷物一つ持つのがやっとで開拓地を逃れる。地上攻撃機からの銃撃、ソ連兵の銃撃で追われる。土地を奪われた満人の積年の恨みが一気に爆発、そして襲撃、なけなしの荷物を奪われ、着ているものまで奪われた。匪賊が襲う。女は拉致され、餌食とされる。逃避行に老人の体力は持たない、置いていってくれとその場から動こうとしない。子供が苦しみの果てに死ぬのであれば、いっそ今、思い切って、と母親は決断する。

筒井は哈爾浜駅に向かう陸橋を渡った。開拓民のばらばらな列は哈爾浜駅から続いていた。列車が速度を落とし、近づいてきた。レールの継ぎ目を通過する車輪の音の間隔が、次第にゆっくりとなる。陸橋が機関車の黒煙に包まれた。

機関車に繋がれた無蓋車が何輌も続いていた。牡丹江方面からの列車だと筒井は思った。人がぎっしりと詰め込まれていた。死体の山かと、一瞬息を呑んだ。それがもぞもぞと動いた。避難民が詰め込まれた列車だった。

家族の顔が浮かんだ。この開拓民の姿、恰好が家族のそれと重なった。筒井の体は小刻みに震えていた。恐ろしさがそうさせた。先行きの大きな不安に押し潰されそうだった。

筒井亮二は身体がでかいわりに、気が小さい奴と、子供の頃から言われていた。竜岡村のわずかな自作地を持った小作農の次男だった。親は小学校もろくに通わせず、その大きな身体を頼って、農作業を手伝わせていた。亮二は不満も言わず、親の言う通りまじめに働いた。

兵役が終わると、亮二に養子の口がきた。阿智村の筒井という小作農家だった。自作地もあったがわずかで、実家よりも小さな農家だった。妻のいとは三つ上の姉さん女房だった。亮二は、身体はでかく、まじめでおとなしく、働くことが道楽と周りに言われていた。が、実際のところ頼りなげで、何事も決めかね、腰が引ける亮二にとって、しっかり者の姉さん女房はぴったりよ、と周りはからかい半分で勧めた。

その亮二が決断した。開拓団に入って、満洲へ行くと言ったのだ。その頃、筒井の家は、農閑期には土木作業員として働いた亮二の努力と妻のいとのやりくり上手で自作地を増やしていた。小作農家の中でも余裕のある家になっていた。子供も男二人に、女が一人できたが、先行きの不安はなかった。

それが土地をすべて処分して、満洲に行くと言った。妻のいとは驚いた。いとの親も反対した。満洲に行けば、二十町歩の土地で百姓ができる。さらに頑張れば、三十町歩も夢ではない。俺だったらそれができる。自分の土地で、実らせ、収穫することが本当の百姓だ、と言って、一歩も引かなかった。さらに、お前たちが行きたくなければ、俺一人でも行くと言い張った。性根の小さい人だと思っていた夫がここまで言うのは、いとにとって驚きだった。

亮二の実父母も兄も、亮二の決断に正直驚いた。察するに竜岡尋常高等小学校の西澤校長が開拓団団長となって満洲に行くということだから、西澤先生に強く誘われたな、と実兄の孝一は思った。

西澤は竜岡尋常小学校の訓導だった頃、亮二の担任だった。亮二がしばらく小学校にこないと、家にやってきて両親に説教し、勉強の遅れを取り戻すために何かと親身になっていた。西澤先生が訪ねてくると、亮二はおどおどした態度で畏まっていたが、それでもどことなく嬉しそうな素振りを見せていたことを孝一は思い出した。

ただ、亮二の決断は西澤の勧めではなかった。きっかけは西澤の話ではあったが、亮二が決めた大きな理由は、他人の自分への評価を覆してやろうという気負いだった。気弱い奴だとか、性根がないと言われることに甘んじていた自分だが、決める時は決めるということを示す機会だった。

五族協和、王道楽土建設という西澤の受け売りの言葉を口にするようになった。亮二さは偉い、田畑まで売ってお国のために尽くす、損得だけではできないもんだ、賞賛の声はあげながらも、欲の皮が突っ張ったことだろうよ、と陰では冷ややかに言う者も少なからずいた。

三江省通河県清家屯の開拓地は、満人の土地を強制的に買い上げ、開拓民に割り当てた土地もあったが、大半は未開拓の土地だった。筒井が入植した中央部落は、満人の耕作地だったところで、金銭の備えがある開拓民に割り当てられた土地だった。筒井は阿智村の田畑を売った金が物を言って、そこに入植することができた。

その成果はその年の収穫期に現れた。自墾地の他の部落は、やっと次の年に収穫するための準備が整ったのに、中央部落は入植した秋には、満足とはいかないまでも、収穫はあった。満足とは言えないというのは、欲の大きさと比べただけのことだ。大豆、トウモロコシの畑作物の収穫量は、米との違いはあったが、阿智村では得たこともないものだった。それ以上に、そこから得られた収入は全部が全部自分の物になった喜びは筒井を有頂天にさせた。それまで自慢することはなかった筒井が、自慢を口にするようになった。

翌年に、十九歳になる長男の忠志が哈爾浜の機関士養成所に入りたいと言い出した時、すんなりとそれを認めた。妻のいとが、百姓の後継ぎだと言って、反対したが、筒井は後継ぎは次男の貴志でもいい、忠志に手に職を付けさせる余裕ができたことを素直に喜べ、と阿智村にいたときの筒井とは考えられない、太っ腹な口調で言った。いとは筒井の変わりように戸惑いながらも、人は変わるものだと感心した。

ただ、それから数年後に筒井の弱気の虫が戻ってきた。

昭和十八年後半から、開拓団員に召集令状が届くようになり、開拓団員の働き盛りの男たちが、召集されていった。開拓農家は人手不足に陥り、生産に大きな影響が出てきた。筒井の家は、次男の貴志が小学校を卒業し、働き手になって影響はなかった。だが、団長の原口が打ち出した農業の協同化と雇った中国農民の収穫量の分配比率を上げたことが、筒井の家に影響を与えた。

筒井は原口の提案を真っ先に反対した。俺のところは、今まで通りでやっていける、と主張したのが間違いだった。阿智村にいたときは、そんなことを口にすることはなかったし、そもそも口出しすることはなかった。

筒井の言葉に、即座に口を出したのは、同じ中央部落の勝田だった。

「俺は団長の案に乗るよ。筒井、やれるんだったらやるさ」

勝田は冷ややかに言った。自分とこだけでやれると思っているのが浅はかだと、勝田は独り言のように言った。

二十町歩の畑は、中国人農民を雇って初めてできることだった。その農民は、その土地を追われた者たちだった。悪感情を押し殺して、開拓農家に雇われていた。筒井だけが分配比率をそのままにしていたら、筒井の畑に通っていた農民は誰もこなくなる。今まで世話になったという好感情があるはずがないし、その義理もない。勝田は、それがわからないかと言いたかったが、冷ややかに笑うだけだった。

駅舎のてっぺんにある時計の上に、筒井が三年前に見た「大満洲国」の電飾看板はなかった。代わりに大きな赤色旗が掲げられていた。それと吐き出されてくる避難民の群れを除けば、哈爾浜駅は、三年前とさして変わらなかった。駅前の大きなロータリーをロシア人たちが、避難民に好奇の目を向けながら散歩していた。路面電車が避難民の脇をゆっくりと通っていった。

それは平和な光景だった。二十日前のソ連軍の侵攻、哈爾浜爆撃、敗戦後のソ連軍入城という緊迫した日々は、遠ざかろうとしていた。ただし、それはこの地に残された日本人を除いてのことである。平穏な日々は決して戻ってこない生き地獄に日本人は身を置いていた。

改札口に立つ駅員二人が、日本語で話をしていた。筒井は、年かさの駅員に話しかけ、日本人機関士の消息を尋ねにきた、駅長か助役に会いたいと言った。

駅員は筒井をじっと観察すると、小声で無理だと言った。駅長、助役はすべて満人だ、と言い苦い表情をした。俺は助役だったが、今は平の改札係だ、日本人の駅長はいなくなった、ソ連軍に連行されて、その後消息はない、と言った。

筒井は、息子は筒井忠志という、年は二十六だと言うと、年かさの駅員は、働き盛りだな、恐らくハイラルか、満洲里《マンチュリー》へ遣らされただろう、ひょっとしてそのままシベリアかもしれん、と言った。

もう一人が、親父さんを脅かしてもいかんぞ、ソ連は三ヶ月たったら撤退すると言っている、それまで待つことだ。心配することはない、機関士だ、ソ連軍も粗略にはせん、と言って筒井の肩を叩いた。

駅前からまっすぐに伸びる通りの先に、中央寺院の尖塔が目に入った。自分が異国に来ていることを改めて思った。哈爾浜の空に筋雲がゆっくり流れていた。もう秋空だ。筒井の目に故郷の下條山地の山並みが映った。阿智村の空高く、刷毛《はけ》で払ったような筋雲が目に映った。

筒井は、清家屯に戻らなければ、今は開拓団と共に生きなければ、と思った。弱い人間同士は皆で支え合う、筒井はそんな気持ちになっていた。家族が生き永らえ、必ず伊那谷に帰ることを強く決心した。

八月末、伊那谷郷開拓団は残留を決めた。

筒井が哈爾浜から戻って、すぐだった。筒井は長男の消息は摑めなかったと言ったが、何か吹っ切れたような表情で、哈爾浜の状況を語った。幹部会は大方残留の方向でいたが、筒井の報告で決定した。

原口には最善の策とは到底言えない、かといって次善の策とも言える自信もなかった。問題を先送りしただけのことと、先の不安をかき立てられる。ただ、原口はそれを決して口には出さず、表情にも出さなかった。先送りではない決断をどの時点でするか、次が正念場だと思った。

「だが、どう残るか、だ」

原口が言った。

「どういうことだ」

勝田が聞いた。

「今まで通りとはいくまい。まず、ここの満人との関係だ。開拓地を放棄した開拓団は、満人と対立していたと聞く、ここはそこまでではないにしろ、満人の不満はくすぶっている。いつ火がついても不思議ではない」

「そりゃそうだ。満人が耕作していた土地を、力ずくで奪ったようなものだ。わずかの金で、だ。恨み骨髄に徹す、簡単に消えるもんじゃない」

　丸山が笑って言った。

「丸山、俺たちのことを言ってるのか」

　勝田が凄むように言った。

「ああ、そうだ。中央部落の土地だ。俺たち北と西部落は、自分たちで開墾した土地だ。あんたら、俺たちが三年目にやっと収穫にこぎつけていたのを、最初の年から実らせていた。それはそれで文句をつけることではないが、あんたら、北や西を見下すようになった。大豆、トウモロコシ、麦の種を借りにいくと、法外な利子で貸し出す。馬の共同購入を持ち掛けると、うちは自前でやる、と鼻でせせら笑った。ここの開拓民は皆、伊那の小作農か小自作農だ。それがどうだ、ここにきたら理不尽な地主のような振る舞いをしやがって。そんなことではいかんと、前の西澤団長が、勝田、あんたにぜひ協力してほしいと土下座して頼んだと聞いているぞ。五族協和、王道楽土建設といえば、開拓団が一つにまとまると思った西澤先生の甘いところだが、それでも一つにまとめようと頑張った」

　丸山の語気は次第に荒くなってきた。

「丸山さん、そこまででいいだろう。今さらそんなこと言っても、何も始まらん。これからどうするかだ」

　原口は穏やかに言った。

「そうだよ、団長、これからどうするかだ、俺はもう決めたよ」

丸山は少なからず、興奮していた。その後、丸山が言ったことに、幹部たちは唖然とした。

丸山は土地の半分を王の名義にすると言った。さらに、帰国する時期がはっきりしたら、残りの土地も王名義にすると言った。

王寿永は、丸山の下で働いている若者だった。家族は、王の母親と嫁、二歳の男の子と、女の乳飲み子の五人だった。

王は以前、通河県の北の奥地で中国人農家の下働きとして働いていた。父親は山東からの出稼ぎ人だったが、早くに亡くなり、母親は農家の下働きをして寿永を育てた。その農家が日本人開拓地となる土地を泣く泣く手放した時に仕事を失い、母親と共に清家屯に流れてきた。

開拓団が入植した翌年の春先だった。どんなことでもするから、働かせてくれと開拓団本部に頼み込んだ。団長の西澤は、哀れに思い、中央部落の主だった家に、五族協和の精神で、受け入れを頼んだ。どの家も、五族協和は大切だがそれはそれ、今は満人の人手は足りていると言って、やんわりと断った。

西澤は北部落、西部落は、開墾で人手は欲しいが、雇う余裕はないだろうと思ったが、幹部の丸山のところに話を持って行った。丸山は拍子抜けするほど簡単に引き受けた。ただ、しばらくは納屋住まいだがいいか、というと西澤は上等、上等と言って、王以上に喜びを顔に表した。西澤の胸に五族協和の実践は、こんな些細なことを積み重ねて実現できると熱い思いが湧きあがった。

王親子は、丸山の恩に報いるように身を粉《こ》にして働いた。その年、冬を前に王親子の家を、北部落の男たちの協力を得て建てた。土壁の二間、台所の小さな家だったが、王の母親は号泣して感謝した。

丸山は、あんたたちの働きで、開墾地が予想以上に広くできた、それに今年の収穫量も多かった、礼を言うのは、こっちのほうだ、と照れたように言った。と言っても、王の母親には丸山の日本語は通じていなかった。

その翌年、王寿永は嫁を娶った。中央部落に近い、中国人農家の三女だった。元々土地持ちだったが、わずかな金で買い取られ、今ではわずかな自前の土地と開拓農家の働きで糧を得ていた。人減らしは好都合だった。それでも、結納金は当然のように要求した。

それを丸山が立て替えた。丸山は王に、俺が払ったのでは、お前の面子《メンツ》が潰れるだろう、催促なし、期限なしの借金だと思ってくれ、と笑って言った。

団長の西澤はそれを聞いて、まさに五族協和の実例、このようなことが積み重なって、王道楽土がつくられていく、このことを早速、本国拓務省に報告させてもらう、と言って、丸山を苦笑させた。

　その丸山が、開墾した土地を王名義に書き換える、と言った。それればかりか、今、俺の家に、王家族に住まわせ、俺たちは王の家に移ると言った。そこにいた幹部連は唖然として声もでなかった。しばらくして、中村が、そこまで、やるのかと呻《うめ》くように言った。

「そうさ、生き残るための打算だ。きれいごとではない。俺たちはここで、生き延びることはない。ここを離れることは確実なことだ。それがいつかだ、一年後か、二年後か、それまでは生き延びなければならない。いいか、この地はもう、俺たちのものではない。明日、追われても不思議ではない。俺たちの土地だと思っていても、満人はそう思わない、日本は負けたんだ。だったら、こちらから先に恩を売る。それまでの生きるための保証を得ることだ。王が義理堅い男と見込んでいるから、俺はそうしたんだ」

　筒井が何か、言おうとした。ただ、すんなり声が出なかった。筒井が原口を見た。原口が小さく頷いた。それに市野が気づいた。

「実は俺も、そのことをハルピンで考えていた。満人とうまくやっていくことが、生き残ることだと思った。丸山さんの言うように、ここの土地は俺たち日本人のものでなくなった。俺のところで働く元の土地主の二家族にそれぞれの半分の土地を名義変更するよう持ち掛けた。そうしたうえで、協同してやろうと言ったんだ。半信半疑で聞いていたから、あんたらの力なくして俺の家族が生きられん、とはっきり言ったら、納得して受けてくれた」

　筒井が言うと、勝田が、ハルピンで何を脅かされたか知らんが、軽率もはなはだしい、満人どもが調子に乗って、他の家も要求してくるぞ、と吐き捨てるように言うと、原口はそれをすくいあげるように言った。

「そこだよ、勝田さん、満人とどう折り合っていくか、それが生き残りの鍵だ」

　原口はふっ、と笑みを浮かべた。そして諭《さと》すように言葉を続けた。

「俺たちは日本国籍を残したまま、満洲に来た。満洲国籍を得て、満人になっていれば、ここで生きていくことができようが、俺たちは日本人だ。離れるしかない。生きて、日本に帰る、選択は決まっている。遅かれ早かれ、土地は手放すことになる。だったら、どうする。丸山さんが言うように、打算的になることだ。満人たちが力ずくで要求してくる前に、一手を打ち出すことだ」

　市野はあれっ？　と思った。団長はすでに、丸山や筒井が言うことを予め知っていたうえで、言っているのか、というより、これは団長の策かと疑った。

　市野の思った通りだった。筒井は哈爾浜から戻ると、すぐに原口を訪ねた。筒井は哈爾浜の危機的な状況、北満奥地の開拓民の惨状について語った。筒井は今、哈爾浜に行ったところで、日本に帰る目処はない、しばらく開拓地に留まったほうがいい、ただ、清家屯の満人がどう動くか、それが気がかりだと、言った。

　原口は、その満人たちのことだが、と言って、筒井が思いもしないことを言った。

　三日前、丸山さんが来て、俺の土地の半分を使用人の王に名義変更するつもりだと言って、さらに、俺の家と王家族の住む家を換えると言った。どうしてか、と聞くと、開拓団はここには残ることになるだろう。だが、それもあとわずかなことだ、土地も家も必要ない。だったら今、王に渡してやっても、さして変わらん。それに、俺たちがいなくなったら、この土地が誰の物かわからんことになる。満人同士の諍《いさか》いになる。所有者がはっきりしていれば争いごとにならん。全部の土地を名義替えすればいいが、それでは王のことだ、絶対断る。そこで、協同でやるってことだと言って、納得させるつもりだ。

　筒井さん、丸山さんの決断をどう思う。どう思うと言われても、と言ったまま、筒井は黙った。哈爾浜での光景が浮かんだ。ぼろ布をまとった開拓民の男が足を引きずって、歩いている。その男は、俺だ、と思った。

　臆病になることだ、臆病になって考えを変えればいい、どうせ去っていく土地、今手放して家族の命が守れれば、どうという代物ではない、筒井は、俺も丸山さんと同じにする、と言った。

「そうするとしても、各々の家でてんでばらばらにやっても、満人のほうでも混乱し、結局、疑いと不信だけが膨れるんじゃないですか」

市野が聞いた。

「何だ、市野、お前のとこもそうするのか」

勝田が驚いたように言った。

「勝田さん、西部落は北と事情が同じだ、問題は中央でしょう」

市野と同じ、西部落の中村が言った。

「お前ら最初から、つるんでたんじゃないか。団長、どうまとめるんだ。あんたの仕掛けだろう。ワルの策士だよ、あんたは」

勝田が毒突いた。

「副団長の言うことは、もっともだ。団としてまとまってやることは当然だ。満人部落長と詰めた話も必要だ。明日の朝、家長会を開く。そこで全世帯の賛同を得ることが、まず始まりだ。勝田さん、あんたが賛成してくれれば、うまくいく」

勝田は、チッと舌打ちすると、後は何も言わなかった。原口の言葉で、大勢が決まった。

だが、開拓団にはそれ以上の難題が待ち受けていた。さらなる決断を強いられることを、原口はまだ知らなかった。

一九四五年九月三日、ソ連軍との降伏文書が調印され、旧満洲の統治権は満洲国からソ連に引き渡された。

ソ連軍は満洲での日本人の保護、引き揚げには驚くほど無関心だった。彼らの最大関心事は旧日本軍の軍需物資、在満日本企業の工作用機械等の工業設備の撤去略奪とそれらの本国への移送、そして、旧日本軍兵士を中心とする邦人男子のシベリア抑留のための移送だった。

降伏文書調印から三ヶ月以内にソ連軍は撤退することになっていた。撤退完了日は十二月二日としたが、冬の気配が感じられるようになっても、その兆候は全くみられなかった。

九月の初めに、清河鎮にソ連軍部隊が進駐した。県庁舎、日本人官吏公舎とその裏手にあった日本人学校が兵舎として接収された。中隊規模の部隊で、清河鎮とその周辺地域の治安維持のためだった。

五日後、将校用の小型軍用車輌と十名ほどの兵員を乗せたトラックが、土煙をあげ中央部落に入ってきた。道端に出ていた鶏数羽が、車に追い立てられるように、けたたましい鳴き声をあげ、家の庭に逃げ込んだ。何事かと、戸を開け、顔を出した住民は、車輌を目にすると、慌てて戸を閉めた。

車輌は本部の門をくぐると、小学校の運動場に乗り入れた。小学校の教室から珍しそうに顔を出していた子供たちが、教師役の開拓民婦人の叱責で、慌てて顔を引っ込めた。

下士官の指示で、兵士たちがトラックを降りた。開拓団本部の門の前で銃を構え、警戒態勢をとった。将校と下士官、通訳の中国人が本部の建物に入ると、兵士たちは、辺りの様子を探るように歩き始めた。三人の兵士が、運動場を横切って、校舎に近づいていった。

平屋造りの二棟の校舎はそれぞれ六教室あり、本部に近い棟には職員室があった。その隣は講堂で、開拓団の集会場でもあった。三部落の児童合わせて百数十人が学んでいる。北・西部落にも分教場があったが閉鎖された。どの部落にも専任の教師はいたが、昭和十八年から順次出征し、十九年六月には教師不在となったからだ。その後は北、西部落の児童は本校まで通い、主に中央部落の開拓民婦人たちが、面倒を見ることになった。

髭面の兵士が、教室の中を覗き込んだ。二十数名の子供たちが教室の片隅に集まっていた。婦人一人が、庇うように寄り添っていた。髭面の兵士が、指笛を吹くと、二人が駆け寄ってきて、教室を覗き込んだ。婦人が気丈に男たちを強い視線で睨むと、三人は顔を見合わせ、下卑た笑いを上げた。

一人が隣の教室を覗き、奇声をあげ、満面に笑みを浮かべた。二人が続いた。三人は順次、教室を覗き込み、興奮したようにはしゃいだ。

原口は居丈高《いたけだか》に命令する将校の口元を見据えていた。口髭を蓄えていたが、まだ若い将校だった。エリセーエフ中尉と名乗った。

中尉は目の前に立つ男が、今まで接した日本人に比べ、かなり大柄なことに内心驚いた。そして、左頬の傷跡、鋭利な刃物で切り付けられた跡と見られるが、その傷跡に、いかなる力にも動じないこの男の強さを感じた。中尉は圧倒されないよう、さらに居丈高を装った。

通訳の中国人が将校の言葉を伝えた。清河鎮の通河県支所の吏員である初老の日本語、ロシア語の通じる中国人通訳は、中尉の過剰と言える言葉に戸惑いながら、原口に伝えた。

この地域の安寧確保のために駐屯したのであって、日本人に害を加える意図はない。ただし、日本人が無謀な行動にでれば、銃をもって徹底して抑え込む。女、子供も容赦しない。不穏な動きととらえられないよう、厳に慎んで行動せよ。

では、次のことを駐屯部隊長、イリミンスキー少佐の名において、命令する。

一つ、開拓団の現状を書面にて報告すること。開拓団の人員、男女別年齢構成、開拓団指導部の役員名簿、そして、開拓団及び個人所有の農業機械の種類、所有台数、所有船舶、蓄えられている穀物の種類とその量、馬、牛、その他の家畜の頭数である。次、狩猟用、護身用の銃火器はすべて供出すること。隠し立てして、その後所持が判明したときは、清河鎮駐屯部での軍事裁判によって当事者はもちろん、開拓団指導者も銃殺刑があり得る。以上を明後日の午後三時までに、開拓団指導部の幹部全員を伴い、駐屯部まで持参すること。日時等、遅れるようなことがあれば、理由の如何を問わず、命令違反として厳罰に処す。以上である。

中尉は通訳が話し終えると、踵《きびす》を返して出て行った。質問も何も受け付けない、という態度だった。

原口が見送りに出ると、兵士たちが校舎の前をうろついていた。中には、窓から覗いて、奇声を発している者や、下卑た笑いを上げている者もいた。原口は、まずいと思った。教師役をしている婦人たちを見てのことだと、すぐに察した。

下士官が、怒鳴るように集合の号令をかけた。兵士たちは、のろのろと緩慢な動きで、集まってきた。服装はどことなく、しまりがない。薄笑いを浮かべた表情は愚鈍に見えたし、酷薄にさえ見えた。軍律が行き届いていない、と即座に見て取れた。

ソ連の先遣部隊は囚人部隊と聞いていた。軍律なき軍隊で、日本人が危害にあっている。特に少女、婦人たちは鬼畜の餌食同様になっている。筒井が哈爾浜で見聞きしたことだった。

ゆっくりとトラックに戻る髭面の大男と目があった。髭面が威嚇するように近づいた。原口は髭面から目を離さなかった。睨み合った。髭面が銃を持ち直した時、下士官が、髭面の名を呼んだ。髭面は、舌打ちをすると原口の足元に唾を吐き、離れた。

原口が恐れたことが起きた。それも二日後、原口たち幹部が、エリセーエフ中尉が要求した書面を清河鎮駐屯部に届けに行った日の午後だった。幹部連が不在と知った上での行動だった。

小学校の授業は、午前中で終わり、午後は教師役の婦人たちが、明日の授業の打ち合わせをしている時だった。ソ連兵二人が乱入してきた。まだあどけなさが残る若い兵士だった。

二人の兵士は、エリセーエフ中尉に従って開拓団本部に行った古参兵たちから、半ばそそのかされてやってきた。古参兵たちは、開拓団の日本人女は若くて豊満な肉体、夫は出征したままで、女どもは身を火照らせ、その身を持て余しているだろうと身振り、手振りで話した。

明日、本部の主だった男たちは、この駐屯部にやってくる。女のところに行くには、絶好の機会だ、お前らは若い、俺たちと違ってむさ苦しくない、女どもは簡単に受け入れるだろう、馬を用意してやるから行って来いと、薄笑いを浮かべ、言った。

古参兵たちは、日本人の女たちがどの程度抵抗するかを知るために、二人をそそのかしたのだ。それ次第で、自分たちがどう襲うか、その手筈を整えようという目論見だった。

若い兵士たちは、にこやかに婦人たちに近づいた。乱暴はしない、仲良くなりたいために来たんだ、と猫撫で声で話しかけた。もとより、婦人たちにロシア語が通じるはずはなかった。

木下加代が、一歩前に出た。一歩出ながら、三人の婦人たちに、逃げなさい、と叫んだ。三人は躊躇していたが、加代は、すぐ男衆を呼んできて、と叫んだ。三人は教室の出入り口から、外に飛び出した。

兵士は、加代が一歩出た時に、てっきり身を任すためと思った。だが、女三人が駆け出した。加代は、二人の兵士を遮るように、両手をいっぱいに広げた。加代は気丈な女だった。

夫の周造と添い遂げるために、自分の思いを通した女だった。

下伊那郡泰阜《やすおか》村の木下周造とは、お互い憎からず思っていて、将来は共に、という仲だった。それが、一家を挙げて満蒙開拓団として満洲に渡ることになった。周造は、そのことを加代に告げなかった。それを知った加代は、周造をなじった。

周造は、言い出せなかった、満洲に一緒に行ってくれと頼めなかったし、加代の両親が絶対反対する、俺のとこは、自分持ちの田んぼはほんの少しの小作だ、加代の家と違う、と気弱く口にした。

加代の家、熊谷家は中條村の、小作地もある裕福な自作農だった。両親は、長女の加代が周造と一緒になって、満洲に行くと聞いて、あいた口がふさがらんと、呆れ返った。もともと、小作に娘をやるつもりはなかったし、ましてや満洲くんだりまで行かせるのは家の恥と秘かに思っていた。聞き耳もたん、と一蹴した。

加代は、それであきらめなかった。竜岡村の小学校長西澤庄一が開拓団の団長を務めると聞いて、周造を伴って西澤を訪ねた。

加代は、西澤に満蒙開拓団の目的は、五族協和、王道楽土の建設にある、お国の立派な取り組み、お国のために満洲に行くのに、私の親は反対します、私が満洲に行くのは、家の恥と、口にしました。先生、そんなことでいいんですか、先生の口添えでぜひ、親を説き伏せてほしい、と頼んだ。

加代は好いた周造と添い遂げるためだったら、お国を持ち出してでも構わないと思った。

西澤は、加代の突然の申し出に、驚き、悩んだ。確かに、加代のお国のためという言い分は正しい。だが、それを親の承諾を得ず、無理やり通せば、加代の両親が非国民扱いされることになる、それでは満蒙開拓の理想とかけ離れる。

周造は気弱く、下をうつむいたまま、終始黙っていた。周造は下伊那の山家《やまが》の男にしては、上背のある優男《やさおとこ》で、目鼻立ちのくっきりとした、見るからに気丈な加代とは、好対照を見せていた。

　西澤が、周造にあんたはどう思う、と聞くと、周造はもぞもぞ口ごもるように、俺は一緒になれれば嬉しい、だが、加代の両親の反対まで押し切ってとなると気が重い、と言った。

　西澤は、加代に、一時の想いで一緒になっても、後の苦労で後悔することにもなるぞ、と西澤には珍しい、意地悪な言い方をした。西澤はすでに二人を添い遂げさせようと、腹をくくっていた。そのために、加代の覚悟のほどを知りたかった。加代は、共に苦労を分かちあう、と気負うことなく、あっさりと言った。

　西澤は、周造にあんた次第だ、あんたがぐずぐずと優柔不断な態度でいるなら、私は加代さんに、あきらめろと勧めると、これも意地悪く言った。それと、木下の家長は、このことについてどう思っているか、それも肝心なことだと言った。

　俺の親は、加代は、お前にはもったいない、一緒になってくれれば、こんな嬉しいことはない、と言っている。俺は、加代と一緒になりたい、満洲で一所懸命働いて、加代を幸せにし、加代の親に心配かけないようにしたい、と言葉をしっかり嚙むように言った。

　西澤が下條村の村長共々、熊谷家に赴いたのは、さほど日にちは経っていなかった。

下條村村長の仲人で、式を挙げたのは、満洲に旅立つ三日前だった。加代の父親も子の親、そうと決まれば加代が苦労しないよう、木下家が満洲で既墾地を得るための持参金を持たせた。

兵士たちは、行く手を阻もうと、加代が両手を広げたことに、正直驚いた。加代の行動が予想外に思えた。二人は、自分たちの間抜けさを思った。古参兵の口車に乗ったことに気づいた。屈辱を覚えた。その思いが、加代を餌食として屠《ほふ》る行為に直結した。

一人が、加代を押し倒した。もう一人が加代のモンペを引き下ろそうとした。加代は激しく抵抗した。伸し掛かった兵士の腰の銃剣が加代の手に触れた。加代は抗いながら銃剣を抜き取り、兵士の右腕を刺した。兵士は悲鳴をあげ、転がった。加代の腰に顔を埋めていた兵士が顔を上げた。加代が銃剣を払った。切っ先が頬を掠《かす》った。兵士は恐怖の表情を浮かべ、腰を落としたまま後ずさりした。

馬蹄の響きが教室に届いた。原口が教室に飛び込んできた。兵士二人は慌てて立ち上がると、廊下に出た。加代は兵士に向けて、銃剣を投げつけた。廊下の板壁に突き刺さった。兵士は慌てて銃剣を引き抜き、逃げて行った。

原口と市野は、その日のうちに清河鎮駐屯部に出かけ強く抗議し、対策を求めた。応対に出たエリセーエフ中尉は、そんな報告は入っていない、とそっけなく言った。

ただ、上級軍曹の命令で、二人の兵士を巡察に行かせたという報告は受けている。その際、落馬した一名が、左腕を負傷したと聞いている。赤軍兵士にあるまじき負傷だ、と強く注意したことは事実だと、苦い表情で言った。

それより、と中尉は言うと、供出された猟銃が五丁とは少ない、と言った。隠し持っていると疑われる。捜索のために、小隊を派遣することも検討している、と取って付けたように言い、原口の抗議をうやむやにし、二人を追い返した。

清河鎮駐屯部隊は軍律なき部隊と断じた原口は、翌日、防衛のための手立てを、開拓団に周知させた。

日中での婦女子の避難場所、警戒要員の配置と緊急時の合図、避難ルートと避難方法、そして、襲われたときの防衛方法などが、こと細かく開拓民に知らされた。

三日後、再びソ連兵の侵入があった。中央部落の集落から北に外れたところにある三軒の家が狙われた。油断があったわけではなかった。兵士たちは虎視眈々と獲物を狙っていたのだ。

その日は遅くなった稲刈りを始める日で、三軒の家の一部の女性は待避場所の小学校の講堂には行かず、作業のためにそれぞれの家に待機していた。そのわずかな隙をつかれたのである。女性が襲われ、警戒に当たっていた少年が刺殺された。十六歳だった。

原口は即座に決断した。中央、北、西部落で、それぞれ中心集落から離れたところに家を持つ家族は、家を放棄し、本部の小学校に移ることを団長命令で告げた。反対した者もいたが、年寄り、女、子供ばかりで守れるはずがない、殺されるよりましだと言う者が大勢で、原口の命令は断行され、三部落合わせて、十一家族五十三人が、本部棟、小学校校舎、空き家となっていた教員住宅に移った。

四　二人の逃亡兵

広大な空に黒豆のような粒が次第に大きくなり、爆音と共に迫ってくる。獲物を追い詰めたエンジン音は、すぐにハンターの邪悪な意志をのせた乾いた機銃音に変わった。

塹壕に身を伏せた村岡たちの真上を一直線に向かってきた地上攻撃機は、決して撃ち落とされることはないと、高をくったように超低空で飛び去って行った。塹壕の中の兵士たちは、自分たちがまだ生きていることをお互いに確認しあうように一斉に上体を起こした。

爆音は遠ざかるが、大きく旋回し再び塹壕に向かってくるのは、数十秒後だ。村岡の脇には、それは何回目の攻撃の時だったろう、邪悪な意志によって頭部を半分、吹き飛ばされた兵士が横たわっていた。

一瞬のことだ、それならそれでいい、一瞬のうちに俺の今も、過去も、未来も消え去る、それならそれでいい、と村岡は呪文のように呟き続けた。

村岡雄一は昭和十八年三月、下伊那農学校を卒業と同時に、単独で満洲に渡り、浜江《ひんこう》省珠河近くの珠子屯自由開拓団に入植した。そこは各県各村から寄せ集まった開拓団で、満洲開拓を夢見て、単独で入植する者が多い開拓団だった。

両親は農学校を出たのだから、わざわざ満洲まで行かなくとも、伊那では働き口は事欠かないはず、と言って賛成しなかった。

しかし、在学中から満洲開拓に熱い思いを抱いていた村岡には通じなかった。結局、次男ということもあって、父親は渋々承知した。

昭和二十年七月十日、村岡は珠子屯開拓団から軍隊に召集された。十七歳以上、四十五歳までの男子が軍隊に召集された根こそぎ動員である。開拓民は召集を免れると信じていたから、召集令状を手にしたとき、妻子もちの男たちは不安に押し潰されそうになった。

十九歳になっていた村岡は召集されることに何らためらいもなかった。十九歳の年齢からいくと、村岡の召集は遅いぐらいだった。何時になったら来るのかと思っていた。置き去りにされているのかとさえ思った。妻子もちの男たちの沈痛な表情に嫌悪さえ抱き、自分たちが軍隊に入ることで、家族を、開拓地を、満洲での生活を守ることになるのだ、と彼らに面と向かって叫びたかった。

村岡は満洲の地に足を踏み入れた時以上の高揚感を抱いて軍隊に入った。しかし、入隊して間もなく、その高揚感はいとも簡単に消えた。戦う前に敗北感とはどんなものか知ることとなった。

生きることは、生きるためのすべての望みが絶たれる状態にいかに早く慣れるかということだった。生きることの意志を鈍磨させ、息をし、手足を動かすだけに意識を向けること。それがわかったのは、ひと月もあれば十分だった。

配属部隊は三江省の中心都市、佳木斯《チャムス》にある第百三十四師団歩兵三百六十五連隊だった。根こそぎ動員で再編された師団の一つである。村岡の中隊は二十歳前の未だ童顔が残る者がいたかと思えば、四十を越えた中年兵士が混在し、見るからに俄仕立ての軍隊だった。

村岡は、精強百万といわれている関東軍は、帝国陸軍の最強の軍隊であると思っていたから、これが関東軍の姿だとは信じられなかった。部隊は恐らく後方支援部隊で、国境に近い前線では主力となる精強部隊が展開しているに違いないと思った。

だが、その確信はすでに揺らぎ始めていた。村岡は佳木斯に向かう動員列車のなかで、開拓民らしい中年の男たちが声を潜めて、俺たちが兵隊にとられるようじゃ、日本は負けだな、と言った言葉が蘇った。その時は、その男たちを、憎悪をこめ睨みつけた。男たちは村岡の様子を察したのか、そのまま押し黙ってしまった。しかし、村岡の胸に粟粒ほどの不安が生じていた。

村岡は知らなかった。関東軍精鋭は日米開戦後、順次南方に引き抜かれ転戦し、さらに昭和二十年になると、兵力、資材とも本土防衛のために移っていた。さらに陸軍は、対ソ持久戦を企て、満洲の防衛線を大連、新京、図們の三角線まで密かに南下させていた。ソ満国境に近い村岡の師団は、関東軍の後退をソ連軍に悟られないための張子の虎だった。

しかも、多くの兵士に歩兵銃は行き渡っていなかった。将校たちは、歩兵銃は三十トン戦車にとっては痛くも痒くもない、なくてもどうってことない、邪魔になるだけだ、と自嘲的に言った。

昭和二十年の七月、村岡の中隊での訓練はもっぱら、ソ連戦車を想定しての自爆訓練だった。十キロの重さの砂袋を持って、ひたすら走る。実際の爆薬は、その半分以下だ。今は苦しいが、戦闘になれば楽だ。下士官たちはそう言っては走らせた。

死ぬのが楽になるということだ、それもいいだろう、村岡は吐き出しそうになった言葉を、腹の中に飲み落とし、走った。精強百万の関東軍の実像は、村岡のなかで、泡が弾けるように消えていた。

「俺は、イノウエ、ショウジ。あんた、そんなのろのろしてたら、ソ連兵に目をつけられるぞ。それに上背があるから何かと目立つ」

　男はそう言うと、村岡の背を押した。ソ連兵が整列を命じたときだった。何をするにも緩慢で呆《ほう》けたような村岡を見かねて声をかけたと、後になって井上は言った。そうでなかったら、緩慢な動きは反抗的ととられ、撃ち殺されただろうと、付け加えた。そのまま、村岡の部隊が武装解除されたのは、三江省松花江に近い方正《ほうまさ》の街だった。その郊外の収容所に入れられた。兵士、避難民がごちゃ混ぜに収容された施設の環境は劣悪だった。飢え、病は日常に張り付いていた。そして、人の死も。朝、目覚めたとき、命を永らえていることを誰もがほっとし、同時に呪った。

　村岡が生き永らえたのは、この井上がいたからだった。村岡より学年が二つ上で、二人とも下伊那郡の出身ということがわかり、共に行動するようになった。

　井上は生田村出身で、三江省の清家屯伊那谷郷開拓団に単身入植していた。動員は早く昭和十九年、五月に召集されていた。村岡と同じ百三十四師団だったが、富錦《ふきん》の部隊に属し、師団主力に合流するために方正に移動し、そこで武装解除された。

　ソ連軍の使役も、井上が話をもってきて、無理やりにでも村岡を連れて行った。日本軍の軍需物資を松花江に停泊する貨物船に運ぶ使役だった。支給されたわずかな食料であるトウモロコシ、粟、高粱《コーリャン》の穀類をとにかく、生でもいいから何十回と噛んで食べろと強く言ったのも井上だった。

村岡は生きている実感がなかった。生き延びたいという意志は、村岡の意識の埒外《らちがい》にあった。しかし、井上が尻を蹴っ飛ばすように生きる刺激を与えてくれ、何とか手や足や口を動かしていたら、死は日常に張り付いてはいたが、それ以上は近寄ってこなかった。

九月の半ばすぎると朝、収容所の錆びたトタン屋根に、霜が降り始めた。

収容所では子供、年寄りを中心に死者の数が、前日の倍の数で増えていった。栄養失調やチフス・赤痢の伝染病の犠牲者だった。

この頃になると村岡たちの使役は、共同墓地を掘る仕事に変わっていた。しかし、掘る速さよりそこに投入される死体の数のほうが増して、死体は野積みされていった。死体は火葬することになった。

四段、五段と組まれた薪床《まきどこ》に運んだ死体が積み上げられた。ムシロで作ったモッコに死体を三体、四体入れて、四人がかりで担いで運んだ。村岡たち元兵士数十人が、その使役についていた。数時間のうちに、二つの薪床に百体を超える死体が、いやその倍、三倍の数かもしれない。誰もが数えることはなかった。ソ連軍から委託されていた中国人の監督者も死体の処理を急ぐことが最大の任務であったのか、数を数えることはなかった。

重油が撒かれ、火がつけられた。黒煙が高く激しく上がり、死体からは白い煙が慎ましやかに上がる。重油の燃える臭いが強く、死体を焦がす臭いを遠ざけていた。

村岡は生きたいと思った。生きて日本に帰りたいと強く思った。

十月を前にして、収容所の誰もが北満の過酷な冬を思った。死は至るところに張り付いていたが、それでも歩ける者、わずかな食料を口にできる者には、死はまだ遠慮がちだった。しかし、一面に広がる霜の平原は、確実に死をもたらす予兆と誰もが思った。

井上が、ここを脱け出すぞ、と村岡に告げたのは、霜が松花江のほとり一面に降りた日のことだった。

「監督の孫が、お前たちはソ連領内に送られると、耳打ちしてくれた。それも近々だ」

孫は中国人監督者の一人で、井上とは中国語でよく話をしていた。村岡はなぜ、ソ連領内に送られるのか、と聞いた。

「わからん。ただ、ソ連領内となると、ここ以上に極寒の地だ。この冬をここで越すのも、えらいことだと思っていたが、それ以上だ。とにかく、脱け出すことだ」

「どこへ、です」

「俺がいた清家屯の開拓団だ」

「開拓団は皆引き揚げて、誰もおらんのではないですか。ここにいる避難民も多くは開拓地からの引揚者でしょう」

「俺も開拓団の連中に会えると思ったんだが、見知った顔はなかった。方正周辺の収容所を全部あたったが、一人も見なかった。引き揚げたのであれば、関東軍の司令部があった方正にくるのは当然だと思った」

「ソ連軍にやられたか、話に聞くと自決した開拓団もいるということではないですか」

「俺がここを脱け出そうと思ったのは、そのことがあるんだ。そのまま現地に留まっている開拓団もあるらしい。孫が言うには、近々、兵隊と避難民が分けられ、人員の掌握が始まるということだ。脱け出すのは、今をおいてない」

その日の夕方、二人は死体焼却の使役が終わると収容所には戻らず、孫について方正の街に入った。石畳の路地の奥に進み、一軒の家の扉が開くと、濃厚な肉汁の匂いが二人の鼻をくすぐった。ふっくらとした顔立ちの女が、にこやかに出迎えた。孫の母親だ。

孫が日本兵の逃亡に手を貸すことは村岡の理解を超えていた。

「井上さん、どういうことです」

村岡は部屋の暖かい空気になじまない自分を感じた。不安が背筋を冷やしていたのだ。

「俺も半信半疑だ。俺がある程度中国語を話すことができたからかな」

井上は湯気の立つ山盛りの餃子に手を出した。井上の様子を見て、村岡の身も心も部屋になじんできた。孫はゆっくり食べろ、よく噛んで食べろ、時間はたっぷりあると言って、二人が飲み込むようにして食べるのを笑いながら制した。

「俺たちが満洲に土足で上がりこんで、中国人を追いやり、自分たちの土地だと居座った。我々を恨むのは当たり前だろう。となると、詰まるところ、孫の人柄かな。追われる身になった俺たちに同情心が湧いた。それに孫はソ連兵が嫌いだそうだ」

井上はあっけらかんと言った。そんな井上のどんな現実をも受け入れ生きていこうとする力に村岡は驚かされた。満洲開拓こそ日本の明日の礎になるという村岡の信念は、もろくも崩れていたが、それでも残りかすが胃の腑に留まっているようで、往生際の悪さに自嘲した。

その夜、井上は自分のことを語った。

井上正次は下伊那郡生田村の自作農の次男に生まれた。昭和十四年、生田村尋常小学校高等科を卒業した年、満蒙開拓青少年義勇軍に入隊した。校長はじめ、教師あげての強い勧めだった。学校では前年に募集を開始した義勇軍への入隊者が皆無であったことから、井上に早くから目をつけていたようだ。

「俺が自作農の次男坊だったことで白羽の矢が立った。上背はないが、骨太でがっちり型、物事にこだわらず、そこそこ粘りがある、お前は義勇軍に入るために生まれてきたようなものだと、言われたな」

井上は義勇軍入りの経緯を語った。

「親父は満洲くんだりまで行かせなくとも、やっていけると、断っていた。口減らしで満洲へやったと言われたくないというのが、本音だった。それでも卒業の年の正月が過ぎると、村役場がぜひ、ということで乗り出してきた。今年も村から義勇軍が出ないとなると余りに恥ずかしいこと、と村長の至上命令になったようだ」

井上は村をあげての説得を、笑いながら語った。

「日露戦争の出征兵だった村の有力者が来て、日清日露の戦で、幾多の尊い犠牲で得た満洲をぜひ守ってほしいと涙ながらに訴えられたのには、参ったな。あれは体のいい脅しだ。それでもそのうち俺も舞い上がりはじめ、親父も本家からの要請もあって、受けることになったということだ。卒業式の翌日、茨城の内原訓練所に向かう俺に、村をあげての見送り、万歳、万歳と出征兵士並みの、いやそれ以上だったかな、今思い出すと笑っちゃうよ」

井上はそう言いながら、一瞬、笑顔とは程遠い苦いものを呑み込んだような顔になった。が、すぐにも笑い顔になり、

「だが白羽の矢を射た教師たちは、大いなる誤算をしていた。俺には意地っ張りなところがあったが、小学校ではそれが隠れとったんだな。もちろん俺には隠すというような気もなかったし、たまたま教師の前では表立っていなかっただけのことかもしれん」

内原の訓練所の三ヶ月は何事もなく過ぎた。

井上は昭和十四年七月渡満し、東安省（現在の黒竜江省東部）慶安の鉄驪《てつれい》訓練所に入所した。鉄驪訓練所は三個大隊、教官、訓練生六千人からなる訓練所だった。一個大隊は八中隊からなり、一中隊は二百人を超す。井上は第二中隊に配属された。

起床ラッパで一日が始まり、判で押したように日課をこなしていく。初めの一ヶ月は何もかも新鮮だったから、井上の気持ちは前へ前へと向かっていた。大隊単位の朝礼、朝日を浴びての皇居遥拝、天皇陛下の弥栄《いやさか》を唱える時の気持ちの高ぶりは本物だった、と井上は言った。その高ぶりのまま、広大な土地の耕作に向かう。これが農耕だ、と井上は自然を変えていく人間の力強さを感じた。

「しかし、ひと月がたとうとする頃になると見えてくるんだ。人だよ。大人になってもいないような奴らが、大人のおぞましさだけ身につけていやがる連中だ。新入りの一挙手一投足を見て、何かと口出ししてくる。多くがそいつらをおだて、へつらってつき合ってくると、そのうち、そいつらはどことなく弱くさい奴を標的にして、何かと口出して、ねちっこくいびるようになってくる。俺は我慢できなかった。そいつらに限って、仕事はしない、満足な量ではない食事も自分たちだけ多めに配膳させる」

井上が言葉を切った。思い出すのも腹立たしいという表情だった。

「そんなある日、俺はそいつらの一人と一緒に畑でキャベツの収穫をすることになった。例によって、そいつはまともに仕事をしなかった。俺はいつものことと思って、とにかく割り当てられた数をこなすために仕事をした。そのうち、そいつが鼻歌を歌い始めた。はらわたが煮え繰り返ったが、沸騰するまでには至らなかった。そいつの鼻歌が、我ら若き義勇隊の歌とわかり、いま開拓の意気高し、と耳に入った時、俺のはらわたは爆発した。俺はそいつに、貴様にはその歌を歌う資格はない、と面と向かって言った」

その日から、井上の周りの空気は一変した。班の中で無視されるのは序の口で、義勇隊員の班長からは仕事の手順も知らされず、井上は仕事に遅れることが目立ってきた。当然、井上は指導教官からは厳しく叱責された。

事態はさらに悪化し、ズボンや靴を隠されるようになった。隠すといっても、すぐに見つかるような場所に置いてあり、井上の探している様子を皆がにやにや笑いながら見ていた。井上への嫌がらせは、中隊全体に広がっていった。

井上は中隊長に直訴した。自分は班員の連中から陰湿な嫌がらせを受けている、このままでは堪忍袋の緒が切れます、と訴えた。中隊長は井上の意に反して、激怒した。

「貴様は俺を脅しにきたのか。お前の先輩に対するふてぶてしさ、礼を尽くさないお前の態度が原因を作っているのだ。先輩、後輩の関係は軍隊の初年兵、古参兵の関係と同じだ。仲良し集団ではない。それでなければ満洲開拓の尖兵たり得ないのだ。貴様は農作業の時、若き義勇隊の歌を歌って、作業をしている連中をからかったそうではないか。あの歌こそ義勇隊にとっては、国歌君が代に次ぐ、命の歌だ。神聖なる労働を鼓舞するために歌うことを揶揄するとは言語道断の所業だ」

先輩連中の悪賢さのほうが一枚上手だった。先輩たちは、井上への誹謗中傷、ないことばかりを中隊長の耳に入れていた。

「俺は肚を決めたよ。だが、俺にそんな意地っ張りなところがあったとは我ながら驚いたね」

中隊長に直訴した数日後、井上の靴が隠された。今までと違って、すぐ目につくところには見当たらなかった。完全に隠すという意図で隠された。井上には隠すのは先輩の意を汲んだ同期の者たちだということはわかっていた。

しかし、井上は例の先輩に向かって、貴様が隠せと命じたのは、わかっていると叫ぶと、隠し持っていた鍬の柄を取り出し襲いかかった。井上はさらに、目星をつけていた先輩数人をも襲った。

その日の朝礼の前であったために、この騒動は大隊全体に知れ渡った。

「俺の朝水《ちょうすい》行きは、その日のうちに決まったよ」

北満の黒河省（現在の黒竜江省北西部）にある朝水訓練所は、問題を起こした訓練生の矯正所である。義勇隊員の間では義勇軍の刑務所として知られていた。そこに送られたら前科者となって、そいつの一生は終わりだと噂されるほどの場所だった。ただ、矯正期間は数ヶ月であり、その後訓練所に戻ると、朝水帰りとされ、一目も二目を置かれた。

「朝水に送られる奴らは、融通がきかない、意地っ張り、反抗的な奴らだ。中隊長や指導教官に目をつけられた者が、ちょっとした事でも起こせば、朝水へは最短距離だった」

そう言って、井上は笑った。

朝水訓練所は四つの寮からなり、一つの寮には三十人ほどが収容されていた。監督する指導者は手綱を締めることには控えめだった。下手に締めても、一癖も二癖もある連中、団結され反抗されるよりはという思いがあったのだろう。結果、一人一人の個性が認められ、自由な雰囲気があった。そんな雰囲気のなかで、状況判断し、自分の意志と考えで行動することを学んだと、井上は言った。

「と、言えば聞こえはいいが、周りに同調せず自分勝手にやる術、かしこく立ち回る術を身に付けることができるようになったことかな」

　井上は朝水に一年余りいた。数ヶ月から長くても半年というのが通例であったから、井上の仕出かしたことが鉄驪訓練所では衝撃的であったということだ。

　井上の処分はそれに留まらなかった。朝水訓練所を退所すると、三江省清家屯の開拓農家に預けられることになった。義勇軍からの強制除隊だ。義勇軍訓練所に二年、その後、指定された開拓団に移り、そこで二十町歩の土地を得るという権利もなくなった。退所するときに、井上は指導教官から、満洲の土地は、限りはない、お前の働き次第で二十町歩どころか、その倍は得ることができるぞ、と励まされた。

「俺はそんな気はなかった。満洲に来て、初めて知ったことだが、開拓といっても、多くは満人の耕した土地を強制的に二束三文で買い上げて日本人に分けた土地だ。人の土地を奪っといて、その土地を耕すことを開拓というのは盗人猛々しい」

　井上が預けられた開拓農家は、清家屯開拓地の最も奥にあった。ただ、中国人を追い出した後の土地ではなかった。自分たちで切り開いた農地で、肥沃な土地ではあったが、入植して数年はかなり厳しい生活を強いられたという。ただ、井上が入植した頃は、土地を買い取られた中国人農民を雇う余裕もでき、やっと先々の目処がついてきた頃だった。

「預けられた農家では、雇い人と変わらなかった。ただ、将来は土地の分与も考えていると言われた。それが義勇軍との預かるうえでの約束だったそうだ。とは言っても、口約束程度のことだから、俺は期待もしていなかったし、そんなことはどうでも構わないと思っていた。しかし、そんなことより、俺はここでの生活に満足していた。朝な夕なの太陽の神々しさ、一面に花が咲きそろう春の広大な原野を前にしての満足感、気軽な身を満洲の大地の真っ只中に置いて、本当に楽しんでいた」

井上の問わず語りを聞きながら、村岡はいつしか睡魔に身を任した。

まだ、夜の明けやらぬうちに二人は孫に起こされた。三人は方正の城外に出た。孫は松花江を渡河する船着き場まで送ってくれた。渡河した後、清家屯の開拓地までは松花江に沿っていけば近いが、ソ連軍を避けるために遠回りし、丘陵地帯近くまで北上した。その後、丘陵地帯に沿うように東に向かい、そして南下した。

昼夜を分かたず歩き続けた。途中、休んだのは孫の母親が持たせてくれたトウモロコシの粉で作ったふかし饅頭を食べた時だけだった。翌々日の夜に開拓地にたどり着いた。

「昨夜、正次が戻ってきた。また一つ厄介を背負うことになるかな」

朝早く、馬を走らせ開拓団本部にやってきた丸山は、開口一番原口に言った。その笑顔は、言葉の中身と違っていた。

「無事で何よりだった。開拓団がまだ残っていると見越してのことか。正次はどこにいたんです」

「方正だ。方正で武装解除された兵隊がわんさと集まってきている。多くの開拓団も方正にやってきて、収容所は満杯、食うもんはない、病気は流行るで、死人の山だそうだ。団長、残って正解だったな」

「丸山さん、それを言うのは早い。ソ連兵の襲撃はさらに増すだろう。残るも地獄が現実になってきた。それにしても、井上はどうして戻る気になった。そのまま捕虜になっていれば、日本に送り返されるだろう」

「それが兵隊はソ連領内に送られる、と懇意にしていた満人がこっそり教えてくれたそうだ」

「ソ連領内？　方向違いだな。ソ連は何をするつもりだ。井上はどう言っていました」

「冬の厳しさは、満洲以上、極寒の地に行って、命を落としたらたまらんと、とっさに思ったそうだ。俺が、捕虜をウラジオストックに集結させ、そこから船で日本に帰還させるつもりではないか、と言ったら、もう一人が、見込み違いかな、とちょっと慌てた様子で言った」

「もう一人と言うと」

「井上が連れてきた。飯田出身で、珠河の自由開拓団の村岡という若い衆だ。正次は、そうだったら孫も何か言うはずだ、と自信たっぷりに言ったが、あいつらしいと思ったな。あいつは、どう生きたらいいかという臭いをかぎ分けるのに長けている。団長、二人をどうする？」

原口はしばし考えていた。

「正次が戻ってきたことは、部落の者たちは知っていますか？」

その問いから団長は、二人の兵士が開拓団に潜り込んだことがソ連軍に知られることを警戒していると、丸山は思った。

「あいつらは、夜になって部落に入った。部落であいつらのことを知っているのは、俺の家族と王とことだけだ」

丸山は原口の心配を見越して言った。

「二人は丸山さんのとこですか？」

「王のほうにいる。正次の奴、母屋から王が顔を出したのには、びっくりしたと言った。とっさに開拓団が引き揚げたのか、と王に聞いたそうだ。王が旦那さんたちは別棟にいると言うと、貴様、何したんだと王の胸倉を摑んだそうだ」

丸山は笑いながら言った。

王は、二人をかつて井上が寝起きしていた部屋を快くあてがってくれた。オンドルの暖かさに身をまかした二人は、生きている実感を素直に受け入れることができた。

しかし、清家屯開拓団も、残るも地獄という過酷な状況は、例外ではなかった。ソ連兵の暴虐を知らされた二人は、役立つことがあれば何でもする、と丸山に言った。

「団長、二人を警戒要員にしたらどうだ」

原口は、そうですね、というと、しばらく考えていた。

「明日の幹部会で諮ってみる」

団長にしては珍しく慎重だな、と丸山は思った。

翌日の幹部会は遅れている稲刈りを、どう進めるかの話し合いだった。女手を総動員して一気に終わらせるか、それとも遅れても慎重に進めるか、であった。

女手を総動員すれば、全婦人がソ連兵の襲撃にさらされ、危険性は余りに大きい。

女手を分割させれば、稲刈りは遅れる。十月にずれ込むようなことがあれば、稲穂が凍結し、倒れてだめになる、どちらにするか、幹部会の意見は分かれた。

分割しても危険はある、だったら一気にという、意見に傾きかけた。団長の考えは？　と市野が促すと、井上が、仲間一人を連れて帰ってきた、と別のことを言い始めた。

二人は、元兵士だ、ソ連軍に知られたら兵士狩りが行われ、開拓団に害が及ぶことは容易に予想できる、だが、背に腹は代えられん、二人を警戒要員にして、警戒にあたらせる。

「ただ、警戒要員がいても、慎重に進めたい。結果、稲刈りができなくても、命には代えられん。それでも、婦人方を出せば、危険はある。覚悟してやることになる」

その日のうちに、原口は北部落に出かけた。井上と村岡に、ソ連兵の脅威の現状を話したうえで、警戒要員になることを命じた。原口は、二人に奇策を指示した。

女になれ、女装しろ、ということだった。一部の女たちも短髪になり、ズボンをはき、顔を炭で汚し、男を装っていた。その逆をいけ、と言われた。

井上と村岡はモンペをはき、手ぬぐいを姉さん被りにした。二人とも若い女に見えた。

「いかんな。これでは襲われるぞ」

丸山が冗談とも、本気ともとれるように言った。

事件はそれから十日後に起きた。満洲の冬が、すぐそこまでやってきた。稲刈りは終えていたが、脱穀が残っていた。

その日、開拓団では十名の女手を入れた。それまでは三名の数に留めていたが、思い切って人数を増やした。脱穀作業を終わらせようとした。しかし、それが裏目にでた。

井上と村岡は脱穀場から三百メートルほど離れた耕地の境目近くの草原に身を潜め、

監視していた。ソ連兵は草原を東からやってくる。

陽が西に傾いてきた。作業は間もなく終わる。何事もなく終わりそうだ、村岡がそう思った時、馬の鼻音を聞いた。草の丈からわずかに身体を伸ばしていた井上が、草原の先を黙って指さした。村岡は慎重に頭を出し、井上の指さす方向を見た。およそ一キロ先、馬を引いたソ連兵が脱穀場のほうを窺っている。そのうちの一人は、双眼鏡を目にあてがっていた。

井上は躊躇する間もなく、合図の笛を吹いた。それは同時に、ソ連兵の乗馬を促した。一直線に草原を抜ける態勢を取った。脱穀場の男たちは、手筈通り、手を大きく広げ、横一線となってソ連兵に向かって行った。脱穀場にいた五人の女たちは、稲藁《いなわら》の山に身を隠した。脱穀場から離れて稲架《はさ》掛《が》けから稲を下ろしていた五人の女たちは、最も近い草原に走り込んだ。井上と村岡は腰を屈め、走った。草原に走りこんだ女たちに追いつくと、伏せろと鋭く言った。

ソ連兵は銃剣を振り回して、男たちを散らそうとした。銃器は持っていない。兵営を抜け出してはきたが、銃器まで持ち出すと軍規に厳しく問われるからだ。

井上は五人の女たちに、腹ばいになるよう指示した。冬枯れした草原の草丈は、腰の高さほどもなかった。腹ばいになったとしても、近づけば馬上からたやすく発見される。

ただ、草原は平坦ではない。所々にわずかな起伏がある。起伏の高所部分の陰に回れば、今よりは身が隠れる。一番近い高所まではおよそ百メートル。井上はソ連兵の隙をついて、走り込もうとした。

「俺について全力で走れ。村岡、しんがりになれ」

女たちの足で最短三十秒。その間、ソ連兵に見つからない保証はない。開拓団の男たちがソ連兵を引きつけていることを願った。

「伏せろ」

起伏までの距離のほぼ中間に、広く浅い窪地が広がっていた。窪地では腰高になってもソ連兵から見えない。

「あの起伏の向こう側に回り込む。この窪地の端から匍匐前進すれば、ソ連兵からは見えない。息を整えて」

大きく肩で息をしていた女たちは、見開いた目で井上の指示を聞いていた。最初の高所部分にたどり着くのに五分近くたっていた。起伏を回り込むように進んだためだ。

井上は腹ばいになって、草をかき分けて脱穀場を見た。ソ連兵たちは馬上で立ち上がって、草原を見渡していた。男たちを蹴散らしても無駄なことと思ったようだ。

開拓団の男たちは一塊になっていた。一様に引きつった表情をし、草原のほうに目を向けていた。

陽が沈む時間が迫っていた。緋色の夕日は重く、大きい。あと十数分、暗闇がすべてを隠す。もうしばらくの我慢だ、村岡は思った。

井上は女たちを、二人一組、一人は村岡と合わせ、三組に分けた。分けた三組を幾つかある高所に振り分け、指示をした。

「暗くなるまで、隠れていろ。ソ連兵が近づいても、絶対動くな。俺が囮になって、ソ連兵を離す」

村岡が組んだ女は、男を装っていた。しかし、短髪に、男物のズボン、竈炭《かまどずみ》で顔を汚していても、あどけなさが残る、ふっくらとした顔立ちは女そのものだった。

この春結婚し、結婚と同時に夫は出征、夫の両親と共に開拓地に残った。夫の消息はわからなかった。戦死の心配をした。関東軍将兵のシベリア送りが始まっていた。原口は生きて、戻って来る、と話したが、気休めにもならないことはわかっていた。

ソ連兵の動きがあわただしくなった。その場に一人の兵士を残すと、騎馬が草原の三方に散った。

井上は三つの騎馬が散った方向を見て、ほっとした。井上たちが隠れている一画からは方向も、距離も離れている。しかし、その読みが甘かったことにすぐに気づいた。ウサギ狩りだ。馬で駆け回れば、井上たちの一画に踏み入れ、追い立てるのは時間の問題だ。

　だが、ソ連兵の行動は井上の予想を超えていた。火の手が上がった。三箇所からだ。北風に煽られた火は、冬枯れの草原を走るように向かってくる。ソ連兵は風上から火を放った。

　井上は火の手を見ると同時に、最も近くにいた女たちのもとに走った。二人の女は抱き合って、念仏を唱えていた。凌辱されるより、このまま火に呑み込まれることを決意していた。

「俺の言う通りにすれば、身は守れる」

　井上は二人の女の肩を強くつかんで、言った。

「はったまま、この方向をまっすぐ進め。火は斜めに走っている。距離もある。大丈夫だ。だが、絶対立つな。草原の縁まで行ったら、身を隠したままでいろ」

　その時、火に最も近い所にいた二組目の女二人が、風下に向かって走り出した。井上は、いかん、と頭の中で叫んだ。目の前で震えている女二人には指示をした。

「これ以上、火が迫ってだめだと判断したら、草原を出ろ。脱穀場までは近い、全力で走って、稲藁の山に潜れ。火と煙が奴らの視界を遮る。陽もすぐに落ちる。あきらめるな」

　二人の女は、その場を離れた。

ソ連兵の声が聞こえた。風下に逃げた二人の女を見つけたのだ。井上は走った。火の手が広がると、見張り役のソ連兵が馬を早駆けさせながら、村岡たちが潜む方にやってきた。

女の怯えた表情。村岡は女に噛んで含めるように、ゆっくりと指示をした。

「俺が囮になって、彼奴《きゃつ》を引きつけます。彼奴が俺を追い始めたら、身を屈めて走って。でも、ソ連兵の動きを絶えず見ること。まずいと思ったら身を伏せること。ここから、二時の方向を見て。開拓団の男たちがいます。ソ連兵の動きを見ながら、男たちに近づいてください。行けると思ったら駆け込んで、男たちに紛れ込んでくださ い」

村岡はそう言うと、身を屈めて火の手に向かうように走った。

井上は走った。井上の先に、逃げる女二人とそれを追う三騎のソ連兵がいた。ソ連兵は邪悪な喜びを歓声に変え、女たちを追う。

開拓団の男たちが草原に駆け込んだ。男たちは怒号をあげながら、二人の女とソ連兵の間に割り込もうとした。

ソ連兵は馬腹を蹴った。馬は疾駆した。前後に並ぶように走っていた女たちは走る方向を変えた。それを待っていたかのようにソ連兵は一気に女たちに近づいた。そして、馬上から手を伸ばした。伸ばした手が女の脇に入った、瞬時に女は抱き上げられ馬上に乗せられた。もう一人もすくい上げられ馬上に乗せられた。三騎の馬速は衰えることなく、草原の奥へと駆け去った。

開拓団の男たちは必死になって追った。しかし、眼前の巨大な夕陽に遮られたかのように一人、二人と立ち止まった。

井上はもう一人のソ連兵の歓声を聞いた。振り返った。ソ連兵が女を追っていた。女は燃え盛る火の手に向かって走った。女の走りは力強かった。村岡だ。井上は引き返した。

村岡の目には火がつながっていない隙間が一箇所映っていた。火の壁の間を通り抜けるように走り込んだ。全身が熱せられ、燃え上がるようだ。被った手拭いから焦げた匂いがした。炎が立たないかと思ったら、火の壁を抜けていた。

村岡の期待ははずれた。馬蹄の響きは続いていた。ソ連兵が火の壁を抜ける、と思った途端、足をとられた。転げ落ちた。草原は急に下っていた。その先に沼沢地が広がっていた。

馬がいないた。村岡はうつ伏せになっていた。ソ連兵が馬を下りた。斜面の上から様子を窺っている気配だ。村岡は待った。

ソ連兵が脇に立った。女が気絶したと思っている。軍靴のつま先で、村岡の太股をつつく。村岡はか細い唸り声を口にした。

ソ連兵が跪《ひざまず》いた。村岡を起こそうと肩に手をかけた。村岡はその腕を取って、腕ごと引っ張り落とすようにして身体を入れ替えた。

ソ連兵は仰向けになったまま、目を見開いて村岡を見た。何が起きたか理解しかねている表情だった。中年の兵士だった。

村岡は右腕をソ連兵の喉にあてがい、左手をその上から押しあて、強く圧した。兵士はもがいた。しかし、戦場での圧倒的な経験の差が、すぐにも出た。兵士の自由になっていた左足の軍靴が、村岡の後頭部を強襲した。村岡は前のめりになった。兵士はその隙を逃さなかった。身体を跳ね上げるようにして村岡と身体を入れ替え、一瞬後、腰の銃剣を抜いて、村岡の首筋にあてた。

ソ連兵は村岡が女でないことを確かめると、何か叫んで、銃剣の柄で村岡の顔面を殴りつけた。血の匂いが口の中にあふれた。銃剣の切っ先を喉元に感じた。くぐもった音を、村岡の鼓膜が微かにとらえた。意識が薄れた。

「村岡」

平手で頬を打たれた。口中の血の匂いが鼻腔を突き抜けた。村岡の目に井上の間近に迫った顔が入った。

「大丈夫か」

ソ連兵がうつ伏せになっていた。黄土色の軍服の背に血が丸く滲んでいる。その箇所の中心に小さな穴が開いていた。

井上が手にしている物を見て、村岡は事態を察した。幾重にも巻かれた手拭いがほどかれると、黒い拳銃が姿を現した。発射音をできるだけ小さくするための手拭いだったと村岡は思った。井上は拳銃をモンペに締めていた布のベルトに差し込んで隠した。

「村岡、立てるか。口をすすげ」

沼の水をすくって、口に含んだ。冷たい、と感じたすぐに、痛みに変わった。水と共に、血の塊が吐き出された。

陽はすでに落ちていた。東の空は、夜の帳が降り始めている。草原の火の勢いは増していた。風向きが変わったのか、火は草原の西へ広がっていく。火の手が沼に遮られたこともあって、井上と村岡は火の外に出ていた。

井上は少し離れたところで草を食んでいた馬を引いてきた。

「そいつを馬に乗せる。動けるか」

村岡は返事の代わりに立ち上がって、死体を抱え起こそうとした。

「無理するな、俺がそちらを持つ。足のほうをもってくれ」

軍服の左胸に血が滲んでいた。銃弾は心臓を射抜いたのだろう。馬は井上が引いた。

「死体を隠す。こいつがいなくなったことがわかったら、必ず捜索隊が出る。絶対に見つからないようにすることだ」

「残りのソ連兵の動きがないですね」

「二人が犠牲になった」

井上は吐き捨てるように言った。

沼地はなだらかな低い丘の麓まで続いている。麓近くまで来た頃には、はるか西の山並みは、わずかな緋色に染まっているだけになっていた。天空は星が降り始めていた。草原の火勢はおさまりかけている。

「ここらで、いいだろう」

井上は死体を馬から下ろすと、馬の尻を強く叩いた。驚いた馬は、東に向かって全力で駆けていった。

「駐屯部に馬だけ戻ると、捜索隊がやってくる。それでも、準備や距離を考えると、少なくみても四時間はあるだろう。それだけあれば、なんとかなる。ただ、今夜は月夜ではないから、暗闇のなかでの仕事になるぞ」

「沼に沈めるんですか」

「いや、沈めるほど沼は深くない。それに沈めるとなると沼の真ん中近くまで行かねばならない。この冷たさでは、体がもたん」

「でも、この沼のどこかに隠すんですよね」

「村岡、沼のところどころに饅頭みたいに陸地が見えるが、わかるか。俺たちは土饅頭と呼んでいる」

村岡は井上が指さす方向に目を凝らした。小高く土を盛ったような陸地が水面から黒く出ていた。

「広くても畳六畳ほどの陸地だが、あの縁は室《むろ》のようになっている所があるんだ。そこはナマズの住処《すみか》で、俺は夏になると、ここにきてナマズ捕りをしてた。そこを掘って、室を大きくすれば十分隠せる」

「死体の腐敗が進めば、ガスがたまって、浮き上がってきませんか」

「それは考えた。ただ、この水の冷たさだ、腐敗は遅い、ほとんど進まないだろう。それに、あと一週間もすれば、氷が張り始める。そうなると、来年の春までは大丈夫ということだ。春になって、氷が解ける頃を見計らって、隠す場所を変える」

井上は死体の腕をとると、沼の中に入った。村岡ももう一方の腕をとって、死体を沼に引っ張り入れた。沼の水は切れるように冷たかった。

突然、馬蹄の響きが二人の耳を襲った。二人は慌てて陸地に戻り、伏せた。三人の兵士が仲間を捜しにきた、と思った。

村岡は息を止めている自分に気づいた。響きが、耳の奥で増幅した。来た、と思って村岡は思わず息を呑んだ。

「遠ざかっていく」

井上の声に、村岡は彼方の馬蹄の響きに集中した。響きは何事もないように、遠ざかっていった。

「急ごう」

井上が促した。膝近くまで埋まる泥の深さが難物だった。二人は死体のベルトに手をかけ、泥を押し出すようにして進んだ。目星をつけていた土饅頭に死体を引っ張り上げるまでに予想以上に時間がかかった。

土饅頭の縁は、井上が言ったように室になっていた。二人は交代で、室を広げた。切れるような冷たい水の中での作業は数分が限界だった。沈んで積もっている枯れ草とその下の腐った草をかき出し、陸地に上げた。泥は片足をつかってかき出した。それでも半時間ほどで、縁の下にかなりの空洞ができた。

兵士の軍服を剥いで裸にし、室に押し込んだ。浮き上がってくることはなかった。陸地に上げた腐った草と枯れ草を穴に詰めた。身に付けていたものは別の土饅頭の室に詰め込んだ。

井上と村岡が王の家に戻ったのは、それから二時間後だった。

王夫婦は、泥まみれの姿と寒さで震えている二人に驚いたが、何も聞かずに湯を運んでくれた。

冷えきった足を浸すと、二人の身も心も急激に弛緩した。身体をふき終わった頃、王の妻がスープたっぷりの麺と切った煮豚を運んできてくれた。二人はむさぼるように食べた。終始、無言だった。

五　託された拳銃

夜中に村岡は、金属が触れ合う微かな音で目を覚ました。

「起こしたようだな」

井上は黒い金属片や筒を油紙に包んでいた。傍らにすでに紐でくくった包みが一つ置かれていた。

「こいつを沼に沈めようと思ったが、できなかった」

「陸軍の将校用ですね」

「九四式だ」

「どうして、また……」

「俺が持っているかだろう。大隊長の形見の品だ」

そう言ったなり、井上は黙った。話そうかどうか、迷っているように思えた。

「ソ連軍が侵攻してきた当時、俺は富錦にいた。石川泰造少佐率いる二七九大隊の大隊長付の当番兵をしていた。入隊して一年後のことだ。立ち回りの巧さを身に付けていたということだ」

井上は自分を鼻で笑った。井上が語り始めた。

当番兵になって、一月近くたった頃だった。お茶を持っていった時のことだ。俺は大隊長から思いも寄らないことを頼まれた。

大隊長は机に座って、分解した拳銃を組立てていた。

「井上、今の満洲をどう思う」

大隊長は組立作業をしながら、ぽつりと言った。

唐突な質問だった。俺は置きかけた湯呑みを持ったままでいた。それでも、質問の意味を必死に解し、苦し紛れに義勇軍の決まり文句を口にした。

「満洲は五族協和のもと、我ら大和民族の力により、王道楽土を建設し、未来に発展……」

大隊長は俺の言葉を遮った。

「質問が悪かった。では、これはどうだ。満洲を守る関東軍の今についてどう思う」

脇の下に汗が伝い流れた。試されているのか、下手なことは言えない、と思ったら俺の心を読んだように、

「お前を試しているわけではないぞ。他愛ない雑談だ。直立不動ではそうはならんな。そこにある椅子を持ってきてかけろ」

椅子に腰を下ろすと、大隊長は質問の答えはどうでもよかったのか、次の問いを発した。

「ドイツが全面降伏した。俺は先週、家族を内地に帰した。病気がちの親の面倒をみるという理由で、だ。どう思う」

「ソ連は国境を越えようとするでしょう。ソ連はドイツとの戦いのために、我が国と中立条約を結ぶことで、東に備えたと聞いております。いよいよ関東軍精鋭百万が、迎え撃つときが来たということであります。我が軍は勝利するでしょうが、国境は激しい戦場になります。確かご家族は佳木斯におられたと聞いています。国境に近いところからの避難は当然のことと思います」

滑らかに言葉が出てきたが、白々しさを感じていた。精鋭百万の関東軍の実体はすでにないということはわかっていた。

大隊長付き当番兵になって、俺は部隊の将校たちの陰口がよく耳に入るようになった。

「万年少佐の大隊長殿の下で、富錦に駐屯していることが、この大隊が案山子《かかし》部隊だという証拠だろう」

「おいおい、それは言いすぎだ。それを言うなら、この師団そのものが案山子師団として急遽《きゅうきょ》編成されたんだ。となると、師団長も木偶《でく》よ。連隊長もだし、他の大隊長も、だ。まあ、本土防衛に移されても、居残って案山子になったのも運、不運だ。そう思わないと、我々も昼行灯大隊長と同質、同類ということになる。居残り組となったことを潔くあきらめ、後は我が国を守る捨て石となる覚悟を持つことだ」

「それにしても哀れなのは、満洲の我が同胞諸兄諸姉。自分らは精鋭関東軍に守られていると思っている。その主力は南方に、本土にと転戦。そして、満洲の防衛線はとっくに南満洲まで後退している」

「いや、知らぬが仏だぞ」

今年の春になって、補充兵が増えてきた。俺よりもはるか年上の四十代の兵士も目に付くようになっていた。俺は一年もたたないうちに上等兵になっていた。

「井上、この拳銃を持ってみろ」

大隊長は拳銃を俺の手に握らせた。

「拳銃を手にしたことがあるか」

俺は引き金に手がかかるのを恐れながら、ありませんと言った。

「弾は抜いてある。しっかり握ってみろ」

拳銃の握り手は小さめで、銃身も短い。それに比べ胴体部は大きく、全体の見た目は、不恰好に見えた。ただ、拳銃という物を初めて握った俺だったが、手の中でしっくり、なじむような感触を覚えた。

「井上、俺が銃弾を受け、死にそこなっていたら、止めの一発を撃て」

いきなりの頼みだった。返事のしようがなかった。俺の返事を待つことなく大隊長は話を続けた。

「俺が死にそこなっていたら、部下は撤退できない。指揮官は潔く、確実に死ぬことだ。だが、俺はキリスト者だ。自ら命を絶つことはできない。だから、頼む」

「命令ですか」

俺は妙に冷めた気持ちで、それを口にした。

「違う。頼みだ」

大隊長はきっぱりと言った。

翌日から拳銃の分解、組立ての練習が俺の日課の一部に組み込まれた。拳銃の扱いに慣れるためだった。さらに、作戦時に大隊長に従う大隊長付の伝令要員となった。俺にとっても居心地のいい立場になっていた。その環境に甘んじて身を置いた。

しかし、その居心地のよさは長続きしなかった。一月後に　ソ連軍が国境を越えた。

八月七日の夜中、非常召集がかかった。石川部隊は富錦の北西、松花江が黒竜江に合流する近くの前線陣地に配置された。

最前線の基地は数年かけて構築された強固なコンクリート製の陣地だった。六月に入って急遽掘られた塹壕だった。石川部隊はその最前線の陣地の左翼後方一キロの距離にある陣地に入った。部隊は主力陣地の弱点である左翼への備えと、主力陣地への補強のための支援部隊だった。

陣地に立てこもって、一昼夜がたった。その夜半過ぎだった。俺たちはまんじりともせず、緊張感の中にいた。この緊張感が果てることなく続くように思われた。

それは地を這ってくるような響きだった。ただ、微かに耳に届いたかと思うと、次に遠ざかっていくようにも感じられた。しばらくそんな状態が続いた。そして、ある時点から、連続した地響きとなって、はっきりと耳に響いてきた。

「戦車だ」

士官の一人が叫んだ。暗闇の中、地響きは確実に近づいてくる。塹壕の中に恐怖が走った。

俺は大隊長に呼ばれた。指揮所に俺を連れていくと、

「お前に拳銃を渡す。することはわかっているな」

大隊長は拳銃を俺の手に握らせた。俺は正直、半信半疑で戯言《ざれごと》と思っていたが、大隊長は本気だった。

夜が明けた。ソ連軍の重戦車群が黒竜江を背に、横一線の戦列で進撃し始めた。味

方の迎え撃つ火砲が火を吹く絶好の機会だ。しかし、対峙するすべての部隊には、軽機関銃が数丁あるだけだ。

目を向けているだけで、恐怖が押し寄せてくるのなら、戦闘に身をさらしたほうがましだと思った。玉砕という言葉に現実感が伴った。

二時間後、戦車の一斉砲撃が始まった。地上攻撃機が飛来してきた。味方の攻撃機が戦車を攻撃する。そんな妄想のようなことを思い描いた。

敵の砲撃は石川部隊の塹壕に集中した。強固な主力陣地を攻撃するより、にわか作りの陣地を破ることで、富錦進攻がより簡単になることをすでに察知していたに違いない。

夕刻近くまで断続的な陸と空から攻撃が続いた。しかし、ソ連軍の歩兵による攻撃はなかった。なぶり殺しを楽しんでいるように思えた。味方の人的被害を皆無にする物量作戦を誇示するかのようにも思えた。

翌朝、黒竜江に砲艦が浮かんでいた。艦砲射撃が始まった。その日も断続的に陸と空、そして水上からの攻撃が続いた。

深夜、全部隊に転進命令が下った。俺たちは密かに、陣地を抜け出した。行き先は方正だった。石川部隊の生存者は半数にも満たなかった。石川大隊長もその日の午後、艦砲射撃による被弾により命を絶っていた。即死だった。ソ連軍の攻撃が始まってから、大隊長は一時たりとも安全な地下壕の指揮所にいることはなかった。覚悟の戦死だった。

「俺はこれを使うことはなかったが、なぜか、手放せなかった。こうして、分解して持ち歩いている。大隊長の魂が乗り移っているようで、奇妙なことになった」

井上は苦笑いしながら、分解した拳銃を油紙で包み、さらに風呂敷に包んだ。オンドルの端の床板を外し、隠した。一番鶏の鳴き声が聞こえてきた。

その朝、開拓団本部から市野と中村が馬をとばしてやってきた。市野は、井上と村岡を確認すると、よかった。やられたんではないかと思ったがよかった、と心底喜んだ。

井上はソ連兵に姿を見られるとまずいから姿を消したと簡単に話した。中村が、二人の婦人が辱めをうけた、井上と村岡の指示通り行動した三人は、逃げることができたと言った。しばらく潜んでいてくれ、また、連絡する、と言って戻って行った。市野の話の様子では、ソ連兵の捜索はなかったようだ。

井上と村岡は、不安を抱えながら落ち着かない日々を過ごした。沼のことが気になっていたが、部落からは一歩も出なかった。ソ連兵の殺害は、二人だけの秘密にした。

一週間がたった。一気に冷え込み、冬がやってきた。沼が全面結氷したことは容易に想像できる厳しい寒さだった。とりあえず、来年の春までは死体が白日の下にさらされることはなくなった。とは言っても井上と村岡は、安心した気分には浸れなかった。

村岡がどうして、捜索隊がやってこないのだ、と聞くと、他の駐屯地からの応援を得ての大規模な捜索を準備しているためだろうと、と井上は言った。村岡は捜索を名目に、日本人の掃討作戦をするための準備に手間取っていると最悪の状態を思ったが、口に出さなかった。

それから五日が過ぎた。事態は思いもかけない展開をみせた。

それは寒さが一時緩んだ日の昼過ぎのことだった。丸山が叫びながら飛び込んできた。

「ソ連の鬼畜め、やっつけるしかない」

興奮した丸山を見て、二人は反射的に立ち上がった。

「日本人を虫けらだと思ってやがる」

丸山の口からは怒りが、噴き出ていた。

「親父さん、座ってくれ」

井上が肩を抱くように、オンドルの床に腰を下ろさせた。

「おぞましい話だ。生け贄だ」

少し落ち着きを取り戻した丸山が、それでも怒りが湧き出るのか、つかえながら話し始めた。

今朝早く、開拓団本部から成人男子全員の緊急招集がかかった。何事か、と小学校の講堂に集まった男たちの前で、団長の原口が険しい表情を見せていた。男たちは、滅多に感情を表に出すことはない団長にしては珍しいと思った。

「昨日、清河鎮駐屯部の将校が来た。駐屯兵慰安のため、婦人二名を派遣せよ、という要求だ。それによって、この開拓団の平安を約束する。この要求が果たされなかった場合は、強硬手段も辞さない。強硬手段とはどんなことだと、言うと、成人男子全員のソ連本土移送だと言った。即答できない、と言うと、明後日にまで返答せよ、と言って帰った」

原口の話が終わると、男たちから、ひとしきりソ連軍の鬼畜行為に糾弾の声があがった。その勢いで、ソ連兵と戦おうという声があがり、全員自決覚悟で戦う、という声があがった。戦える男は五十名にも満たない。それも年寄りばかり、武器もない、誰もが、そんなことできっこないとわかっていた。原口はそうなれば女も子もすべて虐殺される、と一言だけ言った。

「我々は、全員生きて祖国の地を踏もうと決意してここに残った。なにがなんでも生き抜くこと。今、それを放棄したら、それこそ我々の負けだ」

誰も何も言わなくなった。全員が黙ったまま、時間だけが過ぎた。

女性たちが集まってきた。ソ連軍の要求はすでに女性たちにも伝わっていた。講堂の中の緊張感が緩み始めた。講堂に人が埋まった。窓があけられ、そこから覗く顔も増えた。

ひそひそ話がここかしこから聞こえてきた。夫を亡くした家がいいとか、女の家族が多い家がいいとか、さすが名前は出なかったものの、人身御供の条件が語られていた。

原口は、ここは人身御供を選ぶ場ではないと、抑えた声であったが、強い意志をもった声でみんなを制した。

原口はやり場のない怒りの爆発を抑えていた。原口を注視していた者は、原口の左こめかみから頬にかけての傷跡が裂けるのではないかと思うほどだった。禍々しさが、原口の表情に浮かんでいた。彼は原口が五年前にこの開拓団にやってきた時の、その不吉な表情を思い出していた。

講堂は水を打ったように静まり返った。

「清河鎮駐屯部の要求は、人にあらず、まさしく鬼畜の要求。明日、私は自らの命と引き換えに要求を撤回せよと申し出る」

「団長さん、私が行きます」

突然の声だった。

「私に行かせてください」

一人の女性が、人をかき分け、団長の前に立った。桜井志津、三江省湯原鎮《とうげんちん》の奥地にあった開拓地から逃れ、伊那谷郷開拓団に単身、身を寄せていた。

「団長さんが命を引き換えるといっても、ソ連軍はよしとは言わないでしょう。彼らは欲情のはけ口を欲しているだけです。彼らに団長さんの真意は決して伝わりません」

志津は気持ちの高ぶりを抑えるように口を閉じた。講堂は静まり返ったままだった。

「私は清家屯に避難してきた一人です。途中、匪賊の襲撃にあいました。私たちは日本への帰還は絶望的と判断しました。希望がもてないまま生き地獄で苦しむならば、と集団自決を決意しました。我が子の命を手にかけました。嫌がる我が子を、です」

志津はそこで絶句した。しばらくして、気を取り直すようにして続けた。

「私は自ら頭を石に打ちつけ、我が子を追いました。でも、気を失っただけでした。ソ連兵が鬼畜ならば、私はそれ以上です。私は救援にきた原口団長に助けられました。原口団長は言われました。生きて祖国に帰ろう。祖国日本でこの子を供養することが、あなたの役目だと。私の罪は決して償うことはできません。でも、ここでお役に立てれば、心も軽くなります。どうぞ、私を行かせてください」

すすり泣きが聞こえてきた。それは小波のように講堂に広がっていった。

「私も行きます」

断固とした声だった。窓から身を乗り出した一人の女性が手をまっすぐに挙げていた。

鳳山鎮近くの開拓地から身を寄せた飯塚幸だった。

「私は瀕死の我が子を連れて、着の身着のままで清家屯に避難してきました。私たち親子を快く迎え入れてくださいました。皆さんは身内をみるように子供の世話をしてくださいました。子供は私の胸の中でやすらかに命を閉じることができました。ひとえに皆さまのおかげです。お礼はいつか、きっとと思っていました。今日、それが実現できると思うと、それは喜びです。どうぞ、私を行かせてください」

口を開く者は誰もいなかった。沈黙が果てしなく続くように思われた。

丸山の話は終わった。

井上と村岡は体を硬くしたまま、黙っていた。

「明日の朝九時にソ連兵が迎えにくる」

と言って、丸山は部屋を出て行った。

「俺たちのせいだ」

しばらくして、井上が言った。

「俺も、そう思います」

村岡は声を絞るように言った。

「あの日、捜索隊がでなかったのは、兵士たちの行為を駐屯部上層が軍規違反としたからだろう。騒ぎを大きくすれば軍律の乱れを問われ、指揮官の責任は免れない。行方不明として、うやむやにしたかもしれん」

井上の予想は、大きくは外れていなかった。

ソ連軍の撤退完了日は十二月二日となっていたが、十月に入っても駐留軍の撤退の動きは全くなかった。ソ連は略奪物資、シベリア抑留兵の移送にソ連軍の輸送能力のすべてを投入していた。ソ連軍兵士の本国帰還はそれが終了した後としていた。

一方、旧満洲に置き去りにされた開拓団の悲惨な状況、それに加え民間物資の略奪、婦女への凌辱行為などのソ連軍の非人道的行為が、非常な危機感をもって日本政府に伝えられた。

日本政府はそれに対して手も足もでなかった。連合国軍の占領下にあった日本政府にはソ連との直接交渉は不可能だった。ＧＨＱを介して、邦人保護と引き揚げの便宜供与を伝えることが精一杯で、ＧＨＱもそれをソ連政府に伝えるだけだった。戦後の冷戦体制が、旧満洲に置き去りにされた日本人にさらに暗い陰を落とすことになった。

九月半ばには中国共産党軍の東北進出が始まった。国府軍（国民政府軍）は共産党軍よりほぼ二ヶ月遅れて進出した。国府軍の遅れは、ソ連が占領する大連港の使用を拒否され、兵員輸送の障壁となったからだった。

十月半ばになってもソ連は日本人の保護と引き揚げについては無関心だった。一方では、ソ連軍兵士による日本人への略奪、凌辱行為があったと認めることは決してなかった。

ただ、ソ連政府は旧満洲に展開する各方面軍司令部に対して、軍律の徹底と軍紀粛正を通達した。とはいえ、それは通り一遍のものだった。

勃利《ぼつり》にある第二極東方面軍司令部もその通達を各部隊にそのまま下ろし、具体的な行動は指揮官の責任をもって判断せよとした。

清河鎮駐屯部の指揮官がその通達を受け取ったのは、四名の兵士が駐屯部を抜け出し、清家屯に出かけたその日だった。

ソ連軍は日本人・日本企業の資産を、組織的に公然と略奪する行為を行っていた。多くの兵士の間で日本人への略奪、凌恥行為が不正義であるという意識はなかった。また、前線指揮官も兵士の性欲のはけ口を暗に認めることで、兵士の不満を拡散させようとした。

清河鎮駐屯部隊長、イリミンスキー少佐のもとに清家屯の開拓団に出かけた四名の兵士のうちの一名が戻ってこないことが伝えられた。夕食後の一服を楽しんでいた時だった。

少佐は舌打ちして、たばこを踏み消した。伝えにきた副官のエリセーエフ中尉に苛立った口調を抑えることなく、詳しく調べ直して伝えよ、と言って追い返した。

彼の手元には、今まで目を通していた司令部からの通達文があった。たばこをくゆらせ、通達文に目を落とし、腐った追従者らの形式主義なんぞ糞食らえ、と腹の中で毒突いていた時だった。

ただ、イリミンスキー少佐は兵士たちの婦女凌辱行為を苦々しい思いで眺めていたことは確かだった。それを許している自分には赤軍指揮官の自負心のひと欠片《かけら》もないと自虐的に思うだけだった。

独ソ戦でのナチスドイツの兵士たちの同じような暴虐行為に、決して許してはならないと憤怒したのは遠い日のことではなかった。戦争のもつ宿命だと、うそぶくことで苦々しい思いを払った。しかし、司令部の通達が届いた日の兵士の行為、そして兵士の一人が戻っていないことに、別の意味で嫌な予感を感じた。

小一時間して、エリセーエフ中尉が戻ってきた。兵士が戻ってきました、という報告を期待したが、あっけなく外れた。

中尉の報告は、部隊の軍規の乱れを、見事に露呈するような内容だった。古参兵四名が非番と称して部隊を抜け出した。この四名は札付きの者たちです、と中尉は付け加えた。

　実はこの四名は非番ではなく、非番であった兵四名を恫喝し代わらせた。それを直属の上官は問い質すことなく許可した。また、軍馬使用の許可も得ず、管理者の下士官も見て見ぬ振りをしていた。

「兵営の歩哨は頑張ってこいと、声をかけて送り出したほどです」

　中尉は笑って言った。

　中尉は何もわかっていない、イリミンスキー少佐は露骨に苦虫を嚙み潰したような表情をした。

　兵士たちは開拓地に着くと、開拓民は稲の脱穀中で、中に数名の女がいることを確認して、襲った。女たちは草原に逃げ隠れた。それを追い立てるために火を放った。三人の兵士が火で追い立てられた女二人を拉致して、凌辱に及んだ。はぐれた兵士も女一人を追って、乗馬したまま火の中へ追って行ったのは見たが、その後は見ることはなかった。

「先に兵営に戻ったものと思ったということです」

　中尉の報告する口調は軽かった。たいしたことではない、という気持ちが出ていた。

　ただ、中尉は話を聞く少佐の表情が、ひどく歪んでいくのを見て、内心驚いていた。

日頃、少佐は表情を崩さず、沈着冷静に事を処理する人と思っていたが、今回は違っていた。

事態の重さとかけ離れた軽い調子の中尉の報告に、少佐は苛立っていた。落ち着いた物腰を装うことに少佐はかなり神経を使っていたが、気持ちはそんなほうに向いてはいなかった。兵士の行方不明が明らかになれば、部隊の軍律の状況が問われ、指揮官の責任が厳しく問われる。

少佐はその動揺をエリセーエフ中尉に隠す余裕はなかった。どうするか、脇の下を冷たい汗が伝った。ありのままに報告することは絶対避けるべきだ。では、どこまで報告するか。隠すところは隠す。あることは書かない、ないことを書く。いや、それはかえって墓穴を掘る。

この事件を徹底して矮小化し、解決を現場指揮官の判断に済ます。事の顚末を司令部に報告しない。司令部を煩わすほどのことではない、と判断した結果だとする。現場指揮官の判断によって解決できる事例とした。

中尉は少佐の表情が和らいだように思えた。

イリミンスキー少佐は決断し、実行した。

四人の兵士たちの行動は、駐屯軍が管轄する地域の巡見活動だった。今日の午後出発した四騎からなる巡見隊の目的は、松花江沿いの日本人開拓地に残留者がいないかの調査だった。開拓団が残っている清家屯は巡見外だった。

巡見活動中に兵士一名が不測の事故のため行方不明となった。巡見隊は夕暮れが迫ったため駆足で帰路につく。その途中に最後尾にいた兵の馬が何かに驚いて棒立ち。兵士は落馬し、松花江に投げ出され、流れ、沈んだ。兵士は泳ぎが不得手だった。

翌朝、駐屯部では捜索隊を出し、松花江を下流に向かって捜索したが、兵士の遺体を見つけることはできなかった。

この報告書は部隊長の少佐が決裁。方面司令部への上申はなしとした。四人の兵士の清家屯に行った事実は消えた。

一方、イミリンスキー少佐は部隊の軍紀粛正をはかった。軍規遵守の徹底と上意下達の徹底をはかり、兵士たちを締めあげた。しかし、半月もすると、各中隊長から兵士の不満が鬱積しているという報告が届くようになった。性欲のはけ口がないという不満だった。

四人の兵士の行動の事実は、密かに知れ渡っていた。不満の矛先は三人の兵士に向けられた。お前らがドジ踏んだからとか、行方不明の兵士は、女の奪い合いからお前らが殺したとか、三人をリンチにかけろとか、くすぶった火種が一気に燃え上がる様相を呈してきた。

少佐は将校を集めて、打開策を求めた。

副官のエリセーエフ中尉は、駐屯地の目と鼻の先の民家を改造して、ソ連兵専用の娼館にすることを提案した。中佐はその提案を一蹴した。しかし、中尉は、他に策はありますか、と迫った。

エリセーエフ中尉は、少佐の心配を承知していた。中尉は駐屯部とは全く関係がない、中国人経営の娼館とすれば問題ない、とりあえず、清河鎮の中国人の娼館経営者に打診したい、と少佐に許可を求めた。

少佐は兵士の不満と中尉の提案を天秤にかけた。話を進めてみろと、渋々許可するまで、時間は掛からなかった。中国人は儲け話には、すぐに乗った。ただ、女は簡単には集まらない。女はそちらで都合してほしい。それができなければ、この話はご破算だと言った。

話は暗礁に乗りかけた。少佐は再び、将校たちを集めた。エリセーエフ中尉が日本人開拓団に協力を依頼し、婦女の提供を求めたらどうかと提案した。

それに応じなかったらどうする？　一人の将校が尋ねた。中尉は、開拓団の安全が保たれる、ソ連兵が来ることもなくなると言う、それでも拒否したら、後は強く脅すしかない、と言った。

中佐は幹部将校たちのやり取りを苦々しい思いで聞いていた。中佐は事件処理とその後の軍紀粛正に一定程度満足していた。それがさらに大きな問題を生んだ。胃液の苦みが食道に込み上げた。

所詮、労農階級は愚民に過ぎん。革命の大義を胃液と共に吐き出したかった。しかし、このまま兵の不満が強まり、爆発する。このままでは思いもかけない顚末となる。

これは中国人の提案による、中国人の事業で、日本人開拓団の協力を得て進めるものである。赤軍兵士の心の平穏に寄与する事業として理解した、と中佐は言い訳めいた説明で自らを納得させた。

翌朝、開拓団員のほとんどが、本部のある小学校の校庭に集まることになった。井上と村岡がいる北部落も留守役数人を残して朝早く、小学校に向かった。

丸山は残ったほうがいいと言ったが、二人は聞き入れなかった。ただ、顔を出すことはせず、本部前の家屋に隣接する納屋の中から秘かに見送ることにした。

二百名近い男女開拓団員が校庭に整列した。誰もが悲憤を押し殺し、口を固く結んでいた。子供たちは講堂で息を潜めていた。

ソ連兵は将校、下士官それぞれ一名、兵五名が騎馬でやってきた。馬草を運ぶ馬車を伴っていた。ソ連兵は騎乗したままで、銃口を開拓団員に向けていた。

朝礼台に立った原口団長が、ここに至った団長の責任を語り、二人の女性に強い感謝の意を、時折絶句しながら述べた。

二人の女性は感謝と別れの言葉を述べ、馬車に乗った。開拓団民の間からすすり泣きが漏れ、それが寄せる波のように広がり、ついには全員の号泣となった。

兵士たちは口元に下卑た笑みを浮かべていた。しかし、開拓団民たちの号泣の波が広がると、馬上の兵士たちの表情に緊張感が走った。銃口が揺れた。

エリセーエフ中尉は出発の合図を下した。先頭に中尉、二名の騎馬兵が続き、馬車がその後ろについた。馬車の上で顔をあげ、前をしっかりと見据える二人の婦人。馬車の後ろに下士官がつき、二名の騎馬兵が続いた。

井上が腰の後ろに手を回した。拳銃が握られた。村岡はとっさに井上の肩を強くつかんだ。井上は、大丈夫だと、無音で口を動かした。村岡はそれでも肩をつかんでいた。再び井上は、何もしない、と口を動かした。村岡は手を離した。

井上は拳銃の遊底《ゆうてい》を引いた。村岡にはその微かな音が、納屋に響きわたったように聞こえた。

井上は片膝をついた。引き金に指を掛け、左手を拳銃にあてがった。納屋の横板の隙間から銃の照準を定めた。

エリセーエフ中尉は強い気を感じた。嫌悪か憎悪か、そんなあいまいな強さではなかった。殺意？　それほど強かった。微かな金属音が耳をかすめたような気がした。

開拓団本部の門前に並んだ五軒の人家、それぞれが納屋を併設している。人家の小窓は磨りガラスだが人影は映ってはいない。入り口の木の扉は固く閉ざされている。

納屋の壁は横板でできており、窓はない。

俺もかなり緊張しているな、中尉は自嘲的な笑みを浮かべた。あの金属音、中尉はふと思った。あれは拳銃の遊底をスライドさせた音か。ホルスターに手をやり、振り返った。

開拓民たちが泣きながら門から出てきた。声をあげ手を振っていた。その声は何回も繰り返されていた。アリガトウ、と聞こえた。中尉はホルスターから手を離した。手綱を握ると、「早足」と号令をかけた。

将校が納屋の前を通り過ぎた時だった。引き金に指をかけたまま、井上は発射音をまねた。口だけ開いた無音だった。村岡は見た。井上の頬に涙が一筋伝い流れていた。

六　遠い祖国

第二極東方面軍清河鎮《せいかちん》駐屯部の部隊が司令部のある勃利《ぼっり》に撤退したのは、一九四六年二月の初めだった。何の前触れもない、突然のことだった。撤退の報が開拓団に届いたのは、五日後だった。原口はすぐに清河鎮に向かった。凍結した松花江を馬橇《ばそり》二台が疾駆した。

撤退して五日がたったと聞いた時から、原口は不吉な予感に囚われていた。手綱を引く市野の横に乗る原口は、終始口を閉じたままだった。ただ、市野は原口の気が急《せ》いていることを感じとっていた。中村は、前を走る市野の馬が氷面に足を取られるのではないか、心配しながら慎重に手綱を操った。市野の橇と距離が広がっていった。

原口は橇の速度がひどく遅く感じていた。桜井志津の寂しい笑顔が浮かんだ。

開拓団に避難してきた婦女子ばかりの五世帯十二人は、本部棟の裏にある集会棟に住んでいた。避難民が住むにようになってから、原口の食事を賄うようになっていた。集会棟の一室が食堂兼居間になっていた。原口が避難民たちと食卓を囲むこともあったが、夕食は原口一人、団長室で取っていた。大人数の中での食事が苦手ということもあったが、婦人たちとの間に誤解が生じることを避ける、という思いもあった。俺にもそんなことを気にする面があったのか、団長職が骨の髄まで染まったと、原口は一人苦笑した。

桜井志津が夕食の盆を持って来た時、今夜、原口の部屋を訪ねたいと、意を決したように言った。原口は、その意を察したが言葉は出なかった。志津は、返事を待つことなく、部屋を出て行った。ソ連兵が迎えに来る前夜だった。

戸口に人の気配を感じた。戸が敲かれた。原口は動かなかった。動いてはならないと決めていた。再び、戸が敲かれた。ためらいがちな、小さな響きだった。戸から離れる気配がした。これでいい、と思った途端、その意に反して原口は立ち上がっていた。戸を開けた。志津さん、と呼んだ。

「すまない」

自分でもちぐはぐな物言いだと、原口は思った。志津が、原口の胸に飛び込んできた。原口は、その体を受け止めかねるように、未だ躊躇していた。

二人は抱き合ったまま、部屋に入った。志津が顔を上げた。切れ長の目に涙が溜まっていた。唇に薄く紅が引かれていた。

「我が子を殺めた私に、人としての気持ちが戻ってきたのは、団長さんのおかげです。でも、それも今晩でおしまいになります」

「すまない。本当にすまない」

ちぐはぐさは消えていた。心からの言葉だった。強く志津を抱きしめた。

「迎えに行く。一緒に日本へ帰るんだ」

志津は笑顔で応えた。ただ、寂しい笑顔だった。

「必ず迎えに行く。必ず。一緒に日本に帰る。一緒にだ」

原口は言葉のもどかしさを感じながら、志津を強く抱いた。自分の身体のなかに、意識のなかに志津のすべてを押し入れるように強く、抱いた。

原口たちが清河鎮ソ連軍駐屯部前の娼館に着いたのは、陽が傾き始めた頃だった。青天の空は澄み切っていた。珍しく風はなかった。その分、寒さが和らいだような気がした。

駐屯部は元の通河県支所公舎に代わっていたが、そこに掲げられた旗は、赤色旗だけだった。原口たちは出入りする中国人に、どうしてかと尋ねた。

中国人は声を潜め、国民政府の中国人吏員は逃げ出した、間もなく共産軍がやってくるということだ、と緊張した口調で言った。原口は、ソ連兵相手の娼館があったはずだが、どうなったと聞くと、ほら、あの酒楼があるだろう、あそこがそうだった、ソ連兵が撤退したら、娼館をすぐに酒楼に衣替えした、共産軍には必要がないからな、と言った。

娼館の日本人女性はどうした、と聞くと、知らない、酒楼に尋ねたらどうだ、娼館の亭主はそのままだから、わかるはずだ、そこで引き続いて働いているかもしれない、と原口たちに期待を持たせるように言った。

夕刻前だが、客は多かった。どの席も羊の骨付き肉を齧《かじ》り、高粱酒を飲んでいた。中年の給仕が、相席ならあると、原口が声をかける前に横柄に言った。原口が主人に会いたいと言うと、給仕は、胡散臭《うさんくさ》いという表情を露骨に見せ、原口を見上げた。

「娼館を閉じたとき、二人の日本人女性はどうなった」

原口は怒りの表情を抑えなかった。給仕の前に一歩を踏み出した。毛皮の帽子に厚手の外套、マフラーで口元を覆ったその姿に、威圧感を覚え、小柄な給仕は思わず後ずさりした。左頰の傷跡が給仕の目に、凶悪なものに映った。原口の北京語から、共産軍の治安担当と誤解した。日本人婦女を不当に連れてきて、無理やり娼婦をさせたことが、漏れ伝わったと早合点した。給仕は奥に飛んで行った。

主人らしい男が出てきた。小柄で目が大きく、如才ない風貌だ。男は、ソ連軍から無理やり頼まれたことで、私どもは商売抜きでやっていました、と頭をぺこぺこさせながら言った。

「私は共産党を支持していましたから、ソ連軍にも協力しました。お咎めを受けるようなことはしておりません。なんなら、勃利にあるソ連軍第二方面軍の司令部に問い合わせていただいても結構です」

原口は、男が自分たちを共産党関係者と間違えていると察した。

「二人の婦人が、閉館後どうしたか、それが聞きたい」

居丈高な原口の様子に、男は不安になった。控える二人は、固く沈黙したまま主人を見つめていた。二人ともマフラーで口元を覆っていて表情は読み取れない。ただ、目は冷徹な光を帯びているように主人には思えた。

いつの間にか、店は静かになっていた。共産党と聞いて、客の誰もが飲み食いを止め、下を向いた。ただ、何事が起きるかと、耳をそばだてていた。

客の中の情報通の一人は、男は恐らく先遣部隊の治安担当と踏んでいた。共産軍の進駐先ではそれまでの地主、高利貸しの悪行が暴かれ、罪に問われていることを聞いていた。男は、駐屯してきたソ連兵の横暴には口には出さなかったが、反発していた。ソ連兵のために娼館を建て、ソ連軍に媚びへつらって金儲けをしたこの男を、商売人の小狡さと陰口を叩いていた。その分、二人の日本人女性には同情を寄せていた。

酒楼の主人は言葉を選びながら、しゃべった。

「ソ連兵が引き揚げて、一週間後です、二人は方正に行くと言いました。清家屯に戻らないかと、と言うと、戻らないとはっきり言いました。開拓団が待っているだろう、というと、戻れない、と言いました。方正まで馬橇で送ることにしようと言うと、ありがとうございますと、お礼を言いました」

「どんな様子だった」

「楽しそうでした。二人はソ連兵が撤退してから、表情が明るくなり、本当に楽しそうでした」

原口は、胸が締め付けられた、と同時に一縷の望みの光が差したように思えた。

「方正のどこに送った」

「その馬橇はすぐに戻ってきました。馭者《ぎょしゃ》が言うには、港で二人が下り、今晩は港の旅館に泊まると、言ったということです。ただ、二人の中国語は片言ですので、よくわからなかったと言っていました」

「二人の足取りを確かめなかったのか」

原口は詰問するように言った。望みの光は一瞬にして消えた。

「翌朝、私どもは港に出かけ、旅館をあたりました。二人は泊まっていないことがわかりました。旦那さん、私どもは二人を粗略に扱ってはいません。松花江の氷が解けるまで、ここで働いてもいい、と言いました。それからハルビンに向かったほうが、方正に行くよりか、いいと言いました。方正の日本人の多くが、収容所で亡くなっていることを聞いていましたからね」

それでも方正に行くと言ったのは、どうしてだと、原口は詰問した。

「行方不明の子供に会えるかもしれない、と笑って言いました。その風呂敷包には、子供の土産が入っているのか、と聞くと、楽しそうに頷きましたよ」

そんなことはない、原口の口から出かかった。

「旦那さん、私どもは二人を大切にしましたよ。ソ連兵の相手を二人だけでなんて、いくらなんでも可哀想です。港の娼館から娘たちを数名、交替でよこしました。その点も、酌んでいただきたいです」

原口の不安が大きく膨れ上がった。事情はわかった、とだけ言うと、店を出た。店主との中国語でのやり取りを、市野と中村に短く話すと、馬橇を港に向けて走らせた。陽は沈んでいた。菜館、酒楼、娼館が並ぶ港に向かう通りに、淡い明かりが灯り始めた。電力事情は極端に悪く、当てにならないとランタンを灯していた。薄明かりのなかだが、人出は多かった。それも厳冬にもかかわらずだ。二台の馬橇は、人を追い払うように駆け、港に向かった。

港の管理棟群の前に、多くの小舟が氷に閉じ込められていた。港から出た数台の馬橇が、荷を満載し、暗くならないうちにと、急ぎ氷上を渡河していく。

軒にランタンが幾つも吊り下げられた管理棟の一つに、着膨れの男たちが、集まっていた。軒柱《のきばしら》に馬が繋がれていた。男たちは、馬から外された橇を取り囲んでいた。軒下に毛布が敷かれていた。

通河県支所の吏員らしい満洲族の男が、下ろせ、と指示していた。橇は莫蓙《ござ》で覆われていた。吏員に問うまでもなく、莫蓙の下は何か、原口にはわかっていた。

「清家屯開拓団の者だ。日本人女性か」

「そうだ。二人だ」

吏員は、男たちにランタンに明かりをいれろ、と指示した。軒先のランタンすべてに、明かりが点った。吏員が莫蓙をゆっくりとめくった。

薄く紅白粉《べにおしろい》をした桜井志津と飯塚幸は微笑んでいるようだった。起きろ、開拓団に戻るぞ、日本に帰るぞ、と二人の身体を揺すって起こそう、その気持ちを強く抑えながら、志津の額にかかったほつれ毛を震える指で戻した。原口は橇の縁に手を置いたまま嗚咽《おえつ》した。

市野が後はやります、と言って、原口を橇から離した。二人とも防寒コートの下、黒羽織に着物、モンペ姿だった。志津は柔らかな黄土色の草木染、幸は薄い黄緑の草木染、開拓団の婦人たちが別れに贈った飯田紬の着物だった。数珠と共に白木の位牌を胸元で抱えていた。それは亡くなった二人の幼子のために勝田が、白樺の板で作った位牌だった。

志津と幸の遺体は、清河鎮から方正に向かう馬橇の氷上の通い路から半キロほど離れたところで、馬橇の馭者に発見された。

馭者が方正に馬橇を走らせていたとき、はるか先の氷上に黒い塊があるのを見た。アザラシか、と思ったが、先を急ぐこともあってそれ以上、気に留めなかった。同じ氷上を戻ってくると、まだ、アザラシがいた。

そう思って、すぐにそれはおかしい、アザラシは黒竜江の合流近くでは見かけるというが、ここまで上ってくることはない、それより、全面結氷している川面にアザラシがいること自体おかしい、そう思って、その黒い塊のほうに橇を走らせた。

日本人がよく使っている莫蓙の上に、和装にモンペ姿の日本人婦女二人が、頭をそろえ横たわっていた。防寒靴が二足、枕元に並べてあった。死んでいることは一目瞭然だった。傍らに小さな焚火の跡があった。五徳と小さなやかん、湯呑みが二つ、砂糖の入った袋、そして、薬壜《くすりびん》が置いてあった。

馭者はすぐに港に戻って、管理棟にいた通河県支所の吏員に知らせた。

氷上に横たわる二人を見て、吏員はすぐに察した。二人は東南の地平線に足を向けていた。その先はるか彼方、海を隔てて二人の祖国がある。

焚火で白湯《さゆ》を作り、砂糖を入れ、ささやかな茶会を開いたのだろう。日本人と長く関わっていた吏員は、二人の慎ましやかな行為に胸を詰まらせた。睡眠薬を飲み、茣蓙を敷き、枕を並べ、はるか祖国を思い、語りながら静かに命を閉じた。吏員は弱者の悲しみを思い、涙した。

市野と中村は、男たちの手を借り、自分たちの橇に二人を移した。中村が二人に毛布を掛けるのを眺めながら、原口は自分の落ち度を責めた。二日早く来ていたら、肩から毛布を掛けた二人が、橇に腰を下ろしている姿があったはずだった。駐屯部隊の動向に気を抜いていた自分を呪った。

夜の帳が氷上に降りていた。馬橇の手綱を持つ市野には、珍しく風もなく、寒さが和らいだように思えた。横に乗る原口は、凍ったように身動き一つしなかった。西空の端は茜色がわずかに染まり、天空から星が降り注いでいた。市野は馬に一鞭入れた。橇につけたランタンの明かりが照りかえる氷上を、馬はゆっくり駆け始めた。

四月、厳しい寒さの緩みを村岡が肌に感じた日の夕刻だった。所用で清河鎮に出かけていた王が、重苦しい表情をして部屋に入ってきた。何か言い出そうとするのだが、言葉が出てこない。

丸山の家族と共に八年、王の日本語は十分伝わる。何か伝えようとしても言葉が見つからないというものではなかった。言うべきか、どうかという迷いだった。

「どうした、まずいことでも、起きたか」

井上は綿入れの防寒服の鉤裂《かぎざ》きを繕《つくろ》っていた手を休めた。

「日本人、日本に帰る」

王の言葉に、二人は思わず喜びの声を発した。しかし、王の表情は硬いままだった。

「哈爾浜に行く。でも船、使えない。歩いて行く。哈爾浜、遠い。悪い中国人、襲う。共産軍、国府軍、戦う。全員死ぬ。ここに残れ。二人とも残れ。残って、一緒に米、作ろう。俺は米を作りたい。三人でやろう」

王が今日、清河鎮に出かけたのは、進出してきた共産党の出先機関に農地開拓の承認を得るためだった。

丸山の開拓地を譲り受けた王は、米作りの希望を持っていた。丸山は湿地を開拓すれば、米作りができるとし、開拓地に入って間もなく自前の水田を一反ほど作っていた。そこで丸山は王に米作りを教えていた。

丸山は王に語ったという。

湿地周辺の土地を開墾すれば、千町歩の水田も夢ではない。まず、五年で十町歩開く。畑作が主なところの水田開拓、人手は俺の家族と王だけだから、はじめはこつこつと、だ。ただ、日本のような手をかけた米作りはできない。五年間は、満洲での米作りの試行錯誤の期間だ。それでうまくいったら、次は百町歩への挑戦だ。

　水の管理が最大の難関だ。用排水路を作るのに金も人手もいる。王、お前はその頃になると、支配人で、雇人を束ねてもらわないかん。土起こしは、最初は牛馬数頭だが、そのうちトラクターを使う。籾は直播《じかま》き、稲刈りはこれも大型の刈取機でやる。

　十年過ぎて千町歩開拓への挑戦だ。王に曾孫ができる頃には完成だな。その頃、俺はもういない。

　お前の取り分は三百町でどうだ。根拠は息子二人と王で三等分というところだな。どうだ、気前がいいだろう。お前は頼りになる男だということだ。王、いい夢だろう。夢だけはいいもんでないと、な。

「丸山の親父さんの夢を実現しようというんだな。いい話だ」

　井上は王の両手を握った。

「王、ありがとう。我々日本人は満洲に五族協和の王道楽土をつくろうとやってきた。だが、それは嘘っぱちで、中国人が豊かにした土地を奪って自分たちのものにしただけだ。開拓地とは名ばかりだ」

「井上、ここは違う」

　王が口を挟んだ。

「ここは違っても、多くは土地を奪って入り込んだ。我々は離れるしかない。迷惑をかけたのだ。引き揚げるしかない」

「今、日本は大変だ。帰ったら、死ぬ。村岡、ここに残れ」

「王さんがそう言ってくれて、俺たちは気持ちよく帰れる。王さんの知恵と強い意志は丸山の親父さんの夢を引き継ぐことができる」

村岡はこみあげるものを抑えながら、自分が満洲に抱いた夢は偽りだったとはっきりと気づかされた。

王の情報は確かだった。

一九四六年（昭和二十一年）四月二十八日、日本人の帰国がこの夏から始まるという情報が、哈爾浜日本人会からもたらされた。原口は、その日のうちに、幹部会を招集した。各部落の男たちも参加するよう通達が出された。

小学校の講堂に、幹部を中心に男たちが車座になった。井上と村岡は少し離れた講堂の隅にいた。冒頭で原口は、清家屯の開拓地を離れることを宣した。原口はひと呼吸おくとゆっくりと言葉を続けた。

「ソ連軍は撤退して、替わって共産軍が北満に入った。その軍の動向が気になる。それに満人暴徒の襲撃だ。去年の秋に避難した開拓団のかなりが途中で襲われている。同じことが起こることは覚悟しなければならない。ハルピンまでの道のりはきわめて困難だ」

「松花江の船便を使えばいい」

勝田が口を挟んだ。

「松花江の船舶の運行はソ連軍の厳しい統制下に置かれていたが、共産軍も引き継いでいる。船でハルピンに向かうことはできない。徒歩で行くしかない」

「年寄り、子供の足で進むと、二ヶ月以上はかかるぞ。持っていく食糧も限りがある」

再び、勝田が口を挟んだ。

「親父さん、まず団長の話を聞こう」

市野が勝田の次の言葉を制した。

「俺が、結論を先に言ったことで、心配になったんだ」

原口はそこで言葉を切った。講堂にいる男たちの表情を見渡した。そこには不安が張り付いていた。いつの間にか集まっていた女たちが、廊下の窓から不安な顔を覗かせていた。

「困難なことはわかっている。だが、この機会を逃してはならない。帰ろう、日本へ」

強い意志が込められていた。団長は誰もの不安を吹っ切ろうとしている、市野は思った。

去年の八月、原口は、全員が生きて祖国の地を踏むために生き抜く、そのためには開拓地に留まることが最善だと主張し、開拓団を導いた。しかし、今に至るまで、正しい判断だったと自信を持って言えなかった。

その後のソ連軍兵士の暴挙、食糧不足による栄養失調、病魔への恐れ。開拓団には死の影が四六時中、張り付いていた日々だった。

状況を打ち破って、先に進むことを避け、先送りしただけだ。その結果、奈落へゆっくりと落ちて行く茨の道を選択しただけではなかったか、原口はその思いに囚われていた。

今、さらに困難な道のりへと開拓団を導こうとしている。俺は本当にできるのか、全員を、伊那谷まで連れて帰ることができるのか。迷いを断ち切れ、原口は心の中で言い切った。

「この時期を外したくない。二日後の三十日にはここを離れる」

二日後と聞いて、講堂内にざわめきが起きた。間を置いたあと、原口が続けた。

「共産軍の支配する地を進むことになる。何事もなく通ることができるかだ。かなりの避難民が満人に襲われたが、ソ連軍はそれに関して全く無関心だった。見て見ぬ振りをしていたということだ。ソ連軍も開拓団を襲って略奪行為をしていたから、話にもならん。共産軍もその類なのか、かなり心配だ」

「ソ連軍も共産軍もアカの軍隊だ。あいつらは極悪非道の赤匪《せきひ》だ。心配どころか、大いに危険だ。団長の認識は甘い」

勝田の声は、半ば怒声だった。

「状況の見極めがつくまで、待つという選択肢はないですか。ここの満人とは、うまくいっている」

市野の表情は穏やかだった。去年、開拓地に残るという原口の判断を、市野は強く支持した。

「そうだ。わざわざ危険の中に身を投じることはない。慌てることはない。待てばいい。待っていれば日本政府も助けにきてくれる。俺たちを見捨てるわけがない。息子たちもここに帰ってくる。ソ連軍に連れ去られたと言う奴もいるが、俺の息子たちはここに戻ってくる。戻ってきてからでも遅くはない、一緒に日本に帰るんだ」

勝田の気持ちはひどく高ぶっていた。原口は勝田に諭《さと》すように言った。

「正蔵さん、ここにいても俺たちが耕す土地もない。冬越しの食糧と引き換えに満人たちに譲り渡したんだ。ここに居続ければ、そのうち男手のいない女たちは生きるために満人に身を寄せざるを得なくなる。子供も食糧と引き換えに売られていく。家族がばらばらになる。正蔵さん、今がここを引き揚げる潮時だ」

原口は言葉を切って、講堂にいる者たちを見渡した。廊下にいた女たちも講堂に入っていた。

「日本は占領軍に支配され、政府もないに等しいと聞いた。何もしないし、できない。あの関東軍も、俺たちを守らなかった。自分たちが逃げるのが精一杯という体たらくだった。我々の力で帰るしかない」

「団長、発言して、ええですか」

井上だった。男たちが、目をあげ一斉に井上を見た。

「言ってみろ」

「共産軍は、俺たちが思うほど危険ではないと思う」

「どういうことだ」

「王が言っていた。北満では共産党の幹部たちが農村に入り土地改革を指導しているそうだ。それに共産軍は規律がとれた軍隊で弱い者、貧しい者を守る軍隊だとも言っている。無抵抗な俺たちを襲うことはないと思うんだ」

勝田が即座に口を挟んだ。

「若いの、甘いよ。王は満人、それにアカの息がかかった男だろう。そんな奴が悪くいうはずがない」

いきなり丸山が立ち上がった。

「勝田、何だ、お前は。さっきから足を引っ張ることばかり言って。いいか、王は実直で信頼に足る男だ。あいつは働くことが大好きな奴だ。だから、俺はあいつに土地も家も託したんだ。いい加減なことを言いやがって。息子のことで頭がいっぱいで判断できなくなっとるんだ」

「何だと、お前は息子が戦死したと思って、あきらめとるんだろう。俺は息子たちが、戻ってくると信じとるんだ」

「戦死しただと、誰がそんなこと言った。お前は狂っとるのか」

「清っさん、それ以上言うな。正蔵さんも止めだ。幹部が諍いしとったら、みんなで国に戻れん」

原口の強い口調だった。丸山と勝田は口をつぐんだ。講堂内に気まずい空気が漂った。

「団長、ここを立つにしろ、行く先々の安全を確認することは必要です。すぐにでも偵察要員を送りましょう」

市野の穏やかな口ぶりは変わらなかった。哈爾浜に向かうことを腹積もりでいる提案だった。

「偵察に日数がかかると、出発が延びるぞ」

「去年、満人の暴徒に襲われたのは通河の奥地の開拓団です。まず、通河で情報を得ます。開拓団は予定通り二日後に出発し、偵察要員と通河の手前で落ち合う。その情報を元にハルピンまでの道のりを考えたらどうですか」

市野はすでに開拓地を離れることに腹をくっている、と原口は思った。

二人のやり取りに誰もが耳を傾けた。気まずい空気が薄れていった。原口は左頬を裂いた傷跡に手をやりながら、しばらく考えていた。市野の冷静さに比べ、自分は危険に向かって、追い立てられているように思えた。

「この先、闇雲に進んでいいものではない。無事を考えるなら、確かに偵察行動は必要だ。誰を行かせるか、決めているんだろ」

「若いのは、井上と村岡しかいませんからね」

「二人共と言うわけには、いかんな。開拓団を引っ張っていく力も必要だ。一人にしよう。もう一人は、万が一の交替要員だ」

井上が声をあげた。

「俺が行きます。中国人の苦力になりすまして通河に入る。村岡には悪いが、言葉のことを考えたら、俺のほうがましだ。お前は開拓団を引っ張れ」

「それで決まりですね」

市野は笑みを浮かべながら言った。

その場の雰囲気は、開拓地を離れる方向に傾いていった。勝田は黙っていた。

原口は立ち上がった。

「開拓団はここを離れ、ハルピンに向かう。途中の難関は予測しがたい。偵察要員を先行させ、情報を得ながら、安全を確保したい。絶対に日本に帰るんだと、強い気持ちで準備に取りかかってほしい。幹部は本部に移動してくれ。行動の詳細を練りたい」

講堂内の緊張した空気は、話し始めた男女の声で一気に緩んだ。

井上が王と共に通河の街に向かったのは翌日の未明だった。

情報を得るために開拓団より先行し、通河の街に入ることを王に話すと、王は即座にだめだと言った。

「だめ、だめ。井上、中国人と話す。すぐ、日本人とわかる。オレの日本語、変だろ。井上の中国語も変。だから、オレも行く。オレが話す」

王の言ったことは的を射ていた。

「気づかなかった。団長に許可を得る。王、お前は本当に頼りがいのある男だ」

井上は王の手を握った。

通河の街には難なく入れた。三月始め、それまで軍政を敷いていたソ連軍が撤退すると、共産軍がすぐに入れ替わった。

井上たちが通河に入った頃は、共産党の統治が軌道に乗ってきた頃だった。

ただ、街は騒然としていた。国民政府の協力者や地主、高利貸しへの糾弾が先鋭化し、公開の人民裁判と処刑が連日、行われていた。

後ろ手を括られ、ロープで数珠繋ぎになった中国人たちが、兵士に連行され、県庁舎前の広場に集められていた。木枠を組んだ絞首台があった。広場は人民裁判の場であり、公開の処刑場になっていた。

「この街は日本人にとっては危険だ」

井上が何か気にするように辺りに目をやった。

「王、俺たちを見ている奴がいる。今は、振り返るな。腕を離すときに、それとなく見てくれ」

井上は群衆の中から、視線を感じていた。共産軍の私服の治安担当者ではないか、そう思うと気が気ではなかった。

「そんな奴、いない」

井上は振り返った。人通りは多かった。二人に視線を合わせている者はいなかった。

二人は広場を離れた。

「路地に入る」

井上は言うと、通りの先にある路地に小走りで向かった。その時だった。

「井上、井上正次だろ」

井上を呼ぶ声が追っかけてきた。思わず振り返った。その先十数歩、共産軍の兵士がいた。井上はその場で硬直した。後になって、心臓が鷲掴みされた、というのはあんなことだ、と村岡に笑って語った。

「木崎だ。木崎祐介だ。鉄驪《てつれい》義勇隊村井中隊で一緒だった」

そう言って、兵士が近づいてきた。

村岡は兵士の顔を穴が開くほど見つめた。しかし、過去に出会った誰の人物像とも結びつかなかった。

井上はしっかりと腕を掴んでいる王に、何かしら救いを求めるように、お前知っとるかと掠れ声で聞いた。知る由もない王は、頭を強く振った。王の身体も固まっていた。

男は兵士帽をとった。短く刈り込んだ髪に鼻筋の通った端正な顔。上背があり、細身の体型。義勇隊では先輩たちのいじめの標的にされていた。

木崎祐介、上伊那郡美和村出身で、同い歳。井上は木崎を庇って、先輩たちとやりあった。そのことが井上の義勇軍での先輩たちとの対立に繋がっていった。

「木崎か⁉」

やっと、井上は木崎の像を結ぶことができた。ただ、共産軍の兵士である目の前の姿とは一致できなかった。

「こんな恰好をしとるから、わからんのやろ。いろいろ事情があってな。お前こそ、どうして、ここにおる」

井上は木崎の数歩後ろにいる若い女兵士に気づいた。二人のやり取りを硬い表情で見ていた。

「女房だ。富江という。こんなところで、立ち話もないな。家はすぐそこだ」

木崎夫婦は通りから路地を抜け、人家が軒を連ねる裏通りへ出た。

夫婦が屋根付きの門に入った。数本のアカシアの木が芽吹いていた。庭を囲むように煉瓦造りの平屋の建物が三棟あった。周りの家に比べ、明らかに格の違いがあった。

木崎はそのうちの一棟に井上たちを招き入れた。

国民党支持の富裕商人の別宅だったところで、共産軍が接収して、幹部の住居にしている、と説明した。

「ただ、入っとるのは俺たちだけで、幹部たちは兵士と寝起きを共にしとるから、ここにはいない。それが共産党のやり方だ」

「なんでお前が共産軍におるんだ」

居間はテーブルと椅子、ソファだけの簡素な部屋だった。木崎の妻が中国茶を運んできた。王は硬くなったまま、ソファに座っていた。

共産軍の要請だ、と木崎は言った。技術、技能を持った軍人、民間人が要請に応えて、協力している。軍事指導、医療関係、鉄道と各分野の日本人が共産軍に加わっているると説明した。

積極的に加わった者、強制された者もいたが、俺は特段肩入れしようという気はなかったが、逃げ遅れて、まあいいかという成り行きに任せたんだ。大方、そういう連中が多いと違うかと、木崎は笑って言った。

木崎祐介は医療技術者として、妻の富江は看護婦として通河の病院に勤めている。木崎は義勇軍から牡丹江近くに新しく建設される開拓団の先遣隊とし入植したが、半年もたたないうちに召集された。昭和十六年の春だった。

軍隊に入って、一年たって衛生兵となった。一年間奉天陸軍病院で衛生兵教育を受けた。

妻の富江との出会いは、奉天陸軍病院だった。といっても、共に伊那出身ということを知った程度のことだ。口を利くということもなかったし、その気もなかった。ただ、何かを感じていたが、お前はどうだったか、と木崎が言うと、富江は恥じらうような笑みを浮かべた。

「木崎、のろけ話か」

井上は笑いながら言った。

富江は奉天の雑貨商の二男二女の長女だった。父親は飯田で薪炭《しんたん》商を営んでいたが、昭和四年の昭和恐慌の余波を受け、店をたたんだ。そして、妻と五歳の長男、四歳の富江と家族を連れて渡満した。奉天では日本の雑貨を扱う店を営み、富江が小学校にあがる頃には、家族の生活も安定し始める。弟と妹は奉天で生まれた。

富江は奉天の小学校の高等科を卒業し、奉天にある看護婦養成所に進んだ。資格をとると奉天陸軍病院の看護婦となった。

木崎は医療技術の教育を受けた後、部隊付の衛生兵の教育係になり、哈爾浜で終戦を迎えた。ソ連軍がきて武装解除が始まった。その時に衛生兵だけ集められた。

衛生兵は中国の共産軍に預けられると通訳を通して言い渡された。しばらくしてその他の日本兵がいつの間にか消えていた。後になってシベリアに送られたことを知った。

衛生兵の中には、徴用されては日本に帰れないと、密かに逃げ出した者もいたが、木崎は何となく残った。木崎は衛生兵の指導員として共産軍の部隊に赴いた。部隊と共に北満各地を転戦したが、今年の三月、通河の診療所を共産軍が引き継いだために医療技術者として派遣された。

富江がいた。富江は終戦をこの通河で迎えた。通河にあった陸軍の診療所に派遣されていたのだ。ソ連軍が進攻してきた時、若い軍医は病人を残して逃げるわけにはいかないと留まった。富江も行動を共にした。

ソ連軍はそれを認め、ソ連軍が撤退すると、中国共産軍が引き継いだ。共産軍は診療所の規模を拡大して、入院設備を備えた病院にしたいと医師に協力を要請した。木崎はレントゲンなどの医療器機を扱う衛生技師として呼ばれた。

木崎と富江は奉天の陸軍病院では会話一つ交わしていなかった。二人は打ち解けた会話ができるようになった環境の変化に驚きながらも、嬉しく受け入れた。

共産軍の幹部が、そんな二人を見て、一緒になったらどうかと勧めた。二人にとってその言葉は寝耳に水であったが、その時から、二人は男女の関係を大いに意識するようになった。夫婦共に働くというのが当たり前になる夫婦のあり方の先駆けになると言って、日本人医師も勧めた。

四月、二人は所帯を持った。共産軍は二人のために十分すぎる新居をあてがってくれた。

「新婚さんだったのか、それはめでたい。家の中が暖かいのはそのせいだったのか」

井上は声を弾ませ、言った。

「俺のことより、お前はどうして、ここにいる。この夏から日本人の帰国が始まるぞ。居残っていた開拓団もハルピンに集まっている」

井上は伊那谷郷開拓団のことと、自分が通河の街に入った訳を話した。

井上が話し終わった頃には、窓は夕暮れの色に染まっていた。台所から夕餉の匂いが漂ってきた。井上は急激に空腹を覚えた。今朝、饅頭一つを口にし、その後は、富江が入れた中国茶を飲んだだけで、何も口に入れていない。

王はソファで横になって、寝息を立てていた。毛布が掛けられていた。

「今夜は泊まっていけ、食事も満足にしとらんのだろう」

そう言ってから、木崎は通河周辺の共産軍の動向について、語り始めた。

この三月にソ連軍が撤退を始めると、すぐに共産軍が通河に入って来た。

一九四五年九月、中国共産党は満洲であった東北地区を革命の戦略的要地であるとして、共産軍をいち早く進出させた。

「日本の敗戦で、国共合作の意味もなくなった。再び内戦が始まる。共産軍は、八路軍の名称を東北人民自衛軍と名を改め、いち早く満洲に進撃したのは、満洲を革命の拠点にしようとするためだった」

木崎はそう言った後、現在の東北地区の軍事的情勢をどこまで話そうか、躊躇した。この時点で、共産軍は松花江の南で国府軍の攻勢にさらされていた。

井上を不安に陥らせ、その報告が開拓団の哈爾浜移動に水を差す恐れがある。この夏からの日本人の祖国帰還は、確かであることは、軍幹部から聞かされていた。ただ、その際幹部からは、今しばらくここに留まり、我々に協力してほしいと、半ば釘を刺すように頼まれていた。

満洲国崩壊後、国府軍の東北地区への進軍は、共産軍に出遅れていた。ソ連軍の駐留のなかでは当然のことだった。

それでも、その年の十一月、アメリカの支援を背景に国府軍は、山海関の共産軍を撃破し、東北地区に進撃した。さらにこの三月、ソ連軍が撤退を始めると、国府軍は東北南部で優勢に転じ、三月中には瀋陽に進駐した。

米軍の支援を受けた国府軍と共産軍との軍事力の差は明らかだった。北進を続ける国府軍は四月に南部の交通の要衝、四平街に進攻した。共産軍は全力で阻止しようとしたが、形勢は不利に展開した。この時点で、すでに主要部隊は四平街を退き、長春をも放棄せざるを得ない情勢だった。共産軍は、哈爾浜を守るために長春をも放棄するだろうと木崎は予測した。

この情勢予測を井上に話してはならないと木崎は判断した。

松花江は共産軍の防衛線になる。松花江を境に南が国民政府、北が共産党の勢力範囲となることを見越しての戦略的撤退だろう。木崎は幹部たちの話からそう結論づけた。

木崎は、ハルピンは安泰だ、とだけ井上に告げた。

木崎は、ハルピンはソ連軍に代わった共産軍によって、治安が保たれていると話した。

「松花江以北は、土地改革を通して、農民掌握が進み、共産軍の地盤は強固になっている。この通河の街の様子を見れば、わかることだ」

木崎は井上をさらに安心させるように、話を続けた。

「共産軍は規律が厳しく、民、百姓のものはとらない、公平、公正を徹底させている。それは日本人に対しても変わらない。日本人の民、百姓は悪くなかった。悪いのは戦争を引き起こした軍部の上級軍人や政府の要人だという姿勢だ」

木崎は淡々と話した。井上は木崎が義勇隊で先輩のいじめの対象になったのは、こんな井上の冷静なものの見方にもあったことを思い出した。

「松花江北岸の街は、共産党の施政下にある。去年、一部の開拓団が襲われた。ソ連軍は開拓団の逃避行には全く無関心だった。この四月からは共産党の支配がゆき渡るようになって、そんなこともなくなっている。だが、些細なことで、民衆に火がつくこともある。用心することに越したことはない」

「原口団長は四百人近い団員を一人の落伍者もなく、日本へ連れて帰るという強い決意でいる。といっても大半は女、子供、年寄りだ。木崎、道のりをどうとればいい」

「松花江を船で行くのが、一番だぞ」

木崎は当たり前のようにあっさりと言った。

「船は使えない。団長が言うには、共産軍の制圧下におかれ、自由に乗船できないと言っている」

「いや、そんなことはないはずだ」

と言ってから、木崎は腕組みをしたまま、考えに耽った。しばらくしてから、口を開いた。

「確かに松江花の船便の数は、限られている。一週間に一便あるかないかだ。団長さんは四百名の人数が一度に乗船できないことがわかっていた。そうなると、小分けして乗ることになる」

木崎はしばらく考えてから、言った。

「井上、団長さんの思惑がわかった。船での移動だと、開拓団がばらばらになる。家族も離れる恐れもある。先を争って、船に乗ろうとする者も出てくる。皆の気持ちもばらばらになる。道のりは長いが、開拓団がまとまって行くのが最善と考えられたのだ」

「皆を日本に連れて帰るという責任の強さ、団員を守ろうという意志、それが我が関東軍には全くなかった。民、百姓を守る軍隊ではないのだから、それは当たり前のことか。そればかりか民、百姓を盾として置き去りにし、作戦と称して尻尾を巻いて逃げた」

井上は苦々しく言った。富江が木崎を呼んだ。

「よし、ひとまず、ここまで。飯を食おう。ハルピンまでの道のりは、腹ごしらえしてから考えよう。井上、支度ができるまで、少し待っていてくれ」

そう言うと、木崎は食堂に入った。木崎夫婦の笑い声が聞こえてきた。二人で食卓の用意をしているようだ。

井上はその空気に違和感を覚えていた。だが、そこには何となく温かみが感じられた。羨ましさのようなものも感じた。自分もそんな空気のなかに、身を置くことはあるだろうか、と思った。井上はすっかり寝入っている王を起こした。

昭和二十一年四月二十八日午後八時、三江省通河県清家屯の地は、闇夜だった。気温は零下三度。

春の夜の冷えは、原口伊三郎にとって心地よかった。開拓団本部のある建物群から十分も歩くと視界を遮るものは何もない。

満天の星を見上げ、大きく息を吸った。松花江を上る外輪船が起こす水音が大きく膨らんできた。それは原口の耳に一瞬入り込んできた。

松花江まで三里近い距離。普段は外輪船の起こす水音は聞こえることはないが、冬の名残の冷気が降りてくると聞こえてくる。

天空の彼方から降り注ぐ力を俺は吸い取る、子供じみた思いに原口は苦笑した。弱気になっている、原口は呟いた。

五年前の俺だったら、我が身一人でここを立ち去っていた。俺としたことが。正義面がすっかり張り付いてしまった、因果なことだ、原口の目は笑っていた。ただ、よく見るとそれは、はにかんでいるようでもあった。

星が流れた。あれは幸運の星か、不運の星か。石坂少佐は家族を持てと言ったが、俺は三百八十三名の団員家族の家長になったよ。家長として、この家族を守る星のもとに生まれた。この生き方しかなかったと思えばいい。この家族を伊那谷に戻す、これが与えられた天命だ。再び、星が流れた。原口は星に無事な帰国を念じた。念じた自分に苦笑した。

ソ連軍の侵攻の後、避難もせず、集団自決にも至らず、開拓団は清家屯に残った。それが吉となるか、明日からいよいよ正念場、伊那谷までは遠い、遠すぎる。

志津と幸の顔が浮かんだ。開拓団のために、身を犠牲にした二人を亡くした自責の念は依然として心に重く沈んでいた。

原口は身震いした。気弱さが体に反応したのか、武者震いか、いや体が冷えただけだ。志津の肌の温もりが蘇った。原口は星空に向かって、一声吠えた。

一九四六年（昭和二十一年）四月三十日未明、清家屯伊那谷郷開拓団三百十九名は、

九年間過ごした開拓地を後にした。年寄りが多い成人男子五十三名、成人女子百一名、子供は百六十五名、馬車四台、この一行の哈爾浜までの二百キロ余りの距離は、苦難の道のりであることは、誰もが予想できた。

開拓団はのろのろと進んだ。列の長さが一キロを超えることがあり、集団の体を成していなかった。しばしば休息を取らねばならなかった。

井上が五日ぶりに開拓団と合流したのは、彼方に通河の街を望む、白樺林の丘だった。

井上は原口に共産軍が軍政を敷く通河の様子と、木崎のこと、木崎が話した共産軍の動向、哈爾浜の治安、そして木崎と練った哈爾浜までの道のりを報告した。副団長の市野も同席した。

原口は報告を聞いてすぐに、市野としばらく話をし、その後、王を呼び寄せた。王はこの後、開拓団と別れ、帰ることになっていた。

井上には、原口と市野が王に何か頼みごとをしているように見えた。王はしばらく考えていたようだが、承諾するような態度をとった。

幹部会が招集された。白樺林の中は短い背丈の草はらだった。枯れ草の中に若草が顔を覗かせていた。

幹部会のメンバーは輪を作って座った。その周りを遠巻きにして、男、女、子供たちが思い思いに座った。はしゃいだりしていた子供たちは母親たちの厳しい叱責に二度と声を出さなかった。

白樺の林を風がそよそよと渡っていた。白樺の黄褐色の花房が微かに揺れている。

原口は皆の前で井上の労をねぎらった後、井上に見てきたこと、聞いてきたことを逐一、丁寧に報告してくれと言った。

井上はまず初めに、共産軍の我々の開拓団への脅威はない、と断言した。言い切ることではないが、あえて井上は言い切った。原口の指示だった。

予想したように女たちに安堵の表情が浮かんだ。ただ、勝田は、不審な表情を浮かべていた。

井上は、軍事指導、医療関係、鉄道と各分野での技術を持った多くの日本人が共産軍の要請に応えて加わっているという、木崎が言ったことを話した。

そして、木崎夫婦の共産軍からの処遇も、見てきたことを交えてこと細かく話した。木崎が上伊那郡美和村出身だということを特に強調した。これも原口が指示したことだった。

「医療関係は木崎夫婦のように病院勤務している者ばかりではなく、野戦衛生兵として、転戦している者も多いと言っていた。軍事関係では陸軍航空隊の一部部隊が、共産軍航空隊の創設に重要な役割を果たしているそうだ。砲兵隊の将校、兵士も技術指導で共産軍の戦力向上に貢献しているという。木崎が言うには、共産軍が兵力の勝る国府軍と互角の戦いができるようになってきたのは、日本人の協力があってのことだと、言っていた。

勝田は半信半疑な表情で、筒井と小声で話をしていた。

「木崎が言っていた。共産軍は俺たちの脅威ではない」

「木崎が言っていた。共産軍の軍律は厳しい。ソ連軍のように規律があってないような無頼の軍隊とは違う。満人の日本人襲撃も許さないという姿勢をとっているという」

「木崎という男、赤く染まったから、共産軍が俺たちの味方のように言っとるだけだろ。実際はどうだか。その男、日本に帰るつもりもないだろう」

勝田は皮肉っぽく言った。

「木崎は、日本に必ず帰ると言った」

「井上、それはいい。それより、木崎と考えた経路だ」

原口は厳しい口調で制した。

「ハルピンまでの道のりは、通河はもちろん、街は通らず行きます」

井上は木崎と練った哈爾浜までの経路を話した。それは原口たちが予想していた距離のほぼ倍近くあった。

井上は話を続けた。

都市は避ける。共産軍による旧勢力への指弾は日増しに高まっている。共産軍にとっては、それは民衆を引き寄せる政治闘争の一つである。計画的、かつ冷徹に事を進めている。

民衆にとっては、積年の不満のはけ口となっている。こんな時に日本人の集団を目の当たりにすれば、暴発する可能性は高い。共産軍も民衆の暴発は好まない。避けて通るに越したことはない。その意味で、松花江沿いの道も避ける。それに松花江沿いは湿地帯が多い。その度に迂回しなければならないのなら、思い切って北に向かい、大きく迂回し、山野の道を行く。回り道になるが、安全を優先させる。中国人の村の近くを通ることは避けられないが、偵察要員を先行させ、村を探り、村人たちの動向を探る。

話し終わった井上は団員たちの反応を探った。真っ当すぎる案に、期待はずれの表情が浮かんでないか、気がかりだった。

「安全策を優先させた案だ。それしかない。それで行く。奇策はないということだ」

原口は断を下した。

「市野、ハルピンまでの行動内容を伝えてくれ」

市野が立ち上がった。

「ハルピンまで、団としてどう行動するかを述べます。これは幹部会の決定事項となります」

　勝田が声をあげた。

「市野、幹部会は今、開かれている。決定はこれからだろう」

「そうです。全員一致の賛成を得ることで決定されます」

「誰も反対する者がいないと思ってのことか。お前らしくない乱暴な進め方だ。団長の差し金だから仕方なしで言ってるだろうがな」

　棘のある勝田の言葉だった。

「まず、ハルピンまでは、井上が言った道のりをとります。具体的には井上と王で道のりを決定していきます。王は案内人として雇いました」

　筒井が手をあげた。

「雇うということは、金を支払うことかな」

「そうです。ハルピンまで安全に行くのは、王の力が必要です」

　勝田が声をあげた。

「どういう金で雇うのだ」

「もちろん、開拓団が蓄えている金です」

　市野は当然というような表情をした。勝田が立ち上がった。

「蓄え金は、開拓団の共有の財産だ。いざという時のために、苦労して蓄えた金だ」

「今が、いざという時です」

「団長、貴重な蓄えをこんなことに使ってええのか」

　原口は答えた。

「正蔵さん、副団長が言った通りだ。我々は王から安全を買うのだ。ただ、日本人を敵と思っとる中国人にとって王は日本人以上の敵になる。それを思うと王が引き受けてくれたのは、ただ金だけのことではない。王の命の引き換えだと思うと決して高い雇い賃ではない」

「まあ、いいだろう、どうせ満洲円は、紙切れ同然だ。くれてやっても惜しくはない」

　勝田が吐き捨てるように言った。満洲円はこの時点では、まだ価値を維持していた。井上が通河で、それを証明してきた。原口はそれを知ったうえで、王に提示した。

「次です」

　市野が続けた。

「清家屯からここまで、五日半かかりました。時間がかかるのは、やむを得ないことです。ただ、列の乱れが気になります。このままでは、ばらばらになって集団の体をなさなくなります。集団で行動して、初めて我々はこの長い道のりを行くことができます。列の長さを二百メートル以内とします。列は家族単位ではなく、子供、年寄り、女という順序で並びます。開拓団が一つ家族と思ってください。男たちは列の間、四箇所に入り、弱った者を助けながら進みます。先頭は俺と井上、王が行きます。中間に馬車二台を配します。伊関さん、山本さんが付いてください。しんがりに馬車二台を配します。柴田さん、それと土屋、村岡に引いてもらいます。病人を乗せることもあります。団長の位置は、中間の馬車の位置です。そこが移動中の本部となります。ここまでで、何か言いたいことがある人はいますか」

「井上、ハルピンまで何里だ」

勝田の問いに井上は、答えを口にすべきか一瞬迷い、原口の表情を窺った。察した原口は、頷いた。

「四百キロ弱と踏んでいます」

井上の答えに、場がどよめいた。百里だぞ、遠回りしすぎだ、ハルピンまでたどり着けるのか、と声があがった。長い道のりを思い、誰もが不安な表情を浮かべていた。

「安全を優先すれば、仕方ねえってことか。急がば回れってことだな」

勝田があっさり言った。誰もが仕方がない、と思った。

「次に最も重要なことを言います。それぞれの家族の持っている食糧の三分の二を拠出してもらいます。そして、それを団の共有として、今日からの食事用とします。炊事は共同炊事です。それでどこまで持つか、予測はつきません。残りは極力使わないでいただきたい。拠出された食糧は馬車で運びます。それぞれの荷物が軽くなるという利点もあります。ハルピンまでの道のりが長くなるという予測の上での判断です」

筒井が立った。

「食べるもんを多く持っとるとこは、多く取られることになる。俺のとこは無理して持ってきた」

筒井の家族は、長男の嫁と二人の子供を含む八人と、開拓団の中では一番の大所帯だった。

「ここにいる者がみんな、家族と思ったらどうですか。みんなで力を合わせて、日本に帰りましょう」

市野は穏やかな表情で筒井に言った。

「嫌なら、団を離れて、お前の家族だけで行くだけのことだ。この団はアカに染まったんだ。あきらめろ」

突き離すような勝田の物言いだった。筒井はそのまま黙った。

原口が立ち上がった。

「無理は承知だ。一人の落伍者もなく伊那谷に帰る。力を合わせよう」

原口は短く言った。

傾き始めた陽が、白樺の影を長く引き始めた。林を渡る風に夜の冷え込みを予感させた。

市野が、一連の内容を幹部会の決定とする、と宣した。異議は出なかった。ここで、一晩過ごすことを告げ、男たちに警戒要員の割り振りをするから残るように言った。そして、女たちに炊事の支度をするよう指示した。

子供たちは綱を解かれた子犬のように走り回った。笑い声が響き、時折子供の泣き声も入り交じった。女たちはしゃべくりながら小枝集めと芽吹き始めた山菜を摘んだ。久々の活気が林の中にあふれた。

集落ごと数家族が集まって、火が焚かれ、炊事が行われた。一箇所で焚く大きな火だと、かなりの距離はあったとはいえ、通河の街から見咎められる恐れがあったからだ。

夕食は山菜の若菜がたっぷり入った粟粉の団子入りのヒエ雑炊だった。米もわずかだが、入っていた。量は十分だった。今の状況からいえば、贅沢な食事だった。

食事の後、原口は本部の焚火に井上を呼び寄せた。原口は井上をねぎらった後、頼みたいことがあると言った。

「その前に一つ聞いていいですか」

原口は軽く頷いた。

「木崎は松花江の船便を利用すればいいと、至極、当然のように言いました。共産軍の管理下に置かれているが、日本人の利用は制限されていない、と言っていました」

原口は腕組みをしたまま、黙っていた。井上は続けた。

「ただ、こんなことも考えられると言いました。団長は大人数を一隻の船に乗せるのは、不可能だと知った。分かれて乗れば、数日の間が空く。団がばらばらになる。家族も別れ別れになる恐れもある。乗船の順番を巡って争いになる。団の解体に繋がる。それを思うと、みんなが一つとなってハルピンに向かったほうがいいと決断した」

原口は腕を解いて、笑みを浮かべながら言った。

「金がいる。それもかなりの金額だ。開拓団員の金を集め、開拓団の蓄えを足してもその金額には到底、及ばない。木崎が俺の嘘を正当化してくれたことはありがたい」

「金さえあれば、ハルピンまで行けたのですか」

「松花江の船便は、中国人業者に引き継がれた。共産軍の管理下に置かれているが、実際の運行は、彼らだ。商売だから、人助けと言うわけにもいかん。数人のことなら話は別だろうが、四百人近い数だ。それも日本人だ。だが、皆に金がないから、船ではいけないとは言えん。そんなことを聞いたら、百里の道のりを歩く気力が失せてしまう」

原口が真顔になった。

「お前を呼んだのは、実はその金のことだ」

原口は声を落とした。焚火の小さな炎が原口の顔に濃い影を作った。原口は続けた。

「ハルピン日本人会の男の話では、避難所で冬を越した避難民に、かなりの犠牲者が出たということだ。避難所の環境、衛生は劣悪で、暖をとることもままならず、さらに食糧不足、とりわけ年寄り、子供は座して死を待つしかなかったということだった。方正と同じことがハルピンでも起きていた。春になって、寒さが通り過ぎると、今度は虱がわいて発疹チフスにかかる者が増えた。避難民は新たな危機にさらされている。このまま開拓団がハルピンに入ったとしても、危険のなかに飛び込んでいくだけだ。開拓団の食糧もハルピンに着くまでに底をつく」

原口は小枝で焚火をつついた。炎が上がり、火の粉が舞った。

「ハルピン滞在が何カ月になるか予測はつかないが、できるなら避難所ではなく、一般の住宅に、分散してもいいから入りたい。当然のことだが、金がいる。それもかなりの金額だ」

「男たちが働くのですか」

「働くといっても、共産軍の使役程度だ。一日一人分の食糧代が稼げてやっとだろう」

井上は次の答えを待った。

「金蔓《かねづる》がある」

原口はあっさり言った。

「だが、手に入れるのはかなりやっかいだ。大きな危険が伴う。命を落とすかもしれん。それに共産党の統治下では、その金蔓も消えているかもしれん」

井上は原口を見た。何か聞こうとしたが、その何かが出てこなかった。

「アヘンだ」

原口は事もなげに言った。

「アヘン？」

アヘン、井上は繰り返した。井上の脳裏に骨と皮ばかりになった中国人が浮かんだ。路上に横たわる中国人を見て、あれは何だと聞いたとき、阿片常習者の成れの果てだと教えられた。

七　阿片収買人原口伊三郎

「俺は元々阿片収買業者の一員で、阿片収買の裏ルートに関わっていた。満洲国ができてからは、その阿片ルートを使って関東軍のある特務機関の資金調達をしてきた」

井上は原口が言ったことがすぐには呑み込めなかった。

「亡国の代物だ。俺はそれで満洲を食いものにしてきた」

原口は吐き捨てるように言った。

焚火の明かりに映えた原口の陰影濃い容貌は、井上には不吉で凶悪な表情に映った。左頬の傷跡が禍々しく浮かび上がった。

清家屯開拓団の団長として、幾多の困難に立ち向かってきた原口伊三郎。強い正義感と責任感で開拓民家族の命を守ってきた原口の偽りの仮面が、今剝がれ、凶暴さを露わにした。井上は原口のおぞましい傷跡から目を背けるように、焚火の火を見つめた。

原口は語った。

原口伊三郎が開拓団に来たその日、前団長西澤庄一が語った原口の履歴は、ほとんどがでたらめだった。

飯田中学の中退も、素行不良で退学処分。退学後の生活も荒れていたが、飯田の遊郭街を仕切る井本甚一に拾われ、使い走りの仕事をしていた。

二十歳になって徴兵検査後の軍隊入隊。除隊し予備役編入、すぐに渡満。履歴ではその後、軍属として長く満洲に滞在していたことになっていたが、それも嘘だった。除隊後、原口は井本の勧めで、大連に渡った。身を寄せた先は石川盛蔵という飯田出身の男で井本のかつての舎弟だった。大正九年、原口は二十二歳だった。

石川盛蔵は大連を拠点に奉天、長春、哈爾浜の都市で高級阿片吸引所である煙館を経営していた。

この当時、大連の阿片は、トルコ、ペルシャの輸入阿片が主だった。この輸入阿片は煙館で扱う煙膏《えんこう》としての質はよくない。良質な煙膏は満洲産の阿片からできる。その煙膏は、中国人富裕層からの人気は特に高かった。

満洲産の阿片は、熱河《ねっか》産阿片か三江《さんこう》地域の北満産阿片のいずれかだが、いずれもケシ栽培が表向き認められていないから、生産量は多くない。容易に手に入らないから高価だ。

石川は満洲産阿片を高額で手に入れていた。石川は熱河産阿片の購入ルートを作りたいと思っていたし、阿片の収買にも手をつけたかった。

石川は満洲産阿片購入の裏ルートを作るために、人材を求めていた。度胸が据わっていて、それでいて緻密、切れ者の若い男。石川の兄貴分にあたる井本にそんな男を探してくれるように頼んでいた。

石川は四十二歳。万事が慎重な男だった。緻密に事を進めると言うと聞こえはいいが、小役人的な細かさで事にあたった。それと、途中、足を止め、辺りを窺うことに躊躇しない警戒心を身に付けていた。それが危ない橋を渡る心得だと言った。俺は臆病者だ、狐の臆病を身に付けた男だと言ってはばからなかった。実際、幾多の曲がり角に立っても大火傷《おおやけど》せず、事業を拡大してきた。

満洲で一旗あげようと石川を訪ねてくる男は、石川に値踏みをされ、一週間もたたないうちにほとんどがお払い箱になる。原口はそんな石川の眼鏡に適った数少ない一人だった。

石川は、懇意にしている関東軍の高級将校から熱河の軍閥姜桂題《きょうけいだい》がケシ栽培を解禁することを知らされていた。各地の軍閥が公然と阿片に手を着け始めていた。姜は軍事費捻出のために阿片に財源を求める。ケシ栽培解禁は早晩のことだと将校は石川に伝えた。ケシ栽培が解禁され、軍閥が阿片専売を行えば、その一部は必ず表から裏に流れると、石川は算段した。

阿片戦争の敗北から七十年、イギリスがもたらした阿片の害毒により、この国は蚕《さん》食《しょく》されていた。阿片はこの国の社会制度、社会生活の隅々まで忌まわしく、染み込んでいった。

清朝政府、それに続く中華民国政府は阿片禁止運動を進めてきた。しかし、阿片根絶に至るには、中央政府は余りに弱かった。孫文の禁煙令も、その政権基盤のあまりの弱さに、思い通りの広がりはみなかった。そればかりか、その後の軍閥割拠により、軍閥たちが阿片をその支配力維持のための財源とした。

軍閥たちは阿片に手を出すことに禁忌の意識は確かにあった。しかし、ひとたびそれを破ると、たちまちその財源的魅力に囚われていった。身が滅ぶまでその魔力から解放されない阿片、同じように軍閥たちはそれが生む莫大な利益に屈していった。

一九二一年、軍閥姜桂題が熱河のケシ栽培を解禁した。さらに数年後、熱河が張作霖配下の湯玉麟《とうぎょくりん》政権になると今まで以上のケシ栽培の拡大政策がとられた。ただ、熱河産阿片の増加は、阿片価格の大幅な下落を招いた。その価格では裏から手を出す旨味はなくなった。だが、それよりも何よりもその後の関東軍の張作霖爆殺事件によって、満洲情勢が不安定になった。長城を越えれば華北に至る熱河省が、優良な阿片供給地ということを含めて、争奪の地となることが予想された。

そうなれば、阿片の裏ルートを作ってもうまく機能するか怪しくなる。石川は熱河産阿片の裏ルートを作ることに躊躇した。そうこうしていると、石川の煙館経営そのものに火がついた。

一九二八年（昭和三年）の関東軍による張作霖爆殺後、張学良が奉天軍閥の後を継ぐと、翌年阿片禁煙令を発した。煙館が閉じられることになった。とはいっても抜け道があり、煙館は表から裏に移るだけのことで、取締りの効果はなかった。

しかし、張学良政権は日本人業者に対しては、ことさら強い締め付けを行った。中国人に対して満洲鉄道付属地の外の土地家屋を日本人に貸し出すことを禁じた。これにはさすがの石川も痛手だった。石川は時を置かず、煙館経営から一時、撤退した。

石川にとっては、これ以上の危機はなかったはずだ。しかし、石川と懇意な者たちは、石川が苛立ちも、落ち込みも見せず、いつもの通りの様子をいぶかしんだ。それとなく聞くと、石川は、なるようにしかならんからのう、と鷹揚な口振りで言った。

実は石川は、北満の阿片を直接手に入れる収買を原口に担わせていた。

原口は数年前から哈爾浜を中心とした松花江流域で、生阿片の収買に関わっていた。原口の生阿片の収買方法は、出稼ぎの阿片採集人から買い取ることだった。

北満三江地域の山間沿いに広がるケシ栽培地は、七月初めの阿片採集期になると、膨大な数の採集人が必要となる。その採集人たちは、松花江沿いの大豆産地の働き手として山海関を越えてきた華北、華中の出稼ぎ人たちだった。

六月の大豆畑の除草作業が終わると、大豆産地は、しばしの農閑期に入る。その頃、ケシが一斉に花をつけ、数日で散ると、子房が膨らみ始める。出稼ぎ人たちは阿片採集人となって、一斉に三江地域の山間部に入る。

子房が膨らみ始めて二週間後、採取が始まる。阿片はケシの花が散った後に膨らんだ子房から採取する。阿片坊主と呼ばれるその膨らんだ子房にナイフで切り込みを入れ、そこから滲み出る液汁を採取する。

採取は通常、二人一組で行われる。一人がナイフで刻みを入れ、もう一人が滲み出た液汁をヘラでかき取る。気の遠くなるような手作業だ。それと、液汁の採集は七月に入って二週間ほどの短期間で勝負が決まる。この短期間での収穫が失敗すればケシ栽培農家は元も子もなくなる。ケシ栽培農家は採取人の人数確保に、それも腕のいい採集人を確保することに必死になる。

採集人の賃金は出来高払いの現物支給。採集した半分が取り分となる。採集人たちは夜明けから、陽が沈む前まで必死に働く。収穫が増えれば増えるほど、取り分が増す。

あっという間の収穫期が終わると、阿片採集人となった出稼ぎ人は、九月の大豆収穫のために、再び松花江沿いの大豆生産地に戻っていく。

採集人は現物支給された生阿片を、すぐに換金する者とそうでない者の二組に分かれる。すぐに換金する者は、出稼ぎ地に着くまでに換金する。取引の多くは、船上で行われる。一週間程度の期間、日本人、満漢人、朝鮮人の収買業者が入り乱れ、血眼になって買い集める。業者間の争いで死人が出ることは珍しくない。

すぐに換金しない者も多い。大豆収穫が終わり、故郷の華北、華中の村に戻る途中の大都市で換金したほうがはるかに高額でさばけるからだ。

生阿片は軟らかく伸びる。彼らは服に縫い込んだり、縄に編み込んで腰紐にして隠し持って帰る。ただ、その危険度は大きかった。張学良政権の禁煙政策で、途中没収されることもあり、それから逃れるために官憲に賄賂として一部生阿片を渡さなければならないこともある。

日本の管轄である満洲鉄道を利用すれば、鉄道に乗り込んでくる満鉄付属地の警官に没収される危険性も高い。賊に略奪されることもある。

原口はこの連中の阿片を狙った。

九月、大豆収穫を終えた出稼ぎ人たちが、哈爾浜行きの船に乗るため佳木斯《チャムス》、依蘭《いらん》、湯原《とうげん》、方正《ほうまさ》、通河《つうか》の街にぞくぞくと集まる。彼らは阿片を持っていることはおくびにも出さない。収買業者もこの時期、出稼ぎ人に声をかけることはない。ただ、出稼ぎ人のほうから、売りたいと声をかけてくるのを待つだけだ。これからの長い帰路を思うと、不安になって換金したいと思う者も、少なくなかった。

原口は生阿片を隠し持っている連中に対して、策を講じた。松花江沿いの都市と哈爾浜間に小型船の運航許可を当局に願い出た。松花江沿いの都市と哈爾浜間の人員輸送は大型中型の外輪船によるものが大半だったが、この時期に集中する大量の出稼ぎ人を運ぶのに賄いきれなかった。出稼ぎ人の中には、仲間を募って小型船を雇って帰る者もいた。

運航期間は出稼ぎ人が集中する短期間に限られていたために、他の外輪船との競合はなかった。多額の賄賂も利いて、許可は下りた。船を調達する費用が嵩むだけで、儲けどころか、損するだけと、中国人官吏は半ば嘲笑いながら許可証を発行した。

原口は佳木斯、依蘭、湯原、方正、通河の街で、密かに噂を流していた。

哈爾浜の大型外輪船の発着場で官憲による生阿片の摘発が厳しいということ。そこで外輪船に乗ったら、すぐに収買人に売る者が増えたということだが、収買人は足下をみて、値を哈爾浜の値の半分に下げるなどなど、採集人が不安になる偽情報を流す。

それじゃ、大型外輪船を避けて、小型船を雇ったほうがいい。いや、雇わなくても哈爾浜まで運んでくれる船があるようだ、話に聞くと、哈爾浜手前の小さな船着き場だから官憲もいないということだ。

小型船には五十人は乗れる。原口は百人を超す収買人を束ねていた。日本人、満漢人、朝鮮人たちで、それぞれがほぼ同数だった。これら収買人を五人一組で乗船させた。

船が船着き場を離れると、出稼ぎ人を装った満漢人、朝鮮人の収買人が周りに聞こえよがしに話をする。サクラである。

満洲鉄道が危ない。日本の警官が待ち受けている。列車内だから、長時間監禁されたようなものだ。身ぐるみはがされ調べられ、没収されるということだ。哈爾浜で売ったほうがいい。

哈爾浜で売るといっても、そんなことだったら、足下をみられる。俺は天津まで何とか持っていって売るぞ。危険は承知だが、哈爾浜の倍で売れる。

その二人に、原口の収買人たちが近づき、ひそひそ話をする。えっ、哈爾浜の値の五割増しで買う、そこは誰にも聞こえるように言う。

原口の収買人は五人、出稼ぎ人の耳元で、阿片売らんかと囁く。出稼ぎ人たちは隠し持った阿片をすぐに取り出す。その船の出稼ぎ人たちは当然のことだがすべてが、生阿片を所持していた。原口の企みは当たった。

哈爾浜の五割増しというその値は、実は哈爾浜と同値だった。出稼ぎ人たちは哈爾浜から南満洲鉄道に乗ったが、警察の摘発は話に聞いたほどのものではなかった。それでも巡回の警官の詰問は厳しかった。彼らの中で阿片没収の現場を目撃する者もいた。換金しておいてよかったと思う。彼らは安堵の気持ちで列車に揺られ、故郷に向かった。

松花江の船上で原口たちが買い付けた量に石川は満足だった。原口自身は出稼ぎ人を欺く、姑息な手口と思っていた。ただ、そのことで日本人、満漢人、朝鮮人による収買集団を強固な組織にまとめたことは大きかった。

一九三二年（昭和七年）、満洲国が建国した。

石川は満洲国が遠からず、断禁政策の名の下で、阿片専売制度に踏み込むという情報を手にしていた。専売制度が施行されれば、阿片売買は当局に独占される。当局が栽培農民から生阿片を安く買いたたき、それを阿片業者に高く売る、それが専売制度の狙い、ということは容易に察しがついた。

裏取引に栽培農民の食指が動くことは明らかだった。阿片の独占体制の裏を掻い潜って得る裏売買の利益は大きい、石川はそう踏んだ。

石川は、阿片栽培農家から直接阿片を買う、裏の収買ルートを作ることを決断した。そのルート作りを原口に指示し、任せた。

その翌年四月、原口伊三郎は部下たちと三江地域の山間部のケシ栽培地に入った。

北満洲の三江地域から東満洲の吉林、間島にかけて、治安状態は悪かった。これは満洲事変後、吉林軍の一部が反満抗日の救国軍を結成、その後の関東軍との戦いで破れたが、生き残った兵士が遊撃戦を続けていたからだった。

一方、張学良政権時代にケシ栽培を禁止されても、農民たちは密かに栽培地を拡大していた。実はその農民たちを守る保衛団と呼ぶ武装集団があったからだ。これと救国軍の生き残り兵士が手を結んだ。さらに農民たちもそれぞれの地域で自衛組織を作っていた。これらが一つになれば、強固な農民軍が形成される。満洲国の治安機関が抑えることは不可能だった。

関東軍が討伐に赴くが、成果は上がらなかった。満洲の大地に忽然と湧き、県城を攻撃し、日本人官吏を殺害、関東軍が討伐に向かう頃には、大地に吸い込まれるように消える。関東軍はこの遊撃戦に手を焼いていた。

原口が収買ルートを開こうとした栽培地は、松花江下流域の富錦、同江、撫遠《ふえん》の県城から、南の湿地帯を抜け、山間部に入ったところだった。その地域は人の行き来は少なく、農民の数も他の地域に比べ少ない辺境で、治安が届かない無法地帯だった。この辺境の条件は、収買の裏ルート作りに最適の地だった。とは言っても、表ルートの満漢人収買組織も当然のように入り込んでいた。

農民は少ないと言っても、三つの県にまたがるその地域のケシ栽培地に原口は百数十人の部下を密かに散らせた。彼らがやったことは、一人の部下が数十軒を目安として、農家から生阿片を買い付ける。この地方のほぼ栽培農家の一割を裏ルートの農家として取り込んだ。

この地方は、集落と呼ばれる農家の集まりはさほど多くはなく、単独農家として山間部に散らばっている。原口の収買人は集落の農家からは買わない。集落外に点在する農家数軒に限定し、買い付ける。一山間部四、五軒の農家がせいぜいで、それも行き交うことがない、互いが離れた農家を対象とした。

原口の収買人たちは、農家から生阿片の一部を表ルートの流通値より高値で買い付けた。農民はその値であれば、手持ちの生阿片を彼らに買い取ってほしいと言った。しかし、彼らはその三割しか買い取らなかった。

全部引き取れば今までの収買人から怪しまれ、危険に身をさらすことになる。あんたもただで済まなくなる。今は少しでいいから確実に俺に流してくれと言った。ただ、このことが他の農家に知られたら、その時点で取引は中止、だからすべて秘密の取引であることを強調した。

原口が警戒した組織がある。従来からの満漢人の収買人たちだ。これらの収買人は収買業者が作る組合組織の人間である。張学良政権のケシ栽培の禁止時代でも、北満のケシ栽培地に入って積極的に買い付けを行っていた。北満産阿片の収買の主要ルートだった。

満洲国が成立し、阿片専売制度が敷かれ、この組合組織は満洲国財政部専売公署の収買を担うことになり、公的な収買組織となった。

この組織の目をかいくぐっての取引は、秘密の徹底が鍵となる。秘密の徹底は農家が取引の旨味を持ち続けるか、だった。ただ、農民たちは一人の収買人を相手にするだけだから、原口の組織については全く知らない。一匹狼の収買人と思っていた。そう思わせるのが原口の策だった。

五千軒を超す農家と秘密契約をし、原口の阿片の裏収買ルートができた。原口の作った裏ルートから生阿片が石川の下に止まることなく流れてきた。

石川は満洲事変を境に、煙館経営と煙膏の販売を再開した。大連、奉天、長春改め新京、哈爾浜と以前に増して、煙館の数を増やし、鉄道沿線の中小都市にかけての阿片密売網を作っていた。

もちろん、石川のやり口に、専売公署は目を付けていた。ただ、それは密売ルートの監視と些細な妨害だけだった。収買については、収買組合が密かに横流しをしているものと踏んでいて、原口の組織的活動までは摑んでいなかった。実は、専売公署が正面切って石川の摘発までいかなかったのは、関東軍の高級将校と満洲国の日本人官僚への鼻薬が効いていたからだった。

一九三四年（昭和九年）五月、原口伊三郎は佳木斯にいた。二ヶ月後には、裏ルートが動き出して三回目の阿片収買の時期が、短い夏の訪れと共にやってくる。昨年は、前年に比べ収買量が増えていた。秘密契約の栽培農家を増やしたからではない。それをすると、収買組合に知られる危険が増す。それは栽培農家が意欲的に栽培面積を増やしたからだった。量が増えれば裏に流れてくる生阿片も自ずと増えてくる。それが原口の狙いだった。

その日の佳木斯は、すっかり春めいた陽気だった。原口は定宿《じょうやど》にしている飯店の食堂で遅い朝飯をとっていた。客は原口と、もう一人が隅の席にいた。鳥打帽に黒革のジャンパーの男だ。店の者は、食堂にはいなかった。

男はライターでたばこに火をつけた。ライターの蓋を閉じる時に微かな金属音が原口の耳に届いた。男は煙を肺の隅々までゆきわたらせるように深くゆっくりと吸い込み、たばこをくわえたまま、細く吐き出した。

男が立ち上がった。目深に被った鳥打帽で、表情は読み取れない。原口は背腰に手を回した。ホルスターに収まるブローニングに手をかけた。

「私は争うつもりはありませんよ、原口さん」

男は広げた両手を挙げながら言った。

歳は三十前か、背丈は俺より首半分低いが、全体がしなやかで、弾力性がありそうだ、鍛えられている、原口はそう見て取った。

「俺のほうは、結構そのつもりだ」

それでも、原口は後ろに回した手を戻した。

「原口さん、近頃密かな人の目が気になっていませんか」

「見ず知らずの奴から、気安く名前を言われるのは気分がいいものじゃないな。名乗ったら、どうだ」

「失礼しました。石坂と言います」

「それで、石坂さんとやら、その目の持ち主は実は私です、と言いたいのか」

「私はそんな無粋なまねはしません。原口さんのことはよく、知っていますからね」

原口は松花江の船便が再開された頃から、背後からの視線に気づくようになった。尾行が巧妙なのか、人の姿を目にすることはなかった。襲ってくることもなかった。

満漢人の収買組合の監視者か、裏ルートの存在がばれたか、原口は満洲族の部下を使って、探りを入れた。しかし、報告は否定するものばかりだった。

「座ってもいいですか」

原口は黙っていた。男は原口の答えを待つことなく、座った。

「俺のどんなことを知っている」

「そうですね。まずは生年月日、出生地。父母兄弟の名前。出身小学校。中退した中学校名。中退後の仕事、それは仕事と言えるかどうか」

「それは俺もよく知っている。それより、あんたが今、俺の前になぜいるということが知りたい」

「そう、きましたか。それでは単刀直入になってしまって、面白味を欠きますね」

石坂の表情から笑みは絶えなかった。人を食ったように見えるし、皮肉を張り付けたようにも見えるが、それより妙に人なつっこく見えるときのほうが多い。公安の密偵ではない、と原口は断定した。

「俺を探って、面白いことはあったのか」

「ありました。この先はもっと面白いことになります。しかし、ここで口を滑らしていいものか、どうか」

「きっかけがあれば、口は自ずと、開くものだ」

原口はホルスターから抜いた拳銃を石坂に向けた。石坂は表情を変えることなく、やはり笑みを浮かべたまま、

「ブローニングではないですか。欲しいと思っている代物です。私のものは、支給品ですよ」

と言って、テーブルの下にあった右手を上げた。手には拳銃が握られていた。

「十四式です。ブローニングに比べ重いし、大きい。もう少し小さいといいですがね」

「関東軍の狐か」

「間諜ではないですよ。あいつらは抗日分子を探し出し、いたぶり、殺すことだけに血眼になる偏執狂ですからね。性に合いませんね。身内の悪口をいうとまずいかな。そのブローニング、あまり見せつけないでください。欲しくなります。そうは言っても、こいつは所詮、おもちゃにすぎませんね。自衛と称して手にした途端、使いたくなる。我が身を守る手段が、使うことが面白くなって、ついには正義の実現のためとんでもない理由をつける。阿片と同じですよ」

男は拳銃を置いた。ごとりと、無遠慮な音がした。

「理屈をこねることが好きだと見えるな。阿片がらみということだな。聞かせてもらおう」

「さすが原口さん、察しがいいですね」

「褒めて喜ぶ俺と見たな。甘く見られたものだ」

「素直じゃないですね。でもそれが原口さんだ」

「もったいぶらずに本題に入れ」

「阿片は亡国の代物ですよね。満漢人に阿片を作らせ、それを奴らに使わせる。挙句、この国の根は腐っていく。原口さんが阿片に関わる理由は何ですか？」

「理由？　話が青臭くなってきたな。成り行きだ、それ以上でも、以下でもない。関東軍が関わるのはどうしてだ。屁理屈を聞かせてくれ」

「理由は簡単ですよ。帝国の生命線である満洲を守る大義を実現するため。阿片が生み出す富をそのために使う。都合のいい理由です」

「この国を腐らせておいて、それに取って代わった者が、この国の安寧秩序をもたらす理想国家をつくるという嘘っぱちな理由だな」

「その嘘っぱちな理由に、原口さんも加担していますがね。それを自覚するか、しないかは別ですが」

「それで、あんたの役割は何だ。満洲を腐らせるための御先棒の担ぎ手か？」

「違いますねと、はっきり言いますが、我々にとっても阿片の生み出す富は、必要です。ただ、この国を自立させるためで、帝国の都合に合わせた国家づくりとは違います」

「あんた、関東軍の特務だろう。何を言っている」

「特務機関もいろいろあります。今日は、この程度の話に留めておきます。それより、もっと差し迫った話をしなければなりません」

石坂の表情から笑みが消えた。

「原口さん、明智光秀にされますよ」

石坂は拳銃をホルスターに戻した。

「俺が親父に取って代わろうというのか。そんな気はさらさらないがね」

原口も拳銃を戻した。

「そうですかね。石川のほうは、かなりそう思っていますよ」

原口が密かに抱いていた野心にずばり切り込んできた。原口はそれを実行に移そうと手を打っていた。目の前の男が、それを事もなげに口にしたことに、内心、驚いたのも確かだった。

「あんたらが仕掛けたんだろ。謀略は関東軍の十八番《おはこ》だ」

「聞き捨てならないですね、とは言いませんが、謀略とはおどろおどろしい。ちょっと耳打ちした程度ですよ。もともと、石川には原口さんに取って代わられるという疑心がありましたからね。少しばかり早いか、遅いかの違いですよ」

「親父は何事にも慎重だ。事を起こすためには、石段を一歩一歩あがっていくという性分だ。親父にとって規模の拡大は、結構重荷だろう」

「石川はせいぜい二、三軒の煙館の主人に納まっていれば、いい親父さんということでしょうね」

「それで、親父は俺をどうするというのだ」

「俺は、信長のようにはならん、そうなる前に奴を潰す、と言っていました。目をかけ、一人前に育て、信頼し仕事を任せた。このままだったら、俺の後を継がせることもできた。それを、つまらんことに溺れやがって、と怒り心頭というところでした」

「つまらんことというのは、何だ」

「ハルピンに囲っている妾の千代と原口さんができている話です」

「お前らはそんなちょろい作り話で、親父をその気にさせたのか。ばかばかしい」

「ばかばかしい話ほどわかりやすい。石川の澱《おり》のように溜まった疑念をかき立てるのに十分でした」

「親父の被害妄想につき合うのも、迷惑な話だ。そう仕向けたのはお前らだがな。狙いは、阿片の裏筋を潰すことだろ。満洲国の阿片専売制度も軌道に乗ってきた。専売公署は利益を独占したいところだが、裏筋が相変わらず活発で、売り値が思うように上がらない。そこで関東軍の力を借りて裏を潰そうということだ」

「なるほど、原口さんは、そう読むんですね。でも、それは少し単純な話です。満洲国を利するなんて、関東軍はさらさら思っていません。関東軍は我が帝国を利することしか考えません」

「それも怪しい話だ。関東軍は関東軍を利することしか考えてないだろう」

「手厳しいですね。いずれにしろ、せっかくの裏ルートです。潰すなんて、もったいないことはしません。少し、しゃべりすぎました。今日は原口さんに、身辺に気をつけてください、という話をしにきただけです」

「俺を監視しているのは、親父の手の者だと回りくどく知らせたということか」

「それだけではありませんよ」

「その先は読めている。俺を消すために、親父を焚き付け、親父を消すために俺をけしかける。共倒れを狙ってのことだ」

「いやいや、そんなことではないです。まあ、これで事態は動くと思いますがね。とにかく、気をつけることです」

石坂は席を立った。鳥打帽のひさしに手をかけ、では、と軽く言って背を向けた。

「俺は後ろからでも、平気で撃てる」

原口は怒気を含ませながらも、穏やかさを装うように言った。石坂は振り返りもせず、右手を軽く振って、出ていった。

関東軍特務将校、その時の階級は中尉、石坂敏夫との出会いだった。裏の収買組織を作る早い時期から石坂に監視されていたと原口は思った。

原口が作った収買人組織は、五つの班から成っていた。班長と二十数名の班員で一班とした。班長は日本人で、その下に日本人と満、漢、朝鮮族の収買人がいた。

班と班の繋がりはない。また、班のなかでも、班長と部下一人一人の繋がりはあるが、班員同士の横の繋がりはない。

裏の収買組織が本格的に活動してから三年、一九三四年（昭和九年）の春先、溥儀《ふぎ》が満洲国皇帝になったその月、原口は活動拠点を哈爾浜から佳木斯に変えた。名目は活動の効率化をはかるためにケシ栽培地の目と鼻の先に移るということだった。石川は了解した。実際は石川の目が届きにくくなるという狙いだ。

それは原口の野心を実行に移すための布石でもあった。自分が作った裏組織を自分のものにすること、石川から離れることだ。それも争わず、密かに離れていく。それが原口の目論見だった。その頃、石川は拠点を大連からかつての長者、満洲国首都新京に移していた。それでも、佳木斯までは鉄道を使っても遠い。

その年の四月、班長二人が消息不明になった。二人は石川の子飼いの手下であり、原口の目付け役だった。原口は新京の石川のもとに出向いた。

不明となった二人が新たな収買農家を求めて入った村は、この三月に起きた土龍山事件で日本人開拓団を襲った農民の村と繋がりの深い村だった。人知れず殺されたのではないかと、原口は話した。報告したあと、新たな人員を送ってほしいと要請した。この申し出は、ちょっとした賭けだった。石川は苦虫を嚙み潰した表情を露骨に浮かべ、言った。

「北満の収買はすべてお前に任せている。それは人員確保をも含めてだ。こっちの人間を割く余裕はない。それにだ、そっちに送って、また同じようなことになったら、こっちの人間がいなくなる。お前の裁量ですべて賄え。阿片さえ届けば俺は何も言わん」

原口の読み通りになった。二人の日本人班長の話は、原口がでっちあげた話だ。二人とも朝鮮経由で日本に帰っていた。原口がそうさせた。二人の班長は収買した阿片の一部を横流し、稼ぎを自分たちの懐に入れていたのだ。石川の息のかかった二人を追いやるために、そう仕向けたのは原口だった。

原口は二人を前にして、言った。

「横流しを親父さんに報告すれば、お前らは松花江の底に沈むことになる。共にこの収買ルートを作ってきたお前たちがそうなるのは、余りに辛い。収買の最中に行方不明になったと、親父さんに言うつもりだ。恐らく武装農民に襲われたのだろうとね。くすねた金をそのまま持って、満洲から消えろ」

二人は最大限の感謝の言葉を述べると、その日のうちに佳木斯を去った。

原口は佳木斯に戻ると、信頼を培ってきた満洲族の男を班長にした。同時に、日本人班長は満漢族の収買組合から付け狙われる、という情報を残りの日本人班長の耳に入るよう流した。残りの日本人班長たちが姿を消すのは、さして時を必要としなかった。班長のすべてが満漢族になると、その下の日本人収買人は自然といなくなった。

石坂中尉が原口の前に現れたときは、原口の収買人組織は、原口以外は満漢、朝鮮族の男たちになっていた。

その後の原口の筋書きは、こうだった。

原口本人の消息が佳木斯から消える。奥地のケシ栽培地に入ったまま消息を絶つ。抗日武装集団に襲撃されたらしい、という情報が石川の耳に届く。その頃になると、石川のもとに生阿片が一塊も入らなくなっている。石川は部下たちを佳木斯に送ったが、原口はもちろん、その収買組織も消え、原口の裏ルートが消えている。

採取時期が終わり、しばらくして、原口に世話になったという満洲族の男が、石川を訪ねる。生阿片を買わないかと。原口はどうした。原口さんはいい人だったが、事故で亡くなったと、悲しげに言う。脅して、真相を問い質そうとすると、その男は、私に何かあると、私の後ろにいる組織との争いになる。それは石川さんの不利になるだけ。それよりもお互いがうまく行く商売をしませんかと持ち掛ける。

その頃、原口は松花江をさらに下った富錦に拠点を移す。王文東と名乗り、原口の痕跡を消し、裏ルートを満漢族組織に衣替えをする。争わずに裏ルートを石川から離す。

原口はその筋書き通りに事が運ぶと確信していた。

だが、その筋書きを関東軍の特務将校が、いとも簡単に書き改めた。

八　関東軍石坂Ｆ機関

石坂中尉が現れて五日目の未明、定宿で警告通りのことが起きた。

原口は扉の鍵穴を探る微かな音を捉えた。廊下の向かい、奥まった部屋の扉からだと見当した。

原口は今、廊下を隔てた反対側の階段脇の部屋にいる。

石坂の警告があったその日から、三階にある八室全室を取っていた。それは飯店の主人だけが知って、従業員は誰も知らない。この時期、宿泊客はほとんどいない。主人は理由を聞くことなく、原口の申し出を受けた。

夜が更けると部屋に移動する。部屋は毎晩替えている。服を着たまま肘掛け椅子に座って待つ。長期の神経戦を覚悟し、石坂の警告に従った。思った以上に早い敵の動きだった。

原口は部屋の扉を細く開けた。

廊下の明かりは消えているが、明るい。廊下の突き当たりにある小窓から月明かりが差し込んでいる。男の影がすり抜けるように無人の部屋に入った。だが、男はすぐに出てくるだろう。

原口は扉をわずかに開いた。銃把《じゅうは》を握る手を左手で支え、安定させた。男が出てきたところを狙い撃つ。

出てこない、どうした？　奴は俺の罠を読んだ、部屋を出たら撃たれると気づいた、どうする。俺が部屋に入るまで待つつもりか、それとも失敗に気づいて、窓から脱出しようとしているのか。だが、窓から下りたとしても、俺がそれに気づけば奴の不利だ、降りる時に狙われる、物音一つない、奴は何を待っている。

奴は囮⁉　一人ではない、原口がそう気づいた時、影が走った、と思った時は、扉をこじ開けられていた。原口はとっさに部屋の奥に転がり込んだ。しかし、原口の動き以上に、刺客の動きのほうが早かった。小柄な体が被さってきた。頸椎を押さえる力は強い、と思った瞬間、右胸に激痛が走った。激痛を払うようブローニングを握った手を振った。銃身が刺客の顔面を捉えた。偶然だった。

刺客は横に飛んで、離れた。原口は引き金を引いた。手応えは⁉　男は体を回しながら右足を蹴りだし、さらに右手の匕首《あいくち》を突き出してきた。原口は切っ先をかろうじて避けた。避けたが、刺客はその切っ先を斜めに払った。左顔面に鋭く激しい痛みが走った。血の生臭い匂いが鼻腔に広がった。次は俺の急所だ。銃声が連続して響いた。消毒液の匂いが鼻腔をくすぐっている。血の匂いのはずだったがと、原口は思った。

「お目覚めですか」

石坂の声だということはわかった。

「どこだ、ここは」

「原口さん、目をよく開いて、自分で確かめてくださいよ」

柔らかな陽の光が部屋にあふれていた。白いカーテンが病室の清潔感を増していた。

「陸軍病院の外科病棟ですよ。軍医に叱られましてね。止血の応急処置はよかったが、モルヒネの量が多い。ショック死の危険が十分あった。怪我人はいつ目覚めるかわからんぞ、と言われました。でも、早く目覚めてよかったですよ。今は、午後二時です。あれから九時間たちました。根が丈夫なんだ」

原口の顔は包帯で包まれ、上半身も包帯で覆われていた。

「左胸の傷は、心臓を外れました。運がよかったでしょう。謝兄弟は、何といっても手練《てだれ》の刺客ですからね。まさか、石川が謝兄弟を寄越すとは思っていなかった。見立てが甘かったです」

「お気軽に言うじゃないか。それで、俺の命があるのは、お前のおかげか」

「そういうことですかね」

「謝兄弟というのは何者だ」

「青幇《チンパン》のはぐれ狼ですよ。兄は恵真、弟は玉真。狙った獲物は外さない。原口さんは運がよかった」

「しきりに運がいいというが、どうしてお前が都合よく出てこられたのだ。手練の刺客だったら、特務機関の監視なんてお見通しだろう」

「確かに。正直、我々は刺客がくることはわかっていても、その存在を正確に捉えていなかった。ただ、原口さんが華栄飯店を定宿にしている限り、手の内はこちらにありましたからね。それが油断でした。原口さんに怪我させることまでは想定していませんでした」

「手の内とは、どういうことだ」

「華栄飯店は我々の直営です。言うなれば罠ですよ。経営者は日本人で、料理人も、従業員も日本人。ただし、全員、中国人を装っていますがね」

石坂は表情を変えることなく、さらりと言った。原口はこの飯店を定宿にした経緯を思い出した。

拠点を佳木斯に移したいと石川に申し出たとき、華栄飯店を定宿にせよと言ったのは石川だった。飯店の主人は大連の日本人仲間の一人だったと言った。

「石川が定宿を華栄飯店にせよと言った。石川は特務機関の出城だと知っていたのか」

「いや、そこまでは知りません。そうとしたら謝兄弟もここを襲ってはきません。ただ、華栄飯店の主人とはよく知った間柄でしたからね」

「どうも話がうまくできすぎている。今回のことは、貴様が仕組んだことだな」

「ただ計算通りとはいかなかったです」

「石川とお前らとは損得勘定でつるんでいた。大連時代から石川はお前らの犬だったのか」

「確かに損得勘定はありましたが、石川は我々の犬ではありません。原口さん、そんな込み入った話は怪我に差し障ります。まずは養生してください」

「謝兄弟を消しただけでは、幕引きとはならないだろう」

「それは近いです。最終幕はすでに上がっています。原口さんは死んだことになっていますからね。とにかく、怪我を治すことです」

　北満阿片の裏ルートが石川の目から忽然と消える。だが、それは誰も気づかないが、原口のルートとして活きる。そんな原口の企てを、関東軍特務機関の一つが簡単に潰した。

　石坂のもくろみは何なのか。あれこれ考えながら、原口は無為な日数を病室で過ごした。

飯店主人の楊清栄が店の使用人二人を連れ、病院に迎えに来たのは、半月後だった。

「楊清栄、本名は山口順一、階級は曹長であります」

「山口曹長、特務機関員だろう。そこまで、はっきり名乗るのか」

「石坂中尉殿のご指示です。原口さんは特務機関の最重要関係者だから、身内と思ってもよいとのことです。なお、この二人は私の部下で、やはり中国人名を名乗っています」

中国服の二人の使用人は、陸軍式の敬礼をした。その奇妙さに原口は思わず頬を緩めた。

「それで、俺はここを出てどこへ行くのだ」

原口は左頬の傷跡に手をやった。

「華栄飯店です。佳木斯ではあそこが、最も安全なところです」

「よくも言えたものだ。謝兄弟にやすやす入られたのではないか」

山口はそれには答えず、

「原口さん、今後は私たちを中国人名で呼ぶ。お願いです」

楊の日本語は中国人訛りになっていた。

原口が華栄飯店に戻って三日後、背広姿の石坂が現れた。

「陽の高いうちからの酒というのも、いいでしょう。ささやかですが、快気祝いです」

石坂は高粱酒と羊の串焼きを持って部屋にやってきた。

「それにしても、見事な顔に仕上がりましね。実に似合います、その傷跡」

石坂は持ってきた高粱酒を小グラスに注いだ。原口は黙ったままグラスを持った。高粱酒のふくよかな香りに誘われて、透明な酒を喉に流し込んだ。強い酒だが、喉はなじんでいる。

「刺客は楊が手引きするはずでした。石川のたっての依頼に楊が応えたという形を作りたかったのです。ただ、刺客が謝兄弟とは知らなかった。誤算でした。謝兄弟は手引きを信用していなかったということです」

「全く特務の話は端からでたらめだ。俺は餌だったんだな。俺の命もなくなっていれば一石二鳥ということか。それを救ったのは私だと、よくも言えたものだ」

「それは違いますよ。原口さんが今、こうしているのがその証拠です。その気だったら、我々の手で原口さんを消す機会はいくらでもありました」

石坂は原口のグラスに酒を注ぎながら言った。

「俺が襲われる前に、刺客を片付ける手筈だったのか」

「そうでした。見通しの甘さです。原口さんには申し訳ないと思っています。高粱酒は私には強すぎますね」

石坂はグラスの酒を唇に浸すように含んだ。原口は一気に酒を流し込んだ。

「原口さんが酔ってしまう前に、言っときましょうかね」

石坂はグラスをゆっくりと空けた。

「軍は北満の阿片に見切りをつけました。散在している山間農家を一箇所に集めて集団化させるためです。そうなると阿片栽培は思うようにいかなくなりますからね」

「満洲国政府が困るだろう。阿片専売が軌道に乗り始めたばかりだぞ。関東軍への実入りも大きいはずだ」

「満洲国政府は関東軍には勝てません。なにせ生みの親ですからね。満洲国政府としては熱河産阿片を増やせばいいという計算が立ちます。軍としては北満産阿片の実入りよりも、抗日軍の資金源になっている山間部の農家のケシ栽培を潰すことのほうが大きい。農家の集団化は抗日遊撃隊の補給地を断つと同時に、資金源を断つという一石二鳥の狙いがあります」

「そうなると俺の商売は、ここで干上がるということだ。何とも遠回しな説明だ」

「原口さんはせっかちだ。話は終わっていません。肝心な話はこれからです」

こいつは楽しみながら話をしている、原口はグラスを口に運びながら思った。

「実は原口さんの裏ルートとなっている富錦、同江の南の山間部は、とりあえずは目こぼしすることになったのです。佳林線、虎林線の鉄道からも離れており、抗日軍の遊撃区域でもない。正直のところは辺境区域で軍も手を出す必要はない。ケシ栽培も黙認ということになりました」

「俺の阿片収買ルートを残そうという狙いは何だ」

「そら、またせっかちに話をもっていく。これは軍事戦略ですからね、慌ててはいけません」

石坂はにやりと笑って、たばこに火をつけた。

「原口ルートは残します。完全な裏ルートとしてです。とはいっても、北満の阿片が動いていては軍としては見逃すわけにはいかない。即刻、取り潰すことになります。それは我々にとって都合が悪い」

「特務機関は関東軍の身内中の身内だろう。それが関東軍の方針と外れたことをするのか」

「特務機関は一つにまとまった機関ではありません。それぞれの工作によって分かれていましてね。それぞれが勝手に動いています。互いが相反したことをやっていることもあります。我々の機関もそのうちの一つです。そうですね、Ｆ機関とでもしておきましょうか。Ｆ機関にとって原口ルートは遺しておかなければならないのです」

「F機関の金蔓というところか」

「原口さん、単刀直入すぎますよ。謀略にはデリカシーが必要です」

「満鉄線路の爆破は、厚顔無恥の極みと思うがね。だが、それによって関東軍は思いのまま満洲を動かすようになった」

「あれは我々とは無縁です。我々には国家を超えた正義があります」

石坂の表情が一瞬厳しくなった。が、すぐに笑みが戻った。

「そういえば、最初に会った時、阿片の生み出す富が必要だと言ったな。この国を自立させるためで、帝国の都合に合わせた国家づくりとは違うと、もったいぶったような御託を並べた。その正義の正体は、あんたらの勝手都合のいい眉唾物がその本性だろう。俺を出しにして、石川を潰す理由は何だ」

「石川の裏ルートがまだ健在となると、他の特務が黙っていません。石川の裏ルートは表向き消えることが必要です。F機関にとっては、阿片の入りだけの裏ルートが必要です。出は石川でなくても、いくらでもいる」

「そのために手の込んだ仕掛けをしたということか」

「もともとは原口さんの謀《はかりごと》を我々が完成させただけですよ」

「謀？　俺はあんたらと違う」

「一枚上だと言いたいのですか」

石坂は口元に笑みを浮かべた。

「原口さんは石川の目から阿片収買ルートを消そうとした。そのために石川の息がかかった班長たちを追いやった。残りの日本人班長も半ば脅して満洲から離れさせた。その後、班長には満洲族をあてる。日本人の収買人たちは班長が満洲族となると自然と離れていく。日本人のいなくなった原口収買組織は、満洲族の収買組織にいつでも変わることができた。原口の名も消え、その代わりに満洲族の氏名を名乗る男が、満洲族収買組織の頭になる。王文東という男です」

「お前は王文東を知っているのか」

原口は石坂を見据えた。

「私の目の前にいる原口伊三郎氏が、王文東と名乗られます」

石坂はにこりともせずに言った。

「王文東の名を知る者はいないはずだ」

「日本人にはいませんが、満洲族の男にはいます」

「張偉《ちょうい》のことか」

原口の表情は変わらなかった。ただ、グラスの酒を飲み干した。

「原口伊三郎氏の懐刀です」

「金で買ったのか」

「張はそんな男ではありません。義に厚い男です」

「裏切り者が義に厚いというのか。張は特務の犬か」

石川に対する自分は、自分に対する張と同じだ、原口は口の中に、強い苦みを感じた。

「F機関には属していませんし、密偵でもありません。あえて言うなら同志ですか」

「同志？　何だ、それは」

原口は鼻で笑った。

「まあ、それはおいおい、にでも。張については今まで同様でお願いします」

「それは無理だろう。だったら、つまらんことを話しすぎたな」

「いえ、包み隠さず話すことで、原口さんと我々は切っても切れない縁になることができるのです」

「要するに、俺はお前らの掌《てのひら》で踊らされるということか」

「また、ひねくれて考える。原口さんの悪いところは、そこだ。我々の生殺与奪の権は原口さんが握っているんですよ」

「出任せの物言いが鼻についてきた。そこはもういいから、続きを話せ。石川をどうするんだ」

「原口さんの謀略は、甘い。消えた原口ルートは少し、見透かせば浮かび上がってきます。入りも出もその頭を潰さないと消えたことにはなりません。石川には提案したんですよ。十分財産を築いたから満洲を引き揚げて、日本に戻ったらとね。満洲もますます、きな臭くなりますよ、いい潮時ですがね、と親切に言ったら、石川は怒り出しました。まあ、怒るのは当たり前ですがね。お前らとは一切、関わりを断つ、と言いました」

「そう、言わせたのだろ。石川をさらに怒らせるために、原口に阿片ルートのすべてを任せたらどうかと、火に油を注ぐようなことを言ったんだろう」

「原口さんと妾の千代とができているというでっち上げが利いていましたからね。石川は原口さんを消す工作した。工作は成功したことになっています。原口さんは謝兄弟に討ち取られ、兄弟は山海関を越え、去ったことになっています。原口さん成仏してください」

石坂は笑いながら言った。

「石川は松花江の底に沈むのか」

「原口さんの死で、満洲族の部下たちが報復に出ると、石川の周囲は厳重な警戒線をつくっているということです。でも、いくら厳重に守りを固めても、時間の問題でしょうね。その前に、日本に戻ったら平穏な余生が待っているでしょうに。家族はすでに満洲を離れました。我々が一押しすれば、石川もそうするでしょう」

「俺が手を引いても、裏ルートは残る。張が頭になってやれば、満洲族組織としてかえって強固になるだろう」

「それはできません。名実とも満洲族組織になれば、満洲国政府が黙っていません。すぐに潰しにかかります。頭は関東軍の特務機関と繋がりがある日本人らしい、という程度に思わせれば、満洲国政府は手を出しません。日本人が頭にいることが必要です。張もそれを願っています」

「俺は王文東という満洲族の男だ。日本人は消えたぞ」

「関東軍にとってもそのほうがいいですよ。王文東は原口だということを、軍最上層部さえ了解していればいいことです」

「やはり俺はお前らの掌で踊る傀儡《くぐつ》か、満洲国と同じだ」

声は荒らげなかったが、原口は怒りを表情に出した。

「自分を嘲るのは、原口さんには似合わないですよ」

「何とでも言え。お前といい、張といい、何を考えている」

「五族協和、王道楽土の実現です」

そう言った石坂の表情から笑みが消えた。

「馬鹿らしい、それは似非《えせ》スローガンだろ」

「そうです。帝国政府、関東軍が言えば、それは似非スローガンです。帝国が満洲を支配する見え透いた方便にすぎません」

「お前らも、同じだろ」

「手段ではありません。真の目的です」

「そんなことは関東軍も、馬鹿の一つ覚えのように言ってきたことだ」

「我々は満洲に五族平等の政権をつくります。現政権のように日本の傀儡《かいらい》とはしません」

「五族といってもだ、ここに日本人がいること自体、おかしなことだ。日本人以外は元々この地で生きていた。日本人は軍隊と共にやってきた。それで五族協和とは虫の好い話だ。挙句、日本人は日清日露の戦争で尊い血の代償として満洲を獲ったと思っている。明治の頃は政府の要人どもは満洲なんて辺境の地としか思っていなかった。血の代償としての大地なんて、よくもでっち上げたものだ。今では、帝国の生命線だからな。五族平等も所詮、似非スローガンだ」

「平等政権ができたら、帝国は満洲から引き下がるというのが我々の目論見です」

「要するに活動資金欲しさに、絵空事を描いているんだろう」

「今は、反論しません。絵空事になる、それは大いにあります。ただ、五族平等政権をつくる過程は、ぜひ聞いてほしいと思います」

「わかった。これ以上、中尉殿の話を聞いていると、せっかくの旨い高粱酒も水っぽくなってきた。それはおいおい耳に入れよう。関東軍というのは、頭の中で蝶々が舞っている連中の集まりだ」

原口はうんざりといった調子で言った。

「阿片で中国人たちを蝕《むしば》んでおいて、五族協和、王道楽土もあったもんじゃない。とは言っても、俺もその片棒を担いでいる。やっていることは、お天道様に向かって言えるものではない。お前らを批判することはできんがな」

「ごもっともです。目的のための苦渋の手段と思っていただきたい」

石坂は気負うことなく言った。

「聞き飽きたまやかしだ。権力が事を正当化するときの決まり文句だ」

原口は苦々しくいうと、高粱酒を喉に流し込んだ。

「石坂、お前のことを聞かせてもらおうか」

「そうですね、私は原口さんのことはよく知っていて、原口さんが私のことを知らないのは片手落ちです。それでは、信頼関係は築けません」

「そんな気は毛頭ないが、暇潰しにはなる」

石坂は苦笑しながら、話し始めた。

石坂敏夫は士官学校を出て二年と少しで、少尉から中尉に昇進した。石坂の異例の昇進は、関東軍のある高級参謀が名古屋陸軍幼年学校の先輩であり、その眼鏡にかなったことがその理由だと、もっぱらの噂だった。

石坂は士官学校では一風変わった男として、先輩、同期生から距離を置かれていた。幼年学校出の士官学校生たちは、自分たちこそ陸軍将校候補の星だというエリート意識で、強く結びついていた。石坂はその仲間意識を共有しなかった。

幼年学校は学費を必要とした。その学費が払える階層は限られている。そのため幼年学校生の実家は富裕層に限られていた。士官学校は官費制となるため、幅広い階層出身者で占められる。そんなことからも幼年学校出は、エリート意識が張り付いていた。

石坂の実家は、愛知県南設楽郡鳳来寺村の山間にある二町近い水田と、杉、檜の山を三山持っていた。数反は小作に出していたが、自作が主の百姓だった。幼年学校の学費がやすやすと出せる裕福な家ではなかった。その学費は、石坂の姉が岡谷の製糸工場に働きに出ることで賄うことができた。

士官学校に上がれば御上からお金が出るから、三年勤めるだけのこと、敏夫が軍人さんになったら、石坂の家は私が婿さんを迎えて継ぐのだから、弟の面倒をみるのは当然のことよ、と笑って言うと、別所街道を設楽の山を越え、伊那谷から諏訪盆地に向かった。

長男である石坂敏夫を幼年学校から士官学校という陸軍将校候補の出世街道に歩ませたのは母親の強い意志だった。新城《しんしろ》の小地主の長女であった彼女には四つ下の弟がいた。その弟は名古屋陸軍地方幼年学校から士官学校に上がり、豊橋の歩兵十八連隊で少尉に任官して間もなく、流行性感冒に罹り、あっけなくその命を閉じた。石坂の母親はその無念を彼女の両親以上に感じ、幼い我が子を弟と同じ階段を上らせることに意志を強くした。

石坂の母親は小さいながら地主の娘である自分が、自作農である石坂の家に嫁いだことに忸怩《じくじ》たる思いを抱いていた。我が子を軍人の出世街道を歩ませることは、嫁いでから澱のように溜まってきた彼女の恥の意識を引っ込め、自尊心を再び蘇らせることでもあった。

石坂の父親は野良仕事、山仕事を黙々とこなすだけで、子供のこと、家事のことは妻任せで、口を出すことは一切なかった。

幼年学校に入って半年がたつうちに、石坂は疎外感を味わうようになった。生徒たちのエリート臭さへの反発心と、姉が製糸工場で身を粉にして働いて得た金で自分が在学している負い目が入り交じって、幼年学校生徒としての一体感を抱くことはなかった。

石坂は変わり者として、扱われた。ただ、排斥されるまでに至らなかった。成績が一般学習、軍事訓練共、常に一、二番で、特に選択した露語の語学力と射撃は他を寄せ付けなかった。教官からは一目置かれていた。

大正九年、制度変更で幼年学校が廃止、陸軍士官学校予科となる。予科を卒業した生徒は、卒業時に階級、兵科、原隊が指定される。石坂は豊橋の歩兵十八連隊に入隊、半年後に士官学校本科に入学した。士官学校本科では中学校を卒業し、試験に合格した者たちと合流する。

士官学校はこの二者が反目し合い、対立する。幼年学校出は自分たちこそが帝国陸軍の担い手とばかりのエリート意識に浸かっていた。実際、幼年学校出身者の多くは、陸士から陸大に進み、陸軍の中枢を占めていく。

後になって石坂は、終戦間際のサイパン島のジャングルの洞穴で、陸軍中枢の無能で、狭隘《きょうあい》な精神の持ち主、責任転嫁する自己保身の輩たちが、兵士の屍を積んでいった元凶だと言い放った。俺たちは自決することも玉砕死することもしない、胸を張って投降すると部下たちに告げた。

中学校出の生徒は、士官学校は官費養成ということで、貧しい家の者にも門戸は開かれる。石坂が裕福でなくとも、彼らはそんな事情を知ることもないから、石坂を敵視した。石坂は両者から目の敵にされていた。

石坂は士官学校本科に入っても、成績は十本の指からは、外れなかった。その位置に留まることは、集団からの制裁を避ける防御だと思って、力をつけた。ただ、教官たちはそんな石坂を評価しなかった。いわゆる一匹狼は組織には向かない、ということだ。それでも理数系、語学、軍学兵学という学習内容はトップクラス、組織に向かないと言っても、総合評価で、十番以下にすることはできなかった。ただ、陸軍大学校には決して合格しないから、受験するのは無駄だと意地悪く言う教官もいた。

士官学校本科学生は一年十ヶ月学び、卒業後原隊に復帰する。石坂の原隊、歩兵十八連隊は天津に駐屯していた。蔣介石率いる国府軍との武力衝突事件、済南事件で出動していた。石坂は即刻、天津行きを命じられた。豊橋の留守部隊に復帰することもできたにもかかわらずで、ある。

それを聞いて、士官学校の同期生は、予科出も、中学校出も、石坂の前であからさまに嫌みな笑みを浮かべた。早速前線に立てておめでとう、出来がいいと認められるのも早い、と皮肉たっぷりに言う者もいた。

原隊復帰した卒業生は曹長の階級で見習士官となり、原隊将校団の推薦で少尉に任官することになる。しかし、石坂はそれが前例にない事態になりかけた。士官学校のはみ出し者というレッテルが付いて回ってきて、将校団の推薦を得られない雰囲気になっていた。

そんな時に、石坂は天津を訪れていたある関東軍参謀の目に留まった。参謀は、はみ出し者という石坂が自分と同じ名古屋幼年学校出身と聞いて、興味を持った。はみ出し者と言われても、士官学校の成績はトップクラス、とりわけ語学力が抜きん出ていたということを知り、俺が面接すると、士官学校の同期生だった連隊長に言った。

面接後、参謀は連隊長に、関東軍への転属を申し入れた。翌日、石坂は早々に関東軍司令部のある旅順に転属した。

あっけにとられていた将校団に、連隊長は、あいつも変わり者でな、俺たちにはわからん臭いがして、石坂は使えると思ったのだろう、と笑って言った。昭和三年の暮れ、張作霖爆殺事件の半年後、満洲がきな臭くなってきた頃だった。

翌昭和四年早々、関東軍司令部に出向いた石坂は、特務機関に配属された。石坂がまずやらされたことは、北方北京語を一年の短期間で完全に修得することだった。そのために軍属ということで、北京出身の漢族の家に下宿、昼間は特務機関の語学養成班で徹底して修得させられた。

二年目は特殊工作養成班に配属され、そこで特殊任務に関わる技術の習得に費やされた。養成班には五人の班員がいた。

指導教官は五人が最初に顔を合わせた時、決して仲間意識を持つな、我一人の意識こそ、危機にあって自分を救うと思え。仲間意識はここでは無縁なものだ、百害あって一利なしの代物だと心得よ。お前たちがここを出て、特殊任務に関わる時、ここで顔を合わせている者たちは、躊躇なく殺す相手になっているかもしれない。そういう任務もあることを忘れるな、と言った。

翌年一九三一年（昭和六年）の九月、関東軍は謀略による満鉄線の爆破、柳条湖事件を起こし、満洲全土を支配下に置いた。満洲事変である。

その年の四月には、石坂敏夫は中尉に昇進していた。例の参謀は関東軍の作戦参謀の一人になっていた。

翌年、満洲国が成立したとき、参謀は休眠中のＦ機関を石坂に任すと言った。Ｆ機関という名さえ聞いたことがない石坂にとって、寝耳に水だった。参謀はＦ機関について笑いながら説明した。

「五族協和の五から採った名だよ。ファイブのＦ、子供騙しの命名だ。満洲独立国家実現のための資金調達機関だと思ってくれ。今後は石坂機関としてもいいがな」

真顔になった参謀は続けた。

「関東軍内部では、満洲領有が主流だった。俺は、それは決して許してはならないと思っていた。満洲を朝鮮と同様にしては、だめだ。領有したとしても百年がせいぜいだ。必ず、独立運動が起き、植民地経営は負担となり、我が国の重荷になる。五族協和、これこそ日本人が満洲で主導権を得ることができる理念だ。満洲に五族協和の独立国家を作る。もちろん、五族は平等だ。ただ、我が民族の国家の統治能力は優れている。他の民族は日本民族の主導権をこぞって認めるだろう。当然、欧米列強も納得する民主的手続きで、だ」

参謀の言葉は熱を帯びてきた。

「その独立国家が建国した暁に、日本からの開拓移民を呼び寄せる。当面は百万人規模だ。これは日本政府の計画としてではない、満洲独立国家としての計画だ。その意図は、大和民族の増加により、人口基盤を作ることだ。そのことが日本の農民をも救う手段となる。そうなるはずだった」

参謀の表情が険悪になった。

「俺は密かに同志を募り、Ｆ機関を作って、計画を進めた。表向きＦ機関は、満洲の黒社会に対する工作機関を名乗った。実際は満洲独立国家建国の工作機関だ。まず、俺は関東軍の満洲植民地化の企てを阻止するために、密かに東京の参謀本部首脳に働きかけた。関東軍の満洲領有計画が進めば、当然、欧米列強、ソ連と全面対立となる。戦争の覚悟があるかと迫った。そいつはにやりと笑って、わかったと言った。了解されたと思ったその笑いに、俺は誤魔化された」

自嘲的な笑みが、参謀の表情を強張らせた。

「俺の考えた満洲独立国家は、溥儀を執政とする満洲国にすり替えられた。それも関東軍が後ろで操る、傀儡国家としてだ。それは関東軍主流派と参謀本部との妥協の産物だ。首脳の笑みは、そこを落としどころとして、関東軍を抑え込もうとした考えが浮かんだ時だった。俺の考えは捻じ曲げられた。しかし、引き下がるわけにはいかん。五族協和、我が民族が主導する満洲共和国こそ、大和民族が満洲で生き残る国の在りようだ。何年先のことかはわからん。そのための資金を集める、それが貴様に預ける石坂機関の役割だ。ただ、無から有は生まれない。石川盛蔵の阿片裏ルートを取り込め。他の特務がそこに首を突っ込むことがないよう手は打ってある。ただ、あまり表だってやると、専売公署の機嫌を損ねるし、他の特務のやっかみを受けることになる。うまくやってくれ」

石坂は参謀の命令を拒否する選択肢はなかった。満洲共和国、民族平等政権と称し、実は日本人が選良支配民族となり、体よく他民族を支配する、これもまやかしの国家像だ。所詮は、関東軍内部の主流派に対して、反主流派が主導権を得るためにこじつけた国家像にすぎない、石坂は腹の中で笑った。

「原口さん、この話は、今日のところはこんなところですな」

「満洲をどうこうするという話は、ようわからん。わからんが、軍人どもが満洲を弄んでいることは、ようわかった。胸糞悪い」

原口は言い放った。石坂は答えなかった。

実は、石坂は独自の満洲共和国構想を密かに育んできた。件《くだん》の参謀の構想とは似て非なる、五族平等の共和国政府だった。

石坂は、自身の満洲五族共和国構想は、正義の実現と強く意識していた。満洲国を傀儡とした関東軍、帝国陸軍の意図は不正義であり、参謀の描く共和国構想も不正義である。

石坂はその不正義に抗して、自らの満洲五族共和国構想を描いた。それは正義の実現でなければならない。ただ、今は原口に話すつもりはなかった。

共和国構想に食傷気味になっている原口に話したとしても、阿片に拠った正義なぞ、嘘っぱちだと、冷笑を浮かべ、下らんと一言付け加えて言い放つだろう。だが、近々には必ず原口の耳に押し込まなければならない。

阿片が生み出す資金は、件の参謀の共和国構想実現のために不可欠である。だが、それは自分の構想を実現するために使われたほうがより増しだ、と密かに嘯いた。石坂は目的のために阿片の魔力に身を任すことに躊躇しないと決意していた。

石坂は、原口と張偉を名乗る人物と腹を割って話す機会を何時にするか、思いを巡らしていた。

窓は茜色に染まっていた。二人の会話は途絶えていた。しかし、二人は別れようとはしなかった。窓から入る薄明かりのなかで、一人はグラスを傾け、一人はたばこをくゆらせながら、それぞれの思いのなかで時間を過ごした。

九　幻のマンジュ共和国

満天の星の一塊が、白樺の梢に懸かるように瞬いていた。

夜は更けていたが、冷えは緩んでいた。春の訪れを肌で感じながら、原口は哈爾浜までの長い道のりにわずかに安堵感を覚えた。

井上が小枝の束を焚火に足した。炎が上がって、熱さが直に伝わってきた。

見回りの男二人がやってきた。異常ないことを原口に伝えた。原口は交替について二、三指示した。二人は小声で確認すると、頭を下げ離れた。

「ハルピンに着いたら、張偉に会ってくれ」

しばらく炎に目をやっていた原口が口を開いた。

「団長の懐刀といわれた満洲族の男ですね」

「張偉は偽名だ。今は、別の名を名乗っているかもしれない。趙徳真《ちょうとくしん》が本名だ。それが本名かどうかも怪しい」

原口は笑った。その歪んだ表情は怪異そのものだった。

「傳家甸《フージャデン》に潜り込んでいる」

焚火に映える原口の容貌を井上は見据えた。その不吉さと凶暴さが、井上の表情に張り付いてくるように思えた。井上は原口の要請を命令と解した。

原口は趙徳真について語った。

満洲族の収買人で、原口が信頼を寄せていた男がいた。王俊瑛《おうしゅんえい》という。一見愚鈍そうに見える王は、日本人収買人にからかわれることが多かった。満洲族にしては、背は低い。固太りで、顔は丸く、低い鼻、日本人の班長が、お前は山東人だろうと言うと、俺は、山東人は嫌いだと言い、誤って血が混じったみたいだと笑って言い返した。

それは王の装いだと、原口は気づいた。日本人収買人が朝鮮族の収買人に侮蔑的な言葉を投げつけたときだった。その場にいた王の愚鈍な表情が一瞬消え、鋭い視線をその日本人に向けたところを、原口は盗み見た。その時から、原口は王に、厄介な仕事を割り振るようになった。王が使える男かの見定めをしたかったからだ。

王が使える男と判断すると、原口が王に命じたのは、専売公署の収買を担う満漢人組合の組合員名簿を手に入れることだった。王は、なぜ自分がというような表情を見せた。そこには警戒心が一瞬だが張り付いていた。

原口はその意図を、短い中国語で、はっきりと言った。

「班長に満洲族の男をあてる。お前が第一の候補だ。それを見定める必要がある」

「試されるのですね」

「そうだ」

原口ははっきりと言った。

「俺一人でやるのですか」

「うちの者は使わない。すべてお前の裁量でやれ」

一見無謀な指示だ。しかし、原口には意図があった。

半月後、王は名簿を示した。王一人でできる仕事ではない。王の仲間が動いたとみた。原口は、王の単なる仲間うちか、それが組織といえるものか判断しかねたが、お前が信頼する男を連れてこいと王に命じた。

王は張偉と名乗る男を連れてきた。佳木斯《チャムス》に拠点を移してすぐだった。石川から離れようと、密かに動き始めた頃だった。

張は原口より上背がある。端正な顔つきで、目元は涼やかだった。王とは対照的な顔つき、身体つきだった。

「王、お前がこの男を指示するのか、それともお前がそうされるのか、どちらだ」

原口は単刀直入に聞いた。

「どちらでもないです。俺たちははぐれ者です」

はぐれ者同士、仲間を作ることもある、と原口は言いかけたが、やめた。そう言っても、こいつらは、にやっ、とうす笑いするだけ、と思ったからだ。

原口は北満阿片の裏ルートを自分のものとするために、日本人収買人を放逐することを考えていた。これは大きな賭けだった。そのことで、原口のルートが満漢人に乗っ取られる恐れがある。ただ、そこまでやらないと、満洲での阿片取引に確固たる位置を築いている石川から奪い取ることはできない。関東軍上層部の高級将校や満洲国の日本人高級官僚との伝手があり、特務機関に阿片の上がりの一部を資金提供している石川に正面切って争い、奪うことは不可能だ。石川が原口の目論見を阻止するため、あらゆる手を使うことは当然のことだ。

原口の企てを、石坂は察知していた。F機関が石川の北満阿片の裏ルートを半年にわたって内偵、監視した結果だった。石坂が王俊瑛を名乗る馬真恭《ましんきょう》を阿片収買人として原口の下に潜らせたのもその一手だったし、張偉を原口に近づけたのも石坂の策だった。

松花江の満洲族水運業者が集まる天河《てんが》会という組織がある。天河会は満洲族の松花江の表裏の水運利益を守る組織だ。表は松花江の水運、荷役を担い、裏は銃火器、阿片の密輸を担っており、影の武闘組織でもあった。

それが満洲国成立以後、表の水運、荷役は満鉄東満江運局《とうまんこううんきょく》の息がかかった日本人業者、裏は青幇を後ろ盾とし遼河《りょうが》流域を縄張りとする山東人の密輸組織万燈会に攻勢をかけられ、天河会の勢いは見る間に削がれていった。

さらに、青幇は北満阿片の収買と中華本土、満洲の阿片ルートの一元的支配を目論み、万燈会を手先として暗闘を仕掛けてきた。天河会の裏組織は、哈爾浜の黒社会から一時の撤退を余儀なくされた。

天河会を仕切っていた男が趙徳真で、その右腕が馬真恭だった。石坂が、原口への工作のために趙徳真に近づいたのは、原口の下に馬真恭を潜り込ませる一月前だった。

石坂敏夫が趙徳真に近づくために現れたのは、傅家甸長春街の表通りにある酒楼、陽春楼だった。満洲国建国の翌年、一九三三年の春の盛り、ライラックの花の香りがここかしこで匂っていた。とは言っても、それはキタイスカヤ街であって、ここ、傅家甸は料理の濃い匂いと得体の知れないすえた臭いが入り混じる。キタイスカヤ街のロシア娘たちの弾ける笑い声が風に乗る光景は、ここでは、皮だけ張り付いている臑《すね》を見せる阿片中毒の男が、路地に横たわる光景に変わっている。

石坂が陽春楼に通い始めて、一週間がたっていた。昼の混雑が過ぎた頃に、店に入った。店内の客は疎らで、石坂は決まって、厨房に入る通路との境にある籐の衝立の前の席に座った。

ツィードの茶系のスーツにチョッキ、ソフト帽の石坂は、詐欺師紛いの商売人に見えたし、気障な博打打ちにも見えた。当初いぶかしげな表情で迎えていた店員も、お世辞の一つ、二つ言うようになった。店員はねずみ顔の小柄な男だった。愛想笑いは浮かべているが、目つきは鋭く、隙はなかった。

通い始めて四日目、ねずみ顔の店員が注文を聞きに来ると、いつもの、と言って新しく発行された満洲円の百円紙幣を握らせ、張会長に取り次いでくれ、と言った。店員は、何のことかわかりかねますと言うと、石坂は、会長に会いたいと言った。店員はそれに返事もせずに百円紙幣を握ったまま、厨房に戻った。その後、料理を運んできたが、石坂の言伝については何も言わなかった。それでも次の日も、陽春楼へ遅い昼食に出かけた。

三日がたった、その日、石坂はいつもの席に座った。珍しく客は石坂だけで、誰もいなかった。あの店員も出てこなかった。籐の衝立の向こうにもテーブルと椅子があるのか、人が腰を下ろす気配がした。

「関東軍の将校さんが、姿を変えてのお出ましとは、酔狂なことですな」

衝立を隔てて声がした。

「真っ昼間から酒を飲むことはないですよ。仕事です。軍服でないとだめですか」

「それにしても流暢な東北官話ですね。中国生まれですか」

「それは答えなくても、わかっているでしょう。それで会長に会わせていただけますか」

「関東軍は謀略好きですからね、何を企んでいるんですか」

「損になることはないです」

「損得の話ですか。そう言われても、結局は関東軍の利になることでしょう。明晩、店が閉じてから来てもらいましょう」

声の主が立つ気配がした。いつもの店員が出てきて、いつものように注文を聞いた。


春の宵とはいえ、底冷えがした。陽春楼に入ると、暖かさが石坂の冷えた身体を包んだ。店内は掃除が終わり、食卓、椅子は整頓されていたが、厨房からは片付けの物音や、話し声が聞こえてくる。

ねずみ顔の店員が出てきた。目隠しする、と言って、石坂が返事する間もなく、布の袋を被せられ、首元で紐を括られた。二人の男に両脇を取られた。筋肉質の腕、石坂より上背があると感じた。

歩いているのは、ほとんど路地だろうと石坂は思った。男たちは場所を特定されないよう複雑に道を取ったと思われた。半時間ほど歩かされた。

物音も、人の声も耳に入ってこない。男が頭を下げろ、と言って、石坂の頭を強く押さえた。くぐり戸のようだ。木々の葉音が入ってきた。庭の中だと思った。扉の開閉音がして、すぐに空気の暖かさが膚を包んだ。廊下を歩かされた。階段を上がると言われ、両脇を支えられたまま、上がった。上がってすぐに、男たちが止まった。扉をノックする音が聞こえた。中から声がかかった。

座れと男たちが命じた。腰を下ろすと、バネの利いたソファだった。

男たちが部屋を出ていく気配がした。ドアの閉じる音が微かにした。

「石坂中尉、申し訳ないです。今、被り物を取ります」

「結構です。自分でします」

石坂は首筋の結びを解いて、袋を取った。部屋は薄明かりだった。暖炉で燃えるコークスの明かりだけの明るさのように思えたが、暖炉脇の電気スタンドの明かりだった。その脇に、中国服を着た小柄な男が立っていた。

石坂の真向かいのソファに背広姿の男が座っていた。ただ、電気スタンドの明かりは、中国服の男に遮られ届かなかった。男の表情はわからなかった。

中国服の男が口を開いた。

「満洲国建国以来、関東軍特務の黒社会への工作が活発です。それも複数の特務が動いている。それも縄張りを作っての工作だ。うちは石坂中尉のところが担当ということですか」

陽春楼の衝立越しの声と同じだった。この男が馬真恭と石坂は判断した。趙徳真の右腕であり、懐刀だと言われている。

「馬さん、天河会を工作できるとは思っていません」

石坂は、男の天河会での名、馬真恭の名を出した。男は外では王俊瑛の名で通っていた。馬真恭の名を知る者は表ではいない。馬は黙っていた。石坂は続けた。

「関東軍の参謀連中は、表の世界は力で持っていけば、どうにともなると思っている。黒社会はそうはいかない。裏は深い。何とかできるとはいくら傲慢な参謀連中も思っていない。黒社会が反日、抗日となると、表で抑えられた反日、抗日分子が、そっくり裏に潜ってしまう。そこで闘争の基盤づくりをされたら、関東軍は大打撃、満洲支配の命取りになるかもしれない。黒社会を懐柔し、満洲支配の基礎杭を打ち込もうという狙いです」

「石坂中尉、はっきりした物言いだ。それで天河会も操ろうということですか」

馬は笑いながら言った。

「そんなことは、考えもしません」

「我々を関東軍の手先とする、そんなところですね」

　ソファに座る男が初めて口を開いた。石坂より二つ、三つ年上だと聞いている趙徳真の声は、高くも低くもなく穏やかで、年齢を重ねている声のように思えた。

「趙会長、手先にするなんて、滅相もないです。しかし、そう取られても、仕方がないです。表向きは天河会の懐柔策、関東軍の協力組織にするということですからね」

「途端に話が現実的になりましたね。要は天河会を金集めに利用しようという話ですね。ところで、その金蔓は武器の密輸ですか」

「阿片です」

石坂は事もなげに言った。

趙徳真の表情が微かに翳ったが、もちろん、石坂には見えない。馬真恭が趙の意を酌むように口を開いた。

「日本人の手先となって阿片を集め、それで我が同胞民族を廃人にするなんて話を持ってくること自体、我々を見下し、甘くみていることです。ただ、それを日本で売り捌くということであれば、別ですがね」

　馬の表情は強張っていた。

「お怒りはもっともです。それで得た資金で、満洲を帝国の頸木《くびき》から解き放つという話でしたら、乗っていただけますか？」

　場がしばらく沈んだ。趙が口を開いた。

「そういう誘いは、阿片的誘惑というものです。軍閥どもは阿片で軍資金を得たが、大義を失った。国民党はそれを教訓にして、黒社会を利用し、裏で動いている。その類ですな」

石坂には趙の表情は読み取れなかったが、声は終始、穏やかだった。

「会長、我々は傀儡満洲国に代わって、五族平等政権、満洲五族共和国をこの地に建国しようという意図で活動をしています」

暖炉でコークスに混っていたのか石炭の弾ける微かな音がした。石坂は反応を待った。しばらく沈黙が続いた。

「満洲五族共和国、聞こえはいいが、関東軍が口にすると、それも満洲国と同じ、まやかしの国家だ」

馬の語気が強くなった。

「その共和国とやらについて話してもらいましょう」

趙徳真の声は、やはり穏やかだった。趙は馬に座るよう、命じた。馬が腰を下ろすと、電気スタンドの明かりが、趙に届いた。長身で、目鼻立ちははっきりし、一重瞼の眼は切れ長、目元は涼やかで、黒社会の頭領とは思えなかった。

石坂は趙徳真の生まれ育ちについての情報は得ていた。

徳真の父親は、清朝帝室に繋がる家柄の次男だった。徳真の母親が端女《はしため》として住み込んでいた時、その次男に手込めにされ、徳真を宿した。徳真の母親が妊娠したとわかると、涙金と共に実家に返された。徳真が生まれたのは、日露戦争が終わった翌年だった。

実家の父親は山東人で、奉天城内の表通りで雑貨商を営んでいた。その父親は、徳真が生まれるとすぐに厄介ものの母子を、裏通りで小さな肉屋を営む同じ山東人の四十男に押しつけた。

徳真が義理の父親の理不尽な仕打ちに抗してその肉屋を飛び出したのは、十三歳の時だった。徳真は奉天城内に巣食う悪童集団に身を寄せ、数年後、持ち前の知力、胆力、腕力で悪童集団の頭目となった。弟分だった馬真恭は、その頃すでに徳真の右腕になっていた。

徳真たち悪童集団が奉天から哈爾浜に移ったのは、張作霖の奉天軍閥の兵営に忍びこみ、武器弾薬を奪おうとして失敗し、追われる身になったからだった。哈爾浜で徳真たちは天河会に匿《かくま》われた。その後徳真は天河会で頭角を現した。頭領だった趙徳全の眼鏡にかない、養子となってその地位を引き継ぎ、今日に至った。

石坂敏夫は五族平等政権樹立のための段階的戦略を話した。それは件の関東軍作戦参謀の構想とは、根本から違うものだった。石坂が密かに立てた構想だった。

「第一段階は満洲国軍の国防軍への転換です。国軍は関東軍の支援部隊にすぎない。

それを、国防を担う軍隊に転換させるというものです」

馬真恭が、関東軍がいる限り、それはどう転んでも無理だと言うと、石坂は事もなげに、関東軍は出ていってもらう、そのために対ソ開戦を画策すると言った。

「対ソ開戦での関東軍の戦略は、東西満洲での二正面作戦です。まず、東満洲で黒竜江を越え、シベリア鉄道を占拠。ソ連の補給路を断って、ウラジオストックを占領し、沿海州を手中に収める。海軍もウラジオストックに艦隊を送り、ソ連極東艦隊を撃破、日本海の制海権を確保し、日本の補給路を確保するものです」

「関東軍らしい虫がいい計画だ。机上の空論ここに極まるというものだな」

馬は鼻で笑った。石坂も意味ありげな笑いを浮かべた。

「そうなった時、ソ連軍は主力を満洲北西部に投入することになるでしょう。ハイラル、満洲里《マンチュリー》の線で攻防戦となります。東満洲を押さえた関東軍は、反転して北西満洲に転戦、ソ連極東軍を撃退し、そのままソ連領に侵攻、国境地帯を制圧するという計画です」

「沿海州を空にするのか」

馬は呆れたように言った。

「そうはなりません。これ以後が私の戦略構想です」

そう言って、淡々として話を続けた。

沿海州で移動した関東軍に取って代わるのは、朝鮮軍二個師団、さらに本土から三個師団が派遣される。関東軍全軍が西の満ソ国境でソ連軍と対峙すると、満洲国内の治安維持は満洲国軍が担うことになる。ただ、この戦略通りにいけば、満洲国軍は治安、国境警備を担う後方支援部隊の役割以上にはならない。そこで、参謀本部を煽って、本土からの増援部隊を派兵できない戦局を画策するという。中国軍との全面衝突である。

陸軍はこの年の二月二十六日の帝都騒乱以来、国内の不安定状況を外征でそらせようと、うずうずしている。一方、中国内でも国民党と共産党が抗日で手を結ぼうという動きが出始めていた。さらに朝鮮国境では反満抗日軍と朝鮮人民革命軍が統一戦線を結成し、大規模な遊撃戦を展開しようとしている。この状況に火がつけば戦線は連鎖的に広がっていく。

関東軍は西北満洲の対ソ戦に張り付き、帝国陸軍は中国本土に派兵、沿海州制圧は一個師団派遣が精一杯の状況となる。朝鮮軍は朝鮮国内での革命軍の遊撃戦に力を削がれ、満洲の防衛は予断が許されない状況が生まれる。満洲国軍の増強は必然となり、この状態が二年も続けば、満洲国軍は国防軍として格上げされ、成長する。

石坂はこの時点で第二段階に入ると言った。

「満洲国軍がクーデターを起こし、皇帝溥儀を追放し、共和制となる五族平等政権を樹立します。満洲国軍の上級将校は関東軍の影響下にあるが、中、下級将校の中には、関東軍に対する不満を抱いている者も少なくない。共和国軍はここに密かに根を張り、中、下級将校が主体となってクーデターを実行する。そこで、満洲国軍は、共和国軍を名乗る」

「関東軍が黙っていない、ソ連と停戦協定を結んで潰しにかかる」

馬が指摘すると、石坂は計算済みだと言った。

「ソ連は沿海州が日本陸軍に占領されている状況では、停戦に応じません。関東軍も沿海州を手放すことはしません。ソ連は攻勢に出るために樺太に軍を回し、南樺太を攻撃する動きに出るはずです。そうなると陸軍は南樺太に部隊を送ることになり、さらに北海道に兵力を割《さ》かざるを得なくなります」

そして、石坂はそこで笑みを浮かべ言った。

「そうなった場合、満洲共和国軍はソ連と軍事協定を結んで、関東軍を挟撃します。同時に、国民政府と不可侵条約を結んで満洲五族共和国の独立を図ります」

「中尉、満洲は日本の生命線ですよ。それに満洲から退けば、次は朝鮮ということになる。日本は死に物狂いで満洲を守ろうとするでしょう。いや、一気に日本の植民地にしてしまう」

それまで黙って聞いていた趙が笑って言った。石坂はそれに意を介さず続けた。

「それは無理です。ソ連、中国と全面戦争になれば、満洲どころではなくなります。それに中国との戦争となれば、欧米列強も権益を守るために、中国を支援するはずです。ソ連、中国との全面戦争は、かなり危険な選択です。本国からの援軍もないまま関東軍は満洲で孤立し、全滅するだけです。満洲から撤退するしか道はありません。ただ、撤退するためにはソ連軍と交戦して、手酷《てひど》くやられることが必要です。その場合、ソ連軍の痛手も同様であれば、五族共和国軍にとっては都合がいいですが、これは今のところ願望の域を出ません」

石坂は自信に満ちた表情になっていた。

「新しい共和国ができることで、朝鮮は安泰でしょうし、ソ連国境も安定します。満洲五族共和国は反日、抗日でもない親日政権です。親ソ、親中政権でもあります。極東の中立国を宣します。五族共和国が緩衝地帯となり、極東アジアは安定します」

「それで、あなたたちの着地点はどこですか」

趙は少し身を乗り出した。石坂の話に、趙は興味を持ったのかと、馬は思った。

「次は第三段階であり、最終段階です」

そこで石坂は一息ついた。気持ちの高ぶりを抑えるようにも見えた。

「アジアからの欧米列強の放逐と日本がアジアの平和的盟主となることです」

「石坂さん、盟主という位置は譲らないですね」

趙の穏やかな口ぶりは変わらなかった。

「平和的というところが胡散臭い。関東軍の発想から何も変わっちゃいないね、石坂さん」

馬真恭は皮肉たっぷりに言った。

「話を続けてください」

趙は笑みを浮かべて言った。

石坂は一瞬、気まずさを覚えたが、かろうじてそれを引っ込めた。

石坂は趙を見据えた。

「中国からの欧米列強の勢力を駆逐すること。まず、孫文思想による国共統一戦線政権が樹立されます。そのためには、やはり満洲の安定が不可欠です。五族平等政権による共和国独立が必然となります。中国から欧米列強を放逐すれば、その波は、フィリピン、仏領印度支那、英領マレー、蘭領東印度、そして英領印度に伝わり、民族の独立闘争が起こります」

「日本も欧米列強の尻馬に乗っていますね」

趙の口ぶりに皮肉っぽさが感じられた。

「欧米がアジアから放逐されれば、日本も帝国主義的野心をアジアに持つ必要がなくなります。日本は軍事力増強のための予算を産業発展に振り向ける。アジアにおける産業の指導的位置は揺るぎないものになります。それはアジア諸国と共存共栄を図ることになり、アジアの平和的発展に寄与できます。つまり、共和国建国は日本がアジアにおける平和的盟主への道をたどる第一歩となるのです」

「石坂さん、あんたの発想は何を言おうが、日本のための五族共和国だ。胸糞悪い」

馬は怒気を露わにして言った。

「それとだ、欧州列強がおとなしくアジアから手を引くとは、到底思えない。帝国主義の欲は尽きない。日本も同様だな。特に軍部は絶対、異を唱える。戦争を仕掛け、領土拡大を図ることが自分たちの役割と信じて疑わない。平和国家の理念、理想なんて、糞としか思っていない」

馬は露骨に鼻で笑った。

「自ら手を引くことはないです。引かざるを得ない状況ができます。ナチスドイツの領土的野心はすでに沸点に達しています。それは世界制覇と世界秩序破壊の狂信的野望といっていいでしょう。英仏がいかなる手を使って回避しようとも、それは回避できない。ヒトラーが存在する限り、欧州は先の大戦のように再び戦火の広がる野となります。ソ連とて事情は同じ、関東軍が引いたからといって満洲に侵攻する野心は、対ナチスドイツで力を削がれ萎えてしまいます」

「その絵空事の話を聞く者が関東軍には、いるでしょうね」

「います。しかし、名前は言えません」

「それは高級参謀か」

　馬が口を挟んだ。

「それも言えません。ただ、その方はＦ機関の戦略的方向性を決めたお方でもあります」

　石坂は続けた。

　その人物は現在、微妙な立場にある。その立場にずれが生じると、Ｆ機関の存在も消滅する。なんとなれば、Ｆ機関の方向は日本の将来像を見据えているとはいえ、その手段として関東軍の満洲からの撤退を目的としている。関東軍にとっては、Ｆ機関は獅子身中の虫となる。そこに至るまでは秘匿しておかなければならない。

　目的のためには当面関東軍を利用することが最短距離となる。ただ、その人物の戦略発想は、日本による日満華の新秩序形成を東アジアに実現し、盟主となった日本が欧米列強を中国から駆逐、続いて東南アジア、南アジアから駆逐するという帝国主義的発想だった。石坂が構想する五族共和国実現の戦略とは似て非なるものだという。

　石坂が考える五族平等政権による五族共和国建国、関東軍の撤退計画は、完全に秘匿され、高級参謀の路線に従って工作活動を進める。その工作活動のため、石坂Ｆ機関は存続が不可欠であった。そのための資金源はぜひ、確保しなければならないし、さらに潤沢なものにしなければならない。阿片の必要性はここにある。

「そこに至ると、途端にケチ臭い話になりますな。理念が地に堕ちて泥まみれになりますね。どうですか、続きは酒でも飲みながら」

趙の言葉に、馬が立ち上がって、部屋の隅にある戸棚から、酒瓶とグラスを持ってきた。石坂は苦笑しながら、グラスを手にした。

「会長、実現不可能と言っても、歴史の歯車が一つ変わるだけで、可能になりますよ」

「中尉、そんな中学生が思うようなことを、我々に話すために来られたとは酔狂すぎる」

馬真恭が高粱酒を石坂のグラスに注いだ。

「現実離れした話のほうが面白い。もう少し聞こう。酒の肴にはいいだろう」

趙徳真は馬が注いだ酒を口の中で転がした。淡い光に慣れた石坂の目には、趙徳真の表情が緩んでいるように見えた。

「天河会の密貿易ルートは、万燈会に潰されている。それは承知のことだろう」

馬は高粱酒を喉に流した。

「承知しています。我々は石川のルートを狙っています」

「石川？　石川盛蔵か。関東軍は石川の上がりをくすねているのに、また面倒なことをするものだな。お前らの考えがわからん」

　馬は皮肉をこめて笑った。

「我々の機関には旨味はありません。石川は別の機関とつるんでいます」

　石坂は笑って、続けた。

「石川の配下に原口伊三郎という男がいます。北満の阿片裏ルートは、原口が作ったものです。その原口は、その裏ルートを自分のものにしようと画策している。その原口の下に天河会の裏組織を入れ、原口の策を具体化させようとするのが我々の当面の企てです」

「天河会を利用して、原口ルートをそっくりいただくということか」

　馬の口ぶりは酒が入ったためか、穏やかになっていた。

「そうではありません。お互いが手を握りあって、それぞれが利を得るということです」

　趙が石坂の一連の話に現実感を持ったのは、この後のことだった。

「会長、天河会の裏を秘密軍事組織に衣替えし、満洲共和国軍と名乗っていただくことをお勧めしたい。満洲国軍のクーデターを起こすための受け皿にということです」

　趙も馬もしばし、何も言わなかった。馬が趙の顔色を窺った。趙は小さく頷いた。

「話は承ったということにしましょう。中尉、後はじっくりと待つことですな」

馬は穏やかに言った。

「中尉、以後の陽春楼の出入りは、中国人になって来てもらいます」

馬は笑みを浮かべた。

趙徳真は石坂の懐柔に乗った。端から観察している者がいたとしたら、やすやす乗ったと見え、大きな金が動いたと推測しただろう。それは事実だった。

青息吐息の状態の天河会に近づき、利用する目の付け所は、特務機関の得意とするところだ、趙は他人事のように言って、笑った。

馬真恭は、趙徳真の政治的野心を感じた。実際、趙は石坂の誘いに乗ったのは、共和国構想にかけてみるのも、面白いと思ったからだ。

「その程度の思いで、関東軍と手を握るのですか、利用されるだけとわかっていてのことですよね」

馬真恭はいぶかしげに言った。

「その程度のことが、ことの始まりになる。大言壮語の理由なんてものは後からくっつければいいいし、くっついてくるものだ。こちらが関東軍を利用するという姿勢を持っていればいい。しばらくは狐と狸の化かし合いだ」

馬真恭はどう進んでいくか、それにつき合うのも兄貴と出会った定め、と趙徳真の柔らかな表情を前にして思った。

趙がその後構想したマンジュ共和国は、石坂敏夫の構想と、これまた似て非なるものだった。趙は共和国をマンジュ共和国と呼び、その内容を馬に語った。

「マンジュ共和国は、諸民族平等政権だ。諸民族というのは、漢人、満洲人、モンゴル人、ウィグル人、チベット人、朝鮮人、ロシア人、そして日本人だ」

「兄貴、日本人も入るのか」

「マンジュ共和国民としての日本人だったら当然のことだ」

「共和国内の日本人が力を得て、本国と結びつきを強めることは大いにありますよ。危なっかしいことになります」

「真恭、それは漢人にもいえることだ。数でいえば、漢人が多い。多数決となれば漢人政権が生まれる。だが、共和国は一民族による政権は禁ずる。この国の本質は諸民族平等政権だ。少数民族であっても、対等の権限を要する。究極は、この国は民族の坩堝《るつぼ》で、民族の色分けを解消した平等国家にすることだ。どうだ、面白いだろう。夢物語だと言うなよ、真恭」

　趙徳真は朗らかに笑った。

　趙徳真は石坂の提案を受け入れた。趙と石坂の構想は全く別物であったが、とりあえずは同じ方向に向かうというものだった。いずれは正反対に向かうことになることは、秘すべきことだった。天河会の裏の武闘組織は秘密軍事組織、マンジュ共和国軍に衣替えした。

北満阿片の原口ルートは、順調に機能した。表向きF機関に取り込まれたが、そのために他の特務機関からの圧力はなくなった。

北満阿片の流通は、関東軍の取締りと農家の集団化により、一九三六年には壊滅状態になった。ただ、原口たちの収買地域である松花江下流域の南部山間地域は除かれていた。もともと辺境だということで、取締りの空白地帯となっていたが、専売公署も表向き、この地域のケシ栽培は行われていないとしていた。

原口は満漢人の部下と共に栽培地に入って、農家にケシ栽培を大っぴらに勧め回り、拡大させた。収買は原口が頭になってやり、売りは趙徳真に任せた。趙は幻の北満阿片と称して華北に販路を拡大した。青幇系阿片業者との暗闘を繰り広げたが、軍事組織化した天河会の攻勢で青幇系阿片業者は華北からも撤退した。

石坂F機関の軍資金は瞬く間に潤沢になった。大尉に昇進していた石坂は、さらに少佐と異例の昇進をした。将官となり、参謀本部に移った例の作戦参謀がF機関の資金の流れが大きくなるにつれ、それに見合う権限を石坂に託した結果の昇進だった。

資金は天河会にも流れ、天河会の表裏組織共、息を吹き返した。それを契機に趙は表の会長から身を引き、満洲族の水運業者を会長に立て、自分はマンジュ共和国軍の司令を密かに名乗った。

　しかし、軍資金が潤沢になるのとは裏腹に、F機関の工作に致命的な誤算が生じた。一九三七年（昭和十二年）七月、盧溝橋で日中両軍が衝突、支那事変が勃発、その後、日本軍は泥沼の戦線拡大に突き進んだ。日中戦争の始まりである。まずは、対ソ開戦としていたF機関にとって、日中に戦端が開かれた時期が早すぎた。計画があっけなく破綻する兆しだった。

　満洲国軍の増強は、関東軍が東部ソ満国境を武力侵攻し、戦線が西部満洲へ移動、拡大することで可能となる。翌年、張鼓峰《ちょうこほう》で日ソ両軍が衝突、さらに一九三九年、ノモンハンで両軍の大規模な武力衝突が起きたが、F機関が想定した事態とはならなかった。

　両軍とも一個師団近い戦死者を出しながらも、戦線は拡大しなかった。ソ連は戦力で圧倒していたにもかかわらず、ナチスドイツとの密約であるポーランド侵攻が間近に迫り、東西二方面での作戦を避けるために、停戦に踏み切った。

　石坂は言った。

「ソ連領沿海州に侵攻する関東軍の戦略を画策ができなかったこと、それと偶発的な発砲事件であった日中両軍の衝突が、宣戦布告もなしに全面戦争に至ってしまったことが、F機関の戦略に時間的ずれを生じさせた。

　ノモンハンでのソ連の侵攻が続けば、関東軍全軍との戦端が開かれたが、ソ連軍の予想外の被害の大きさとスターリンの欧州での帝国主義的野望によって歯止めがかかってしまった。

石坂は自嘲を込めて言った。

歴史の歯車はＦ機関如きの工作でどうなるものでない。挙句に、資源獲得のための東南アジアへの軍事進攻を正当化する大東亜共栄圏というまやかしのスローガンのもと、アジア侵略が進んだ。日本が平和的盟主となる石坂のアジア共存共栄構想は、歴史の表舞台に出ることなく、微細な泡となってあっけなく消えた。

後ろ盾の参謀の支えもなくなったのか、と趙が聞くと、並行して線路を走っていたが、俺は左に、後ろ盾の参謀は右に曲がっていた。それは早晩起こり得ることだったが、それにしても時期が早すぎた、とだけ言った。

参謀が石坂Ｆ機関の閉鎖を告げたのは、一九四〇年（昭和十五年）の九月だった。

Ｆ機関が消滅すれば、原口の裏ルートは他の特務機関に蚕食される。抗えば犠牲者が出る。原口は裏ルートの要員はすべて消えろ、と命じた。要員は満漢朝鮮人だから消えるのは、たやすかった。裏ルートは自然と消滅した。趙らのマンジュ共和国軍も表に出ることなく、傅家甸に深く沈んだ。

貯蔵されていた生阿片は趙徳真にすべてを委ねられ、秘匿された。

別れるときに趙は原口に言った。俺は哈爾浜の傅家甸《フージャデン》に潜む。この先、俺にできることがあったら、探し出せ。必ず力になる、と。

原口が小さくなった火に枯れ枝を継ぎ足した。枝についた枯れ葉が燃え上がった。炎が原口の顔を照らした。井上には、団長の傷跡が前にも増して不吉なものに感じられた。

「趙徳真は満洲にいる日本人の行く末を予感していたかもしれん」

原口はぽつりと言った。

「趙はＦ機関が解体した後は、関東軍特務機関からも満洲国官憲から追われる身になった。秘密軍事組織として強固な集団だが、規模は微々たるものだ。今は共産党に追われているだろう。黒社会の阿片密売組織との抗争も考えられる。捜すことは簡単ではない。傳家甸に行けばすぐに会えるものではない」

「趙にたどり着くにはどうしたらいいのですか」

「それを話す。頭にしっかり入れてくれ」

原口は趙に接触する手筈を話し終えた。

村岡が眠そうな目をしばたたきながら、近付いてきた。

「井上さん、巡回です」

「村岡、半分眠っとると違うか」

「井上さんこそ、寝ていないでしょう。疲れがたまると、いざというとき、役に立ちませんよ」

「俺とお前とでは鍛え方が違う」

原口は笑みを浮かべながら二人のやり取りを聞いていた。井上は原口に頭を下げ、離れた。

小枝を踏み折る音が耳に入らなくなると、白樺林は静まりかえった。仰向けになった原口は、樹間から覗く天空の星々に見入った。束の間の安らぎに身も心もひたした。

趙徳真、あの男は頼みの綱、何とかしてくれる、原口は心からそう思った。徳真の端整な顔立ちが浮かび、原口の頬が緩んだ。


共産軍の医療従事者になっている木崎の助言に従い、一行は通河の街を避け、松花江北岸から離れた。木崎が鶏冠山と呼んだ山稜に突き当たるとその縁に沿って、西に向かった。松花江が山稜に迫ると、一行は松花江からさらに離れ、鶏冠山の東の縁を北にたどった。その道筋は、西にある蒙古山という独立した山塊と鶏冠山との間の丘陵地の隘路を抜けていく。松花江から離れ、北に大きく迂回する道筋だった。集落は松花江沿いに比べると、かなり少ないから、満人と遭遇することは少ないだろうと、木崎は言った。

　蒙古山の東から北の縁を辿り、さらに西の縁に出ると、その先は哈爾浜まで続く広大な平坦地が望まれた。清家屯の開拓地から出発して、二十日が経っていた。

「ハルピンまで、百キロ弱と踏んだが、どうだ、井上」

　先頭を行く市野が問いかけた。

「あと、十日というところですかね。食糧はぎりぎり持ちこたえたというところですね」

　子供が多い開拓団の歩みは、当然遅く、体が弱った年寄りの歩みはさらに遅い。置いて行ってくれと訴える年寄りたちもいたが、馬車に乗せたり団長、村岡が背負って、ここまで来た。それでも開拓団の列は、二百メートルを超えることなく、一塊となって移動した。

「ハルピンまでの食糧は持つとはいえ、ハルピンでの食糧をどう確保するか。去年の方正の収容所のことを思えば、ハルピンも安心できん」

　市野は不安を口にした。不安や懸念を表情にも口にも出さず、ここまでやってきた市野には今までにないことだった。井上は単独でハルピンに急ぎ、原口団長の言う金蔓にたどり着きたいと思った。自分一人だったら三日もあれば行ける、と思った。後ろにいる王に、その旅程を確認しようと振り返ると、王の様子がおかしかった。山腹に目を遣ったり、開拓団の列後方をかなり気にしている。

王、どうしたと、声をかけると、王は緊張した表情で、やはりあの家が気になる、と言った。

この日、蒙古山の西側に出て、尾根の縁を過ぎると、小さな谷あいに出た。カラマツの林の間を小川が流れていた。その小川の浅瀬を一行は渡り、そこから平原を進んだ。道というほどではなかったが、人馬が通った跡がかろうじて平原の先まで続いていた。

王はこの時、カラマツ林の奥に、人家数棟を目にしていた。カラマツ林の前に広がる高粱畑や野菜畑の規模は農家の畑にしては、小さかった。人影は見当たらなかった。嘶《いなな》きが聞こえてきた。馬小屋らしい建物が樹間から覗いていた。

王は、そのことを市野に知らせると、市野はそれを確認し、すぐ後に続く子供たちに誰ともしゃべるな、決して口を開くな、と伝え、さらに井上に、後方にそのことを伝えよ、と指示をした。

一行は列を詰め、足早に通り過ぎた。何事もなく、人の姿もなかった。カラマツ林が山裾に隠れると、市野は、一行の足を緩めた。

王、何がどう気になる、井上が聞くと、王はあの集落は、百姓家ではない、と言った。

「確かに、畑の規模は小さい。集落といっても、二、三軒だ。王、農家でないとするとなんだ」

「馬が数頭いることは確かだ。匪賊だ。馬賊崩れかもしれない」

強張った表情のまま、王は呟いた。

市野は王の言葉を原口に伝え、集落からより離れるために先を急ぎます、と原口に許可を求めた。

開拓団一行が蒙古山西側の枝尾根の裾にある雑木林に野営したのは、西日が落ちて薄暗くなってからだった。しかし、市野の判断は、結果的に野営地の選択を間違えることになった。

クヌギ、アカシア、楡《にれ》、カラマツの混在する雑木林は枝尾根筋の山林に続いていた。ただ、夜の帳が降りた雑木林が山林に繋がっていることに一行は注意を払わなかった。

開拓団一行は大きな焚火を中心にして、一塊となって野営した。

事が起きたのは、未明であった。五月半ばとはいえ、夜気は冷え込む。それぞれの家族は、毛布の中でお互い体を寄せ合っていた。

勝田は五歳になる孫の健一と毛布にくるまっていた。ふと、気付くと健一がいなくなっていた。小便にでも行ったのか、それとも寝ぼけたのか、よく寝ぼける癖がある孫だ、と一瞬思ったが、嫌な予感がした。跳ね起きた。健一、皆が寝ているのも構わず、呼んだ。その声に、寝ていた者たちが、ごそごそと動き出した。勝田は構わず、健一の名を呼んだ。

「精三さん、どうした？」

不寝番をしていた筒井が飛んできた。

「亮二、孫がいない。見なかったか」

「いや、見ない」

「貴様、見張りもせずに、寝込んでたな」

「何を言う。俺は起きていたぞ」

「起きてたら、子供が歩いていることぐらいわかるだろう」

筒井は、開拓団が一塊になっているところから少し離れたクヌギの幹に寄りかかって見張りをしていた。睡魔に何度も襲われていた。しかし、それは一瞬のことで、はっとして気付くと、猟銃を持ち直し、当たりに目を配った。だが、その眠りは一瞬のことではなかった。

原口は全員の点呼を指示した。うちの子がいない、俺んとこの孫がいないと、声があがったからだ。三人の子供がいなくなっていた。男の子が二人、女の子が一人、五歳児、六歳児の子たちだった。

「あの集落の者たちです。王のいうように匪賊だ。人を見なかったから油断した。あいつらは陰で早くから隙を窺っていたんだ。恐らく尾根を下ってきたに違いない。油断だった」

　市野は呻くように言葉を吐いた。

「あいつらは人さらい。売るつもりだ。匪賊のやり方だ」

　王の声は怒りで震えていた。

「奪い返す。井上、村岡来い。王も頼む。市野、開拓団を頼む」

　原口は三人を指名した。

「俺も行く。俺の見張りが甘かった」

　筒井が猟銃を手にして名乗り出た。

「他人に任すわけにはいかん」

　勝田も猟銃を手に、前に出た。

　六人は枝尾根伝いに山頂に至る主尾根に上がった。山頂方面の空が白み始めてきた。主尾根をしばらく行って、集落のある谷を見越して、枝尾根を下った。尾根から腐葉土と落ち葉の積もった山腹を下った。草ぶきの屋根が見えた。幾棟かあったが、集落の規模とは程遠い。単独の家だと原口は判断した。

　谷あいはまだ、暗かった。母屋だろう大きめの家に並んで小さめの二棟が並んでいた。母屋と二棟の間の小さな小屋は、厠《かわや》だろうと王が言った。明かりの洩れは、確認できなかった。母屋の裏手に納屋らしい小ぶりの建物が並び、その隣に、細長い建物があった。

「馬の鼻息が聞こえます。王が言ったように馬小屋だ。小屋の大きさから四、五頭はいるでしょう。匪賊はたしかですね」

井上が言うと、原口が、使えるなと呟くように言った。

「子供たちがどこにいるかだ。それを探るのが最初だ。子供の救出が第一。子供の命を守ることが最優先だ。銃撃戦は避けたいが、奴らは銃を必ず持っている。どう対処する」

原口は自問するように呟いた。

「井上、村岡、子供の居場所を探れ。わかったらすぐに知らせよ。手出しは無用だ。わからなかった時は暗いうちに戻ってこい」

山腹を滑り降りた二人は、馬小屋の裏に潜んで、様子を窺った。馬小屋には四頭いた。一頭が人の気配を察したのか、蹄を鳴らした。二人は人がいないことを確認すると、急いで納屋の裏へ走った。二つの納屋とも人の気配はなかった。

母屋を探る、井上はそう言って、腰をかがめて、移動した。九四式拳銃が握られていた。

二人は母屋の裏口に屈むと板壁に耳を当てた。物音はしなかった。窓の扉の隙間から明かりの洩れはなかった。

眠っているのか、村岡が呟くと、井上は、おかしいと言った。拉致された子供たちは、眠れるはずがない。そう思った時、すすり泣きが微かに耳に入ってきた。別棟の方からだ。中国語で泣くな、という声が聞こえてきた。二人は近づいた。厠の隣の棟からだ。

ランタンの明かりだろうか、汚れたすりガラスの窓に淡く映っていた。二人は窓の下で耳をそばだてた。

「泣くな、静かにしろ、大人に聞こえたら、やってきて殴られる。頼むから泣くな」

しゃべっているのは、少年らしい、と井上は思った。恐らく、大人から子供たちの見張りを命じられたのだろうと判断した。井上は、俺はここで見張りする、団長にこのことを伝えよ、と村岡に言った。

村岡から状況を聞いた原口は、王に馬小屋に行け、と言い、騒ぎが起きたら、馬を小屋から解き放せ、と命じた。

「村岡、お前はどんなことがあっても、三人の子の安全を確保せよ。勝田さん、筒井さん、銃は向こうの出方しだいで使う。ただ、銃撃戦は避けたい」

「わかった。子供の命が最優先だ。筒井、鴨を撃つのと大違いだ。やたら撃つな」

勝田は筒井に念を押すように言った。

五人は山腹を滑り降りた。王は馬に気配を悟られないよう、扉の前で伏せ、待機した。

「もう一つの棟にも、ランタンの明かりがあります。誰か寝ているようです。人数はわかりません。俺が制します」

原口が着くなり、井上が言った。

「任せた。一気に行く」

「井上、俺の銃を使え」

勝田はそう言うと、散弾銃を渡した。井上が何か言おうとすると、俺は孫を確保する、銃は荷物になると、笑って言った。井上は秘かに拳銃を腰に戻した。

谷間の空が白けてきた。原口は入り口に立った。扉に手をかけた。中から閂が架けられていた。原口はまずい、と一言口にした。

その時、母屋の戸が開いた。咄嗟に家の陰に隠れた。若い男が寝ぼけたように出てきて、厠に入った。子供の泣き声が響いた。厠から出てきた若い男が、ぶつくさ言いながら、戸を敲いた。

「餓鬼どもを黙らせろ」と叫ぶと、扉が開き、少年が顔を出した。原口は音も立てずに近づくと、十四式拳銃を男の脇腹に突き付け、声を出すなと、中国語で命じた。筒井が呆然としている少年の腹に散弾銃を突き付け、出ろと命じた。村岡と勝田が家の中に入ると、板壁にへばり付いていた三人の子が、泣きわめいた。

その声を聞きつけたのか、隣の家の扉が開いた。井上は出て来た寝ぼけ顔の老人に銃口を向けた。

勝田は孫を抱きかかえ、村岡は泣きわめく男の子と女の子を両脇に抱えて、家を飛び出した。原口は二人に、林の道を走れと叫んだ。その一瞬の隙をついて、若い男が母屋に向かって叫びながら逃げた。筒井は散弾銃をその男に向かって放った。男が倒れた。男はすぐに立ち上がり、足を引きずりながら母屋に逃げ込んだ。

母屋から三人の男たちが飛び出してきた。手に三八式歩兵銃を手にしていた。昨年、逃走する日本兵から強奪したものだ。先頭の男が、空に向け威嚇の発砲をした。匪賊一家の頭だ、井上は思った。勝田と村岡は子供たちを抱えたまま、立ち止まった。すかさず、原口は男に向かって、中国語で叫んだ。

「撃てば、この二人の命はない」

原口は少年の頭に銃口をあてた。井上は老人の背に散弾銃を突き付けた。

母屋から女が飛び出してきた。撃たないで、撃たないでと叫んでいる。少年の母親らしい。女は先頭の男の足元に縋りつき、撃たないでと叫び、原口に向かって、息子を殺さないでと懇願した。

馬小屋の王には、何が起きているかわからなかったが、今がその時と判断した。

馬小屋の柵を開くと、馬の尻を板切れで敲いた。四頭の馬は、馬小屋を飛び出し、二棟の離れ家の間を、身体をぶつけながら狂ったように走り抜けた。その拍子に家の中のランタンが倒れ、あっという間に炎が立った。

走れ、という原口の声で、勝田と村岡は走った。四頭の馬は、カラマツ林の道を疾駆して行った。二人は馬を追うように走った。王が追いつき、村岡から女の子を受け取った。三人はカラマツ林を抜けると、馬が走り去った開拓団の野営場所に通じる道を後を追うように走った。

「二人は人質だ。俺たちの安全が確認出来たら、解放する」

原口がそう言った途端、一発の銃声が聞こえた。筒井に足を撃たれた男が母屋の陰から、銃を向けていた。井上は散弾銃をその方向に向けて発砲した。男は素早く身を伏せていた。

原口が少年の腰に手をやったまま、ゆっくりとひざまずいた。団長が撃たれた、筒井が原口の身体を支えた。

大丈夫だ、弾は貫通した、原口はそう言うと、左手で右胸を押さえながら、ゆっくり立ち上がった。

燃え始めた家に、炎が立ち上がった。

「二人の命はいらないとみえる」

原口は少年の頭に銃口を当てた。井上もひざまずく老人の後頭部に銃口を当てた。

炎の明かりが原口の顔を照らした。男たちはそこに残忍で、凶暴な男の表情を見た。

　少年の母親が狂ったように叫ぶと、発砲した男のところに行くと、伏せている男の頭を足で何回もけり、男の銃を奪うと、夫である男に銃を向け、あの者たちに手を出すなと、と叫んだ。

「年寄りは解放する。だが、息子は預かる。一番近い村に近づいたら解放する。それより、火を消さないと、母屋に燃え移るぞ」

　原口は、不敵な笑みを浮かべて言うと、母親が懇願するのを無視して、行くぞ、と筒井と井上に声をかけた。

　筒井は原口を肩で支え、井上が少年の腕を取って、未だ薄暗いカラマツ林を抜けた。消火する慌てふためいた声が聞こえてきた。

　空は白み始めていた。小さな流れを渡ると、馬車がやって来るのが見えた。筒井が、丸山の親父さんだ。有難い、と叫んだ。

　救出された子供たちはもう一台の馬車に乗せられ、野営地に向かったと丸山は言った。原口はそれを聞くと、ふっと安堵の息を漏らし、馬車の上で崩れるように横になった。

　開拓団の一行が、最初の村に近づくと、原口は少年を解放した。少年は何回も頭を下げ、感謝して走り去った。王が先行して、村の様子を探った。村はすでに共産党の指導が入っていた。近くの原っぱに開拓団の一行の野営が許された。一行の緊張は緩んだが、原口の銃創は、原口が口にするほど、軽くはなかった。

十　策謀の街

伊那谷郷開拓団の一行が哈爾浜にたどり着いたのは、一九四六年（昭和二十一年）五月の末、街路樹のニレの木が緑を増す頃だった。しかし、苦難の末にたどり着いた一行に、哈爾浜の春の装いは、少しも安心感を与えなかった。

共産軍の統治下、哈爾浜は秩序を取り戻していたが、開拓団にとっては、安寧とは程遠い、地獄の入り口だった。

開拓団は馬家溝の南、新香坊にあるバラック造りの収容所に身を寄せた。北満洲各地から避難してきた開拓民が収容されていた。収容所の劣悪な環境は、伝染病の温床になっていた。一行を待ち受けていたのは、弱者の運命を弄ぶ、戦争の邪悪な顔の一つだった。

開拓団一行が収容所に着くと、時を待たずに発疹チフスの猛威が襲った。

子供、年寄りと弱い者たちの命の火が次々と消えていった。幹部連も例外ではなかった。勝田は哈爾浜に着く前にチフス菌に侵され、馬車の上で亡くなった。中村も、収容所に着くと間もなく発症し、命の火が消えた。収容所にたどり着いた開拓団は、短い間にその五分の一、六十四名が亡くなった。

元気な男たちは開拓団の毎日の糧を得るために、働きに出た。病魔の巣くう収容所にいるよりはいいという判断でもあった。

村岡は収容所に着いた翌日から、仕事に就いた。共産軍の使役だった。

井上は、朝早く出かけると、夜遅く帰ってきた。井上と村岡の会話は、哈爾浜に着いてから、ほとんどなかった。井上が何をしているか、何も聞かされなかった。会話の糸口さえ見つからない雰囲気だった。

井上が収容所を出る、と村岡に告げたのは、収容所に着いて三日後だった。

「傅家甸《フージャデン》に移る」

井上はそれだけを言って、出ていった。あっけないほどの別れだった。

六月に入った。街路樹のニレやアカシアの葉が色濃くなってきた。建物の間から公園の白樺《シラカバ》林の緑の陰が覗いている。哈爾浜に短い夏が訪れようとしていた。哈爾浜市街は戦前の平安と活気を取り戻していた。

中国人のまくしたてるような会話は陽気で、活気があった。ロシア人は気取ってはいたが、華やかだった。日本人は先行きの不安を隠しながら、精一杯の明るさを顔に出していた。ただ、奥地から避難してきた日本人は汚れ、傷んだ服をまといみすぼらしく、哀れだった。そう思う自分の姿も、清家屯にいた頃の苦力服のままで、中国人苦力よりもひどいと、村岡は思った。

かつて開拓地に向かう途中、列車の乗り換えのため一時駅頭に降り立ったのは三年前だった。わずか三年の時の隔たりが、十数年を経たような感覚に戸惑いながら、村岡はその時へ思いを馳せた。

伏せた鍋をたち割ったような哈爾浜駅舎の正面、対になった飾り柱が角のように突き出ている。村岡は駅舎の奇妙な形に、見知らぬ異国に突然押し出されたような錯覚を感じた。ここが満洲かと、目の前に広がる異国のパノラマ世界に目を見張った。

駅前の広場は広く、西洋建築の建物が並ぶ大通り、石畳の舗道を行き交うロシア人女性の白い洋服の裾が軽やかにひるがえる。十七歳だった。花の甘い香りが、村岡の鼻腔をくすぐった。それがライラックの香りだということを後で知った。

あの時、一瞬垣間《かいま》見ただけの哈爾浜の街は、甘酸っぱい想いに包まれていた。あれから三年、二度目の哈爾浜は地獄への途上にある街に変わっていた。

開拓団員の命を第一として、全員、必ず日本への帰還を果たそうと強い意志で、ここまで引っ張ってきた原口の命が消えようとしていた。

原口の銃創は、王が途中の村で手に入れてきた強い高粱酒で傷口を洗い、傷に効く薬草をすり潰し、患部にあてる処置を施し、何とか持ち堪《こた》えた。

しかし、収容所に着いて数日経った頃、原口は高熱に見舞われた。

高熱は続いた。呼吸は荒く、原口は息苦しさと悪寒に堪えていた。

原口を診た哈爾浜日本人会の医師は、敗血症の症状が出ていると市野に告げると、銃創からの細菌感染だと言った。怪我の処置は間違いではなかったが、処置が遅かったかもしれない。ペニシリンでもあればと思うが、今のハルピンでは無理だ、と口惜しそうに言った。

責任を全うできない悔しさの中で原口伊三郎は、息を引き取った。強靱な意志と頑健な身体の持ち主に一発の銃弾がもたらしたあまりにあっけない死だった。

息を引き取る三日前、村岡は団長の病床に呼ばれた。

「若い力こそが頼りだ。団員すべて一人残らず祖国の土を無事踏めるよう力を尽くしてほしい。頼む」

そう言うと、団長を看ていた開拓団の幹部たちに座を外させた。

「村岡、起こしてくれ」

肩で息をしながら言った。村岡は原口団長を起こすと板壁にもたれかけさせた。

「井上のことだ」

　そう言ったが、肩で大きく息し、しばらく次の言葉がでなかった。

「井上に伝えてくれ。団長は死んだ。頼んだことはもういい。開拓団にもどって、団員を日本に連れ帰るよう尽くせ、と」

「団長が死ぬなんて考えられません」

　村岡は気休めに言っている自分が情けなかった。

「俺のことは俺が一番知っとる。まあ、これが俺の定めだ」

　村岡は次の言葉が出なかった。

「まず、傅家甸の長春街にある陽春楼という酒楼に行け」

「そこへ行けば、井上さんに会えるんですか」

「わからん。井上に頼んだことは、うまくいけば五日もあれば片がつくことだ。もう十日になろうとしている。うまくいっていないということだ。井上の命はこの世にないかもしれん」

　原口は荒い息を整えるように、言葉を切った。苦しさを抑えるようにしばらく、目を閉じていた。つい一月前の原口の頑強な姿はなかった。ただ、眼の光だけは強かった。村岡は、団長の眼の光がこのまま失せていくとは、到底思えなかった。

「陽春楼に行ったら、応対した男に日本人の原口を捜していると言え。原口は井上の符牒《ふちょう》だ。続けて、王俊瑛を訪ねろと言われたと言え。その後は、今から教える手順で三人の中国人名と一人の中国人の顔形を間違いなく言え。すべて、日本語で言えばいい」

　原口は話す手順にそって三人の中国人の名前と、そのうちの一人の姿形、顔形を村岡に繰り返し、言わせた。

「井上さんは何をしに行ったんですか」

「知らんほうがいい。いいか、お前の言ったことに、応対した相手が反応しなかったら、すぐに引き返せ。深入りするな」


　傳家甸は中国人の街だが、西洋建築の建物が表通りに長々と続いている。といっても、ロシア人や日本人の商業街である埠頭区や行政府のある南崗の洗練された西洋建築の建物と似て非なる雰囲気があった。よく見ると壁の飾りや柱の装飾は中国そのものだ。洋風建築が、猥雑で、刺激的、旺盛な活力を感じさせる中国風建築物に見事に変わっていた。

　村岡は傳家甸の大通りに立っていた。人があふれていた。大半が中国人だったが、雑踏に向かって声を張り上げる日本人の物売りも目立った。食べていくために身の回りの物を売っているにわか物売りだ。そこに中国人が集まってくる。彼らはまくしたてるように値段の交渉をする。日本人も日本語と片言の中国語でやりあう。日本人は傳家甸の喧噪に一役買って出ていた。人力車が、馬車が行き交う。苦力姿が板についた村岡は雑踏にとけ込んでいた。

村岡は長春街に入った。街路が狭くなった分、人込みは詰まったようになった。村岡は人の隙間を縫うように街路を進んだ。

丸い輪の下に赤い紙の房を付けている招牌《しょうはい》が料理店だ。その招牌が続けて下がっている一角には、料理の濃厚な匂いが漂っている。

陽春楼はすぐに見つかった。他の店に比較すると間口が広い。入り口の壁には唐草模様のレリーフがこってりと盛り付けられている。

昼時を過ぎているが、十数卓ある席は、中国人の客でほぼ満席だった。料理とたばこの臭いが濃く混じりあっていた。

白い給仕服に黒ズボンの店員たちがテーブルの間を泳ぐようにして、料理を運んでいた。ゆであがった餃子や骨付き肉、野菜、羊肉の炒め物が盛られた皿がどの卓にも置かれ、男たちが甲高い声をあげ、貪り食べていた。

村岡は自分たちが置かれている食糧事情と雲泥の差である食の豊かさに驚いた。ただ、この店の料理を縮小した胃袋に入れたら、胃袋が反転してすべてが吐き出されるだろうと思った。村岡の胃袋には今朝、屋台で食べた羊肉とニラ入りの饅頭が入っていた。それで十分だった。

村岡が入り口に突っ立っていても店員たちはちらりと視線を向けたが、声をかけなかった。客も見向きもしなかった。物乞いと思われたかもしれない。村岡は料理を運び終えた店員のそばに行って、日本語で声をかけた。

「原口という日本人を捜している。王俊瑛を訪ねれば、会えると聞いてきた」

話しかけられた店員には日本語が通じないのか、無視するように村岡から離れた。かわって、一人の店員が近づいてきた。ねずみ顔の小男だった。鋭い目つきだった。男は村岡の頭の先から足の先まで、舐め回すように見ると、出ていけというように肩を押した。村岡が日本人だとわかったようだ。客の数人が村岡のほうに目を向けた。

村岡は同じことを繰り返して言った。通じているのか、自信がなかった。店員は村岡の腕を取って、外へ出そうとした。それに村岡は少し抗って、

「張偉、高志強、王俊瑛の三人が、ここで働いていると聞いた」

と、店員に日本語で言った。

「王俊瑛、いる」

店員は中国訛りの日本語で言った。

「王の顔立ちを教えてくれ」

「お前、言え」

店員は村岡を睨み付けるように言った。

「細面で、鼻筋が通っている。右の口元にホクロがある」

村岡は右の口元に人差し指をあてた。

店員は何も答えず、店の奥の籐の衝立のところに行った。衝立越しに誰かと話していた。

戻ってきた店員は、ホクロの位置のことだけを繰り返すと、「そうだな」と念を押した。村岡が「そうだ」と言うと、

「店が閉まったら、来い」

店員が日本語で言った。

何時だ、と村岡が聞いた。店員は、閉店時間は決まっていない、店が閉まっていたら入ってこい、と言って、村岡を追い立てるように送り出した。

その夜、再び村岡は陽春楼の前に立った。九時を過ぎていた。店はまだ開いていた。陽春楼に限らず料理家は店を開いていた。その一角だけは明かりがあった。さすが昼間の雑踏はなかったが、人通りは絶えることはなかった。

村岡は長春街を歩き始めた。井上に偶然出会えるのではないか、と期待したからだ。ところどころに気休めのように街路灯が灯っていた。電力事情のせいで、街路灯は時折、消え、また灯るという繰り返しをしていた。その下を、自分たちの縄張りであ

るかのように中国人たちがたむろしていた。通行人に鋭い視線を送っていた。危険な匂いが通りに満ちていた。

しかし、村岡には一瞥《いちべつ》を投げただけで、何の関心も示さなかった。浮浪者だと思われたかもしれん、と村岡は思った。よくよく見ると、村岡と同じ姿恰好の者が多くいた。

村岡は小一時間かけて、長春街を歩いた。歩き始めの頃の粟立った緊張感は薄れ、危険な匂いにもなじんで、この街の住人となったような気がしてきた。

わずかな街路灯の明かりも消え、中国人たちも消えていた。通り全体が暗く沈み込んでいた。

村岡は陽春楼の扉の前に立った。しばらく立っていると、扉が鈴の音と共に突然、開いた。昼間のねずみ顔の小男が、顔を出した。今夜だめ、明日の夜来い、と日本語で言うと、扉を閉めた。

そんなことが、三晩続いた。

四日目の夜は、弱い雨が降っていた。街路灯の明かりはすでになかった。明かりは、初めからついていなかったかもしれない。陽春楼の一角も今夜は闇の広がりを許していた。

村岡は扉を押した。扉の鈴が鳴った。村岡は勝手に暗闇の店に入った。懐中電灯の光の輪と共に、ねずみ顔の店員が出てきた。色柄の開襟シャツと灰色のズボン姿だった。男はついてこい、と言うように、首を傾けた。男は厨房と格子壁で仕切られた通路を進み、中庭に出た。中庭を囲むように二棟の二軒長屋があった。

懐中電灯の光は、長屋の奥に向けられていた。そこには村岡の頭三つ分高い煉瓦塀があった。煉瓦塀と長屋の壁との間に、人一人がやっと通れる隙間があった。男はその隙間に入っていった。料理の入り混じった強い匂いは消え、糞尿の臭いに変わっていた。

懐中電灯の明かりは、男の後ろを行く村岡には届かない。壁に挟まれた隙間に入り、しばらく行くと煉瓦塀に人一人くぐれる穴があった。

路地に出た。路地を進んだ。どれだけ進んだのか。ほんのわずかな時の刻みのはずなのに、長く感じられた。

高い煉瓦塀が前方を遮っていた。男は煉瓦塀の端にある裏木戸を敲いた。合図を送るような叩き方だった。扉が開いた。男に続いて村岡は戸をくぐった。懐中電灯を手にした大柄の男が迎えた。煉瓦造りの二階建ての建物の裏庭だった。裏口の扉が開いた。

入ってすぐは厨房だった。といっても、料理店ほどの広さはなかった。二人の料理人が食器の片付けをしていた。厨房の脇の通路の奥から人のざわめきが聞こえてきた。

通路の先は吹き抜けの広い廊下になっていた。円形の大きな窓が幾つか並んで、この建物が通りに面していることが察せられた。長春街から離れた別の街路だろうと、村岡は思った。

どの窓の前にも丸い小台があり、ランタンが置かれてあった。暗闇の路地を抜けてすぐだったためか、その明かりがひどく明るく感じられた。

部屋が二つあった。扉は開けたままで、声が遠慮なく廊下にはみ出てきた。村岡の目に入っただけでも、三つの丸テーブルがあり、身なりのいい中国人たちがトランプに打ち興じていた。テーブルには輪ゴムをかけ、丸まった札束が無造作に積まれていた。

廊下は玄関ホールに続いていた。玄関ホールには、男が三人いた。黒っぽい背広を着ていた。二人が玄関の脇に並んで立ち、一人は階段下で、黒漆を塗った木製の椅子に足を組んで座っていた。大理石の階段は唐草模様を彫り込んだ木製の手すりを付け、緩やかな弧を描いて階上に繋がっていた。

玄関ホールの反対側にも同じように廊下が続き、部屋が並んでいた。扉は閉じていたが、時折、笑い声と共に麻雀牌をかき混ぜる音が響いてきた。

椅子に座っている男が店員を見ると、起立し直立の姿勢をとった。店員は軽く手で座れと指示した。立場はねずみ顔の男のほうが上だとわかった。村岡には二人の立場が奇妙に映った。店員が男に二言、三言言うと、男は短く返事し、立っている男の一人を呼んだ。ねずみ顔の男は、黙ったまま、廊下を戻っていった。店員の名は楊天生、中尉の階級であることを村岡は後で知った。

大柄な男のほうが、村岡に向かって指を立て、ついて来いというように指を振った。男は階段を上がっていった。

二階の廊下は絨毯張りだった。所々に置かれたランタンが廊下を薄明るくしていた。村岡が目を走らせて見た扉の数は、階段の左右に六つは並んでいた。扉の右上には雲紋が彫られている。女の矯声が村岡の耳に入ってきた。熟し過ぎた果実の匂いが鼻を微かに刺激した。

三階までの階段を上がると、廊下の両側に部屋が並んでいた。男は右側の廊下を進んだ。廊下の突き当たりに他の部屋と違って、簡素ながっしりした鉄製の扉があった。男は丁重にノックした。中から返事があった。男が中に向かって何か言うと、村岡には何も言わず、廊下を戻った。

「入ってくれ。鍵は外した」

はっきりとした日本語だった。扉を押すと、左右に立てられた木彫りのある衝立が、視界を遮っていた。部屋は廊下よりも暗く感じた。

「こちらに、来てくれ」

紛れもなく、井上の声だった。

黒檀のがっしりした机の上に、ランタンが一つ置かれてあった。その向こうに人が立っていた。声は井上だが、井上その人と確認できるまで、少し時間が必要だった。

「座ってくれ」

井上は円形の窓の前に横たわる革張りのソファを指さした。目が部屋の明るさに慣れてきた。

村岡は井上との再会が、何年ぶりかのように思えた。白い開襟シャツに、白っぽい上着とズボン。麻地かもしれない。髪は短髪にしていた。昼の明るさだったら、顔、姿形、何もかも違って見えているかもしれない、と村岡は思った。

「団長からの使いだな。お前がここに来るということは、開拓団がいよいよ切羽詰まってきたということだ」

村岡が言い出す前に、井上は言った。

「団長は亡くなりました。六日前です。亡くなる前に、団長に呼ばれました。井上を訪ねて伝えよ。頼んだことは、もうやらなくていい。団に戻って、生き残った団員を日本に必ず連れて帰れ」

伝え残しがないか、村岡は今言ったことを頭の中で反芻した。

井上は身じろぎ一つしなかった。沈黙が続いた。頭を垂れた井上は、団長の冥福を祈っているように見えた。

　村岡が口を開いた。

「団長は言われました。井上からの連絡がなくなって日数がたっている。消されているかもしれない、と」

「団長が考えていた以上に、時間がかかっている。共産軍のハルピン支配で状況が複雑になり、困難になったのだ。ここ数日が山場だ。それを越えれば、うまくいく。うまくいって開拓団が救われる。あと少しのことだ」

「井上さんは、何をしてるんですか」

「団長から聞いていないのか」

「何も知らないほうがいいと言われました。井上の行方がわからなかったら、その時点で引き返せ。捜そうとして、深入りするなと、くどいほど言われました」

「もう、深入りしている。ここに連れて来られたというのが、その証だ。陽春楼に三晩、通った。あそこであきらめていたらよかったが、粘った。お前は陽春楼を最初に訪ねた日から、尾行されていたんだ。お前が俺の仲間かどうか、探られていたんだ」

「団長の命令はなんですか」

「ここまで来たら、話さなくてはいかんな。それに黙ってお前を帰したら、途中でお前は消される。俺の仲間ではないと判断される。事が済むまで、俺と一緒にいるしかない。ただ、手を貸してもらうことになる、いいか」

村岡は不安を覚えながらも、黙って頷いた。

「それにしても、その苦力服はどう見ても虱だらけだ。まず、シャワーを浴びて着替えだ。その次は飯だ。ろくなもんしか食ってないだろう」

井上は後ろの壁に取り付けられた電話の受話器をとった。中国語のやり取りだった。

「井上さんはここではどういう立場ですか」

「立場か。そうだな、客人かな」

「客人？」

「かなり重要な客人だな。なにせ、団長の命を帯びた代理人だ。役目は重い。これからのことを思うと逃げ出したくなる」

井上は笑った。ふてぶてしさがあった。井上は卓上にある銀色の金属ケースを開いた。たばこを取り出した。吸うかと言ったが、村岡は断った。

ライターの炎が、井上の顔に濃い影を作った。井上の顔の陰影に禍々しさを感じた。ひと月前の井上の表情にはなかった翳りだった。

その夜、井上は原口団長の実像を語った。村岡は、原口団長が別世界の人間であったことを知った。衝撃だった。ただ、現実感はなかった。村岡がそれを現実と実感するのは、数日後だった。

翌日から村岡は日がな一日部屋で過ごした。回転式の丸窓を少し開けて、通りの様子を覗き見るのが、わずかな気分転換だった。

朝方は物売りが甲高い声をあげて通る。通りは、長春街に比べて店が少ないためか人通りは少なかった。それでも昼前になると人が湧き出るように増えてくる。ただ、三八式歩兵銃を肩にかけた共産軍の警邏隊が、整然と隊伍を組んで通り過ぎると、人が消えるようにいなくなった。村岡も思わず窓から離れた。

井上は遅い朝飯を村岡と共に取ると、外出し、夜が更けてから帰ってきた。何をしていたかは一言も言わなかった。そんな日が五日続いた。

その日の夜更け、井上は中国服の男を伴ってきた。

長身で鼻筋の通った端整な顔立ちだった。切れ長の目は細かったが、鋭かった。

「村岡、趙徳真司令だ。表向きは、張偉の名を使っておられる」

井上は何の説明もなしに、紹介した。司令を文字通り理解すれば、軍隊の司令官ということだが、村岡はピンとこなかった。

「原口さんのことは残念だ。亡くなった時のことを聞きたい」

わずかだが、訛りのある日本語だった。

村岡が原口の死を話し終わるまで、趙は姿勢を正したまま、身じろぎもせずに聞いていた。

「無念だ。原口さんの意志を果たすことで恩義に報いたい」

趙の声は沈んでいたが、強い決意が感じられた。

「井上、いよいよだ。明日の夜、交渉に入る」

「その役目、俺には荷が重すぎないですか」

それまでの井上の口調と違って気弱さが滲んでいた。

「井上、原口さんの遺志を果たすという強い気持ちを持て。とはいっても、阿片となると悪行そのものだ。確かに荷は重いだろうが、真恭がいる。段取りはすべて真恭に任せている。打ち合わせ通りにやってくれ」

趙徳真は頼むと言って、井上の肩を抱いた。

趙が出て行った部屋はしばらく重い空気が澱んでいた。

「マンジュ共和国軍が何なのか、話しておかなければいかんな」

井上は独り言のように、重く口を開いた。井上の話が進むにつれ、村岡は自分の身が、すくんでいく感覚を覚えた。

マンジュ共和国軍は趙徳真が率いる秘密軍事組織だった。日本の満洲隷属化を隠すために掲げたにすぎない五族協和の理想を換骨奪胎《かんこつだったい》し、全く異なった理想のもと、多民族平等政権を実現しようとする地下組織だという。

その組織は関東軍のある特務機関とつるんだ原口の阿片収買組織の実働部隊でもあ

った。

だが、日中戦争の戦線拡大と泥沼化で、その特務機関が閉鎖、収買組織も解散した。趙たちは、深く地下に潜って組織の維持を図った。その資金は、原口が秘密裡に蓄え、趙徳真に委ねられた阿片だった。

ソ連軍の侵攻と関東軍の敗北、満洲国の消滅は、趙たちのマンジュ共和国軍が表に出る絶好の機会だった。しかし、ソ連の軍政化で、その芽が摘まれた。特に趙たちの拠点である北満洲は、ソ連に取って代わった共産軍がほぼ手中に収め、マンジュ共和国軍の炙り出しと壊滅を図った。

趙は、国共統一戦線は早晩、解消されると考え、国府軍との連携の道を選んだ。満洲での共産党軍と国府軍の戦いの拡大を画策し、その争いに乗じて共和国軍の勢力を浸透、拡大させる。共和国軍が力を得たときに三つ巴の戦いに持ち込み、満洲内戦を図る。

国民党、共産党は互いに相容れない対立的な国家思想、体制だが、どちらも中華帝国の一元的支配が息づいている。いずれ、周辺民族をも支配、統一下に置くだろう。それが漢族の中華思想だ。

ただ満洲を満洲族の独立国家とすれば、結果として他の民族を排除すると見なされる。その図式は漢族支配と変わらない。

政権から他民族を排除することは、趙たちが考える未来戦略ではない。満洲に民主共和制による多民族平等国家を樹立することが、趙たちの政治戦略だった。

しかし、趙たちの国家構想は絵に描いた餅になった。国府軍は米国を後ろ盾に、圧倒的軍事力を持って東北部に入ってきた。共産軍はソ連軍撤退後、その軍政を引き継ぎ、北部に着実に根を張っていった。

趙たちのマンジュ共和国軍は黒社会の秘密組織の一つにすぎなかった。国府軍は趙たちを黒社会に巣くう秘密結社の類と断定した。共産軍は関東軍に餌付けされた野良犬集団として、潰しにかかった。

東北内戦にマンジュ共和国軍が加わり、三つ巴の戦いにならない限り、趙たちに展望はない。その局面をつくるために趙たちは、利に聡く、与しやすい国府軍に接近したのが、今回の企てだった。そのために阿片を餌にした。

ただ、それは表向きの絵看板だ、と井上は村岡ににやりと笑みを浮かべて言った。村岡はその笑みの正体を解しかねた。井上はそれ以上何も言わなかった。

井上は話し終えると、ソファに寝転がったまま、しばらく思考の只中に漂っていた。村岡はベッドで横になったが、寝付けないまま寝返りを繰り返していた。

「村岡、起きているか」

まどろみのなかに、井上の声が入ってきた。たばこの煙が鼻腔をくすぐった。村岡は重い、と感じながら体を起こした。ランタンの薄明かりが、黒檀の机に寄りかかってたばこを吹かす井上の顔の陰影を濃くしていた。

「明日はお前も一緒に行ってもらう。交渉相手は中国人一人に、日本人二人、こちらも相手方に合わせる。王俊瑛、本当の名は馬真恭だ。そして、俺とお前だ。この仕事は正直、危ない。俺は腹をくくっているが、お前を巻き込むのには躊躇する」

「井上さん、これで開拓団員が助かると思えば、やらなくてはならんでしょう。それに、井上さんに救われた命ですからね」

　気負っているな、と村岡は苦笑しながら思った。

「使うことになるかもしれん。お前も操作に慣れてくれ」

　井上は机の引き出しから、拳銃を取り出した。

「原口団長の拳銃だ。陸軍の十四式だ」

　井上は弾倉を抜いた。慣れた手つきだった。

「弾倉には八発、薬室に一発の弾が残る。弾数の残りはしっかり頭に入れること、生き残るためだ」

「使うことになるのですか」

「そうならんことを願うが、そうも、いかない。十四式は初めて使う者にとっては厄介だ。大きくて重い。実戦でどこまで役に立つか。お守りだと思ってくれ」

「井上さん、あれを使うんですか」

村岡は不恰好でどことなく奇妙な形状の拳銃を思い浮かべながら言った。

井上はすでに肚を決めていたのか、使う、と自分に言い聞かせるように言った。

翌日、日が暮れると二人は裏口から路地に出た。暗い迷路のような路地の角を、井上は何回も曲がった。迷う様子はなかった。村岡が自分の居場所に気づいたのは、煉瓦塀の穴をくぐった時だった。

二人は陽春楼の裏口から店内に入った。ねずみ顔の男、楊天生が丁重に頭を下げると籐の衝立で仕切られたテーブルに案内した。

「まず、腹ごしらえだ。しっかり食っておかんと、次に口に入るのは何時になるかわからんぞ」

そう言うと、村岡が聞いたこともないような料理名を楊に告げた。

村岡が初めて陽春楼を訪ねた時に、この席から指示を出していたのは趙司令だったか、と聞くと、井上は、違う、趙司令は人前に滅多に顔を出さない、間もなくその男がここに来る、と言った。

中国服に丸眼鏡の男が現れたのは、食後の黒茶《こくちゃ》を飲んでいた時だった。井上が、お前が捜していた王俊瑛だと耳打ちした。

背は低く、固太り。顔は丸く、鼻は低く、広がっている。眼鏡の奥の目は細く、少しつり上がっている。その容貌は、村岡が聞いていた王俊瑛のとは似ても似つかなかった。ただ、右の口元にはホクロがあった。村岡が井上に問い質すと、

「右の口元のホクロが符牒だ。顔はどんな言い方でもかまわなかった」

と笑って言った。

「馬真恭だ。馬真恭も本当の名か、どうか怪しい。ここでは王俊瑛で通している。マンジュ共和国軍の中佐だ」

井上はあっさり言った。

「行きましょう」

と、馬は日本語で言った。少し訛りがあった。目つきは穏やかで、柔和な表情だった。村岡には年齢の見当がつかなかった。三人は忙しく立ち回る給仕の間を抜けて通りに出た。

街路灯の明かりは、相変わらずの電力不足で頼りなく、人の出入りの多い酒楼からの明かりもわずかだった。それでも薄暗い長春街の表通りは、人でごった返していた。

馬は長春街の通りと交差する大通りを右折した。馬車や人力車が行き交っていた。通りは長春街の通りより広く、雑踏の流れはかなり緩んだように思えた。

路地に入って、裏通りに出た。しばらくして路地に入り、抜け、表通りに出る、馬はそんなことを繰り返した。自分がどこにいて、どこに行くのか、村岡にとって傳家

旬が闇の世界のように思えた。地に足が着いていない。身体が浮き上がって進んでいるようで、この頼りなさに極度に不安を感じた。腰の拳銃があたる現実感だけが頼りになった。

路地の入り口に男が三人、立っていた。三人の表情は一様に物憂げで目はどんよりとしていた。ズボンのポケットに手を突っ込んだまま、所在なさげに通りの人の流れに目をやっていた。馬の目くばせで、三人は見張り役だとわかった。

男の一人が、人一人がやっと抜けられる路地に入った。路地は入り組んで、暗かった。闇が村岡を押し潰そうとした。男の足下に光の輪が灯った。懐中電灯の明かりだった。どれだけの距離を歩いたのか。長いように感じたが、実は数百歩程度のことかもしれない。

いつの間にか前を行く光の輪が消えていた。村岡は闇の中に残された。天地左右の間隔がなくなった。不安が重く覆い被さってきた。一人取り残された時間が長いのか、短いのかわからない。闇に目が慣れてきた。そこは一方が高い煉瓦塀で、一方は家の土壁の間の狭い路地だった。煉瓦塀から樹木が覗いていた。塀の端にあるくぐり戸が開いていた。

村岡は不安な気持ちのまま、くぐり戸をくぐった。背の高い数本の樹木が植えられた庭になっていた。家は平屋造りだったが横に長く、部屋数の多さが見て取れた。およそ貧民窟の中にある家とは思えなかった。

がっしりとした造りの裏戸が開いており、その前に男が立っていた。先ほどの物憂げな表情はなく、隙のない態度を見せていた。中に入るよう、無言で村岡に指示し、先を歩いた。

廊下になっていた。廊下に背広姿の男が三人立っていた。三人は直立すると、男に軍隊風に頭を下げた。男が部屋の扉をノックし、機敏な動作で扉を開いた。

春寒には心地よい暖かさが部屋に満ちていた。ただ、明かりはランタンの明かりだった。大理石造りの暖炉で燃えるコークスの火がわずかに明かりを増して、暗いというほどではなかった。

馬真恭と井上、そして背広姿の男三人がいた。二人がソファに腰を下ろし、一人がその横に立っていた。手を後ろで組み、護衛の姿勢をとっていた。

三人掛けソファに座っている井上が、自分の横に座れと無言で指示した。

「そろったようですな。それにしても、お二方はお若い」

ソファに踏ん反り返っている男の一人が皮肉たっぷりに言った。小太りの男で、笑みを浮かべることで、優位に立とうとするのが習い性になっているようだ。上質の背広を着込み、ソフト帽は被ったまま、足を組んでいた。横に立つ男は、村岡より上背がある大男だった。顎の張った顔に、濃い眉、目の窪みは深く、頬骨も高い、顔全体がごつい造りだ。胸幅が広く、上着が窮屈そうに見えた。

「王さん、まさか目隠しされて、ここに連れてこられるとは思っていませんでしたぞ。それに待たされた挙句、帳司令も来られない。鄭中佐もお冠ですわ。中佐殿、中に立った私のほうが、まず頭を下げないと、いけません」

男は少し姿勢を正し、暖炉を背にして座る背広姿の細面の若い中国人に頭を下げた。

「部下には丁重にお迎えし、遅れる旨を丁寧に説明するようにと命じていましたが、伝わっていなかったですか？」

馬真恭は、テーブルを挟んで向き合っている鄭恵景に、軽く頭を下げた。そして、その後、

「山村さん、蔣介石司令もこられないのに、帳司令がこの場にいることは、私、考えられないです」

と、ことさら中国訛りを強めた日本語で、笑いながら言った。

山村はあっけにとられたように、馬に目を向けたまま、しばらく言葉が出なかった。

「王さんの冗談はきつい。ついていけない」

豪快さを装った大きな声で、山村は笑った。

「共和国軍も冗談を口にする余力が残っているんだ。磯崎、冗談ひとつ解《かい》せぬお前も、このきつい冗談はわかっただろうな」

山村は後ろに立つ男に言うと、笑い声をあげた。ただ、目は笑っていなかった。磯崎と呼ばれた男は、無言のまま表情一つ変えなかった。

「冗談はさておき、話を進めようか」

真顔になった山村が中国語で言った。この後、中国語でのやり取りが続き、中国語を解しない村岡がその内容を知ったのは、井上が後で説明してからだ。

「あんたらが持っている阿片の量がどれだけか知らんが、持っている阿片の取引だけだったら、息のかかった阿片業者同士でやれば済むこと。それぞれの軍将校が顔つき合わせてやることではない」

山村はことさら、横柄な態度をとった。

「とは言っても、あんたらは軍を名乗ってはいるが、実体は芥子粒のような黒組織、吹けば飛ぶようなものだ。国民政府軍将校殿がここにおられるのは、我々が百歩どころか、千歩、万歩譲っていることは承知しているだろうな」

「山村さん、我々の力を侮ると国府軍は満洲から尻尾を巻いて逃げることになりますよ。そのあたりのことは鄭中佐がよくご存じのことと思う」

柔和な表情を変えることなく、馬は言った。鄭の口元がわずかに歪んだ。

「満洲での国府軍の出遅れは、米軍の後ろ盾で戻しつつあるが楽観はできない。北満は共産軍がほぼ手中に収めている。松花江を境にして拮抗している現状で、マンジュ共和国軍を味方につける意味は大きいはずだ。反対に敵に回したら、どうなることやら」

　馬は笑みを浮かべ、言った。

　この時、共産軍、国府軍は、嫩江《ドンコウ》合流点より上流部の第二松花江を境にして均衡状態にあった。共産軍は第二松花江にかかる鉄橋を爆破し、国府軍の進撃を阻止していた。

「この状況を楽観視してはいない」

　鄭は厳しい表情を隠さなかった。

「そうは言っても、王さん、今は我々のほうが勢いがあるということは承知ですな」

　山村は自信たっぷりな表情で口を挟んだ。

「ソ連の軍政下では共産軍も勢いがあった。それがこの三月、ソ連軍が撤退を始めると、何のことはない、あっけなく大連、奉天を手放し、四平街では粘ったが敗北。長春をも手放して、松花江の北に尻尾を巻いて退いた。勢いは政府軍にあることは誰がみても明らかだ。王さん、だから、我々にすり寄ってきたんでしょう。どうですかな」

　山村は勝ち誇ったように言った。

「山村さん、見通しが悪い。さすが敗戦国の元将校だけはある」

　馬真恭は皮肉たっぷりに言うと、笑みを浮かべながら続けた。

「松花江の北では、共産党は、統治の基盤を農村に置いている。今やその統治は盤石になりつつある。都市の統治も、その基盤があってこそ可能だ。この哈爾浜の安定した統治をみれば、わかるでしょう。そんななか、危険をかえりみずドブネズミのように潜入したあなたたちには敬意を表しますが、ね」

　真顔になった馬真恭は容赦なく続けた。

「国府軍は、大都市を抑えているだけだ。基盤は弱い。周辺部から包囲、侵食されれば、都市はあっけなく陥落する。今の満洲情勢は国府軍にとって決して優位ではない。我々を敵に回せば、軍事的均衡はあっけなく崩れ、結果、国府軍が満洲から撤退せざるを得なくなるのは火を見るより明らかだ」

　馬真恭は言い放った。

「マンジュ共和国軍は正規戦をする力はないが、都市での遊撃戦は可能だ。我々が大連、奉天、長春で火の手を上げれば、それに乗じて共産軍が南部になだれこむのは自明のこと。そうならないためにも、我々と手を結ぶ利は大きい。保険をかけるということですな、鄭中佐」

　誰もが押し黙った。沈黙が支配した。

　しばらくして、鄭の表情が緩んだ。

「共和国軍の利は何だ。生き残るためか」

鄭は皮肉たっぷりに言った。

「とりあえずは、資金だ」

馬はさらりと言った。

「話は阿片取引に落ち着いてきたようだ」

山村が口を挟んだ。

「そちらの条件を言ってもらおう」

「生阿片三十トンを軍事委員会調査統計局が隠匿している清朝帝室の備蓄銀錠《ぎんじょう》との交換だ。満洲国が備蓄していたものを関東軍が掠め取ってハルビン某所に隠匿し、それを軍統がいち早く嗅ぎ付け、ソ連軍を出し抜いてその在処《ありか》から移した。鄭中佐、あんたがハルビンに潜入したのは、その銀錠を奉天まで密かに移送されるためでしたな」

銀錠とは清朝末期までに使用されていた秤量《ひょうりょう》貨幣である。主に備蓄貨幣として用いられた。その銀錠は馬の蹄《ひづめ》の形をしており、日本人は馬蹄銀《ばていぎん》と呼んだ。

鄭は馬真恭の口からそれが出たことに、正直驚いた。マンジュ共和国軍と仰々しく名乗っているが、実態は黒社会のはみ出し集団にすぎない輩だと思っている。それが銀錠の隠匿について知っていることへの驚きだった。ただ、鄭はそれを表情に出さなかった。

「生阿片一トンにつき、五十両銀錠十個で交換する」

それを聞くと、山村は笑い出した。

「馬中佐、欲深いというのか、損得勘定に無知というのか、相場が全くわかっていない」

山村は笑いながら、続けた。

「満洲の生阿片は買い手値だ。共産党は阿片取引を徹底して潰しにかかる。哈爾浜の阿片摘発は今後、どんどん進むだろう。あんたらはそれを見越しているから処分を急いでいるんだ。一トンにつき銀錠二個でもありがたいと思え」

「山村さん、とりあえずは、と言ったはずだ。阿片取引は、この交渉の取っかかりにすぎない。軍事顧問の山村信次中佐ともあろう方が、全体像を理解されないというのは、心もとない」

馬は満面に笑みを浮かべ、言った。

「この取引は我々と国府軍との信頼を築くためということが理解されていない。たかが阿片三十トンの取引不成立で、戦略を見誤ることになるが、いいですか。それにこれは手始めで、両者が信頼できるようになれば、あと七十トンの用意はある」

馬は山村を無視するようにあえて鄭を見据えた。鄭は山村の軽い物言いに、内心、苦虫を嚙んだ思いでいた。

「鄭中佐、ここらで例のノートを披露しよう。井上、持ってきてくれ」

馬が井上に何か命じたことを、村岡は何となく理解した。

井上は無言で部屋を出た。山村は馬真恭の言ったことの意味を教えられていなかったのか、戸惑った表情を浮かべていた。鄭の表情は変わらなかった。

部屋に戻ってきた井上は、使い古されたノートを持っていた。ノートは三冊あった。

「これは、原口が書き留めた三江山峡地帯の阿片収買ルートの全容だ」

受け取ったノートの一冊を馬は開いて、鄭に示した。鄭は身を乗り出した。秘密ルートの存在が一見して判読できるものではなかったが、村岡の目にも几帳面に書き込まれ文字と数字が目に入った。地図の書き込みもあった。

山村が身を乗り出して判読しようとしたが、馬はノートを閉じた。

「原口は、先々週、哈爾浜の避難民収容所で亡くなった。亡くなる前に、井上に託して、ノートを帳司令に届けられたのだ。これを読み解けば秘密ルートが解明でき、再開できる」

馬の言葉を遮るように山村が口を挟んだ。

「そのルートは、昭和十五年に消滅している。関東軍は反満抗日軍の温床となっていた北満のケシ栽培を禁止し、北満の阿片生産を壊滅させた。そのノートはそれ以前の書き込みだろう。すでに過去の遺物となった代物、何の価値もない」

山村はさらに身を乗り出した。

「原口は伊那谷郷開拓団の団長に収まって、開拓団経営に奔走していた。我々はあいつを監視続けていたのだ」

鄭は意気込む山村を抑えるように、右手を軽く立てた。馬は皮肉っぽい笑みを山村に向けた。

「それを口にすると、あなた方が属していた特務機関の無能力を示すだけだ。原口は密かに秘密ルートを再開させていた。開拓団の若者たちを使ってね。井上、話してくれ」

井上は話した。中国語での井上の話は、村岡にはさっぱり理解できなかった。自分の名前が出てくるので、そこに登場していることはわかったが、その役割がわからない。ただ、そこに登場している村岡は、自分ではないことは確かだ。

「原口さんが団長になった翌々年、昭和十七年の四月、開拓団の働き盛りの男たちの召集が始まった。働き手がなくなり、開拓団は経済的に逼迫し始めた。団長はそのために阿片の秘密ルートを再開し、開拓団の運用資金を得ようとした。しかし、関東軍特務機関に覚《さと》られることを警戒し、団長自身は動かなかった」

井上はそこで一息つくように、話を中断した。村岡は井上がかなり緊張しているように見えた。中国語での説明がそうさせていると思った。

井上は続けた。

「団長の代わりに俺と村岡は収買ルートのある三江の山峡地帯に送り込まれた。その時、団長は俺にノートを持たせせた。それは、秘密ルート上にあるケシ栽培農家の位置、その農家の家族構成、接触するための符牒、過去に収買した生阿片の量と支払った金額がびっしりと書き込まれたノートだ」

井上と村岡はノートを頼りに、ほぼ一月近くかけて、栽培農家を訪ね歩いた。農家の多くは、家族労働で採取できる範囲でケシを栽培し、細々と生阿片を作っていた。しかし、それを売るあてはなかった。ただ、原口が再び、収買にくるであろうという期待で生阿片を蓄えていた。その量はおよそ八十トンに及んだ。

「団長は哈爾浜の司令のもとに俺を行かせた。司令は、マンジュ共和国軍要員を俺の配下として、山峡地帯に送り込んだ。一方で団長は、佳木斯《チャムス》に村岡を送り込んで、拠点づくりをさせた。佳木斯におられた関東軍特務機関将校の山村中佐は、村岡の動きには気づかれなかったようです」

馬真恭が、井上の話に割り込むように突然日本語で口を挟んだ。

「そちらの磯崎曹長に命じて、もっぱら反満抗日勢力への特殊任務に掛かりきってておられて、村岡の仕事は眼中になかったようだ。これはあなた方の特務機関でも上層部の一握りしか知らないが、お二方は哈爾浜の関東軍防疫給水部で忌まわしい任務についておられましたからな。部隊名は何と言っていましたかな」

馬真恭が薄笑いを浮かべながら言った。井上も村岡も馬真恭の言っている内容が理解できなかった。初めて耳にする話だった。

山村は被っていたソフト帽子を取って、テーブルの上に置くと、ハンカチを取り出し額の汗を拭った。表情の変化を隠そうとする動作が、見て取れた。磯崎の表情は変わらなかったが、握った手が微かに震えたのを村岡は見落とさなかった。

「その部隊の上層部は、ソ連軍が侵攻すると、いち早く日本に逃げ帰った。辺境で汚い仕事をしていた連中は取り残され、そればかりかソ連の情報機関に追われるはめになった。あなたたちは運がいいことに国民党の軍事委員会調査統計局に拾われた。早々に日本に逃げ帰った部隊上層部はＧＨＱの管理下に置かれた。ＧＨＱは研究内容と共にその存在を秘匿し、中枢を担った連中は戦争犯罪人の訴追も免れた。忌まわしい部隊の存在は、表に出なかったと聞いている。軍統は自国民が犠牲になったことを明らかにするために山村さんや磯崎さんのような部隊の残留者を捜しだし、米軍からのさらなる支援を得る切り札として飼い続けることにした。軍統らしいやり口ですな」

馬は鄭恵景を見、薄く笑った。鄭は相変わらず表情を変えなかった。

「表向きの部署は資材部でしたかな。山村中佐、磯崎曹長の仕事は実験材料、それは反満抗日勢力の満漢朝鮮人ですがね、調達という汚い仕事でした。お二方は重要な証言者です。マンジュ共和国軍がお二方を拘束したら、その仕事を白日の下にさらして、公開処刑させていただきます。共産党もそうするでしょう。ひょっとしたら、国民党も、それが有利となったらあなた方を証言者として公にし、処刑するかもしれませんよ。鄭中佐、どうですかな。いずれ、二人には責任を取ってもらう腹積もりでしょう」

馬真恭はそういうと、大声で笑ったが、目は笑っていなかった。

「井上、続けてくれ」

馬真恭は湧き上がる怒りを抑え込むと、中国語で言った。

「山峡地帯の阿片収買ルートは、共和国軍の手に渡って続きました。もちろん、秘密ルートとして、です。もし、このノートを解明し、ここにある農家を掌握すれば、誰でもルートを再開することができます」

ここで馬は井上の言葉を遮り、ノートを開いて言った。

「ノートの朱書きは、井上が加除、訂正したものだ。現在の秘密ルートの実体だ」

閉じたノートをテーブルに置いた。

「さて、話の本題に戻りますか」

そう言って、馬が井上に代わった。

「原口が再開した三江地域の秘密ルートを、共和国軍が引き継いだ理由は、阿片の収買で資金を得るためだけではない。三江地域の山峡部に共和国軍の基盤を築くためには、栽培農民と信頼関係が不可欠だからだ。共和国軍は農民たちの保衛部隊となり、基盤を拡大する。その準備は、すでに整えている」

「共和国軍は阿片農家の用心棒部隊となるということか。しかし、共産軍の動向によって、その実現はどんどん遠のいている。そこで我々、政府軍と手を結ぶことで、共産軍を追いやる。いや、手を結ぶというより、我々を利用しようということだ」

　鄭景恵は馬を見つめながら言った。

「いや、さすが軍統の将校殿ですな。鄭中佐はお見通しだ」

　馬は表情を崩し笑顔を見せた。

「そこまで読まれていたら、我々の意図をはっきり言おう。それを聞いて判断してもらいたい」

　馬は話を続けた。

「三江地域山峡部の阿片秘密ルート沿いの保衛部隊である我が軍は、すぐにも遊撃部隊になることができる。共産軍といえども、辺境地域に部隊を展開する余力はない。マンジュ共和国軍はかつての反満抗日軍のように山峡部を拠点に、共産軍に遊撃戦を仕掛ける。さらに、佳木期、勃利、林口《りんこう》、牡丹江《ぼたんこう》の東満洲の地方都市にはいつでも行動できる都市遊撃部隊を潜ませている。マンジュ共和国軍と国府軍と統一戦線を秘密裡に結び、国共統一戦線が解体されたその日、共和国軍は三江地域と東満洲の都市で軍事行動を起こし、遊撃戦を展開する。共産軍が我々の遊撃戦に力を注いでいる隙に、国府軍は長春、奉天から部隊を東満洲に向けて展開させ、東部を制圧する」

そこで、馬はにっと、不敵な笑みを浮かべた。

「我が軍の司令部はすでに司令と共に哈爾浜から移動した。遊撃戦の準備は整っている。後は国府軍と統一戦線を結ぶだけだ」

「そのことと、阿片取引とはどういう関係があるのか」

山村は胡散臭そうな目を向けて言った。

「山村さんは、まだ、わからないとみえる。阿片取引の成立が両者の信頼の証になる、ということだ」

馬の表情が険しくなった。

「統一戦線を組むためには、我々の事情も知っておいてもらうことが必要だ。ただ、我々にとっては不利になることは否めないが、はっきり言おう」

馬の口調は、ことさら激した。

「共産軍が制圧する哈爾浜では、阿片の備蓄と換金が不可能となった。奉天への移送を考えたが、我々の現在の輸送能力では及ばない」

「要するに、我々に資金援助を求めているということだな」

山村はせせら笑いながら言った。

「何をいうか。それは我が軍に対する侮蔑だ。我々は国府軍の風下に立つつもりはない」

馬は拳をテーブルに叩きつけた。村岡は突然の音に驚き、腰を浮かせた。怒りの中身はわからなかったが、馬の怒りの強さが心臓に伝わった。

鄭の表情が翳《かげ》った。その場は凍り付いた。山村の顔は極端に強張った。その背後に控える磯崎の表情は変わらなかったが、拳はきつく握られていた。

村岡は背に当たる拳銃の硬さを感じた。

沈黙が続いた。鄭の口が開いた。

「たかだか阿片で交渉が成立しないのでは、統一戦線は無理ということか」

鄭の口調は独り言のようだった。

「互いの信頼関係を築くための、試金石だと思っていただきたい」

馬は穏やかな口調に戻っていた。

「阿片と銀錠の交換は、そちらの言い値通りで結構だ。我々は阿片業者ではない。ただ、そのノートはこちらに譲ってもらう」

鄭の突然の申し出に、馬に戸惑いの表情が浮かんだ。鄭は続けた。

「軍統には共和国軍の軍事力に疑いを抱く輩も多い。ここにいる山村もその一人だ。軍事行動が燐寸《マッチ》の火程度のものだったら、我々の部隊展開にも影響を及ぼす。展開次第では戦局を左右しかねない」

「我々が山峡部での作戦に失敗したら、国府軍が代わって山峡部を掌握しようということか。マンジュ共和国軍の力を疑っておられるな。情けないことだ」

馬の表情に一瞬憤りが走った。井上が口を挟んだ。

「中佐、ノートを失うことは、山峡部を放棄するということです。この話は拒否していただきたい。少なくとも、司令の指示を仰ぐべきです」

井上は激しく言った。山村が口を挟んだ。

「阿片取引が信頼の証というなら、こちらはそのノートが信頼の証だ」

山村は勝ち誇ったように笑みを浮かべた。

「井上、余計な口を挟むな。交渉は司令から全権委任されている。俺が判断する」

馬真恭は険しい表情を隠すことなく続けた。

「鄭中佐、今は互いの信頼が何よりも必要な時だ。面子《メンツ》にこだわっては大局を見落とす。提案は受け入る。これは帳司令の決断だと思ってもらって結構だ」

交渉は成立したが、その場は重苦しい空気に包まれた。

その夜、井上と村岡は長春街の裏通りにある楼館には戻らなかった。遊郭と賭博場を兼ねた楼館から共和国軍は撤収していた。

井上は尾行に注意を払いながらも、傅家甸の闇の中の路地を、一度も立ち止まることなく抜けていった。井上が半月も満たないうちに傅家甸の路地を、我が家の庭を通り抜けるように歩くのが、村岡には不思議に思えた。

二人は煉瓦造りの平屋が並ぶ家の一軒に入った。生活の温かみはあったが、住民はいなかった。井上と村岡のために家を空けたのだ。傅家甸の西の端、松花江の近くだと井上は言った。

二人のために用意された食事を終えた頃、村岡は先ほどの交渉の場で感じた違和感を井上に話した。井上は険しい表情を隠そうとせず、思いを巡らしていた。何かしら逡巡しているように思えた。

「この後のことを考えると、村岡は知らないほうがいい。馬もそのほうがいいと言ったが、やはり、知っておくべきだ」

井上は独り言のように言った。

「あの場での話は、すべて作り話だ」

中国語で交わされた部分を井上は語った。

村岡は開拓団員の一員になっていた。それも阿片工作を担う一員として、だった。

山村、磯崎たち特務機関員は開拓団については、団長の原口を除いて、何にも知らなかったことは確かだ。山村たちは、当時、開拓団にいるはずもない村岡に、何らの疑問も差し挟まなかった。

「あれはでたらめの作り話だ。中国語がまだまだな俺が、作り話をするのだから無理だと、馬に言ったが、馬はそのほうが、かえって真実らしく聞こえるからいいと言いやがった」

「団長のノートも偽物ですか」

「あれは本物だ。ただ、団長が、開拓団に赴くときに、趙徳真に渡したものだ。俺が託されたものではない。だから、朱書きによる加除訂正は、俺が適当に書いたものだ。あのノートは、国府軍を釣るための疑似餌だ」

「マンジュ共和国軍のどこまでが本当の話で、どこからが偽話ですか」

「マンジュ共和国軍は今、消えようとしている。とっくに軍隊の体を成していない。実体は百人にも満たない満洲裏組織の一つにすぎない。しかし、軍事組織の体裁を装う必要があった。国府軍相手に大芝居を打つからな」

「張子の虎ですか。そんな軍隊がありましたね。おかげで、開拓民が犠牲になった」

井上の表情が穏やかになってきた。

「関東軍の我欲の大義とは似て非なるもの、趙はそう言うだろうな。といっても、実体は張り子の虎どころか、猫だ。それも子猫だ。事が終わったら、消える。それまではということで、組織を挙げて工作してきた」

「詰まるところ、手持ちの阿片を売って、活動資金を得るための工作でしょう。何も国府軍を相手に、危険すぎる芝居を打つ手はないと思うのだが。阿片を売り捌く方法はいくらでもあるでしょう」

「それができない」

井上の表情に不敵な笑みが浮かんだ。

「マンジュ共和国軍には生阿片のひと欠片《かけら》もない」

十一　馬蹄銀奪取作戦

軍統の鄭中佐との交渉から二日たった。

キタイスカヤの繁華街がある埠頭区と傅家甸《フージャデン》との間に八区と呼ばれる地区がある。ほぼ南半分には人家と小中工場が集中し、北半分は鉄道用地で、倉庫街と倉庫街への引込線が入る。その倉庫街に井上正次はいた。

倉庫は幾本かの引込線に沿って並んでいる。引込線に入った貨車の荷の積み降ろしは苦力の仕事だった。日本人の一団も混じっていた。共産軍の使役で食いつなぎ、帰国を待っている北満奥地からの開拓民だ。

三日前から井上もその一団に紛れていた。馬真恭が作戦の舞台となる鉄道用地一帯の地図を頭に入れろ、と指示したからだ。

仕事の合間に密かに抜け出した。共産軍の警邏隊の目を逃れての行動だった。鉄道用地倉庫街の南、人家、工場街に近い一部の倉庫街は機能していたが、北側、松花江に近い倉庫街は全く機能していなかった。警邏隊の巡回も南側に重点的に行われ、北側はほとんど行われない。警邏隊を避けることは難しいことではなかった。

突然、井上は背後から声をかけられた。

そこは松花江に近い、北の端に位置した引込線に沿った倉庫街の一画だった。引込線には一輛の車輛もなく、倉庫の扉も閉じたままで、人影はない。一画は閉鎖されていた。

二路線の線路を挟んで、倉庫群が対をなしていた。線路を横切ろうと、一歩を踏み出した時だった。背後から押し殺してはいるが、鋭い声がかかった。とっさに警邏の兵士だと思った。何を言われたかわからないまま、井上は両手を挙げた。内臓すべてが縮みあがった。

恐る恐る振り返った。共産軍の軍服が目に入った。指揮官を示す拳銃のケースを肩から掛けていた。馬真恭の丸い顔があった。

井上は、どういうことだと言うつもりが、泡を食ったために声にならなかった。馬は井上の口を手で制すと、来いと目顔で言った。

二人は身を屈めて、二本の線路を渡った。馬は二本目の線路に沿って続くプラットホームの階段下に身を寄せた。馬は様子を窺ってから、プラットホームに上がった。

足音を消して進み、四つ目の倉庫の前で足を止めた。馬は扉の脇にある通用口の扉の鍵を慣れた手つきで開けると、体を屈めて入った。井上も続いた。

明かり取りの窓は小さく、中は薄暗かった。左右それぞれ十本はあろう柱とそこに架かる梁、桁がむき出しになった板壁の倉庫に、荷はなくガランとしていた。板壁のところどころから外の光が漏れていた。わずかな隙間から漏れている光だが、倉庫内を明るくするほどのものではなかった。

馬は倉庫の奥に進んだ。音をたてるな、と無言で指示した。奥行きは、二十数メートルはある。その突き当たりはホーム側と同じ造りの両開きの引き戸があった。

馬は側面の板壁に張り付けた木製の梯子を上った。井上も後に続いた。

梯子を上ると、人一人通れる板張りの通路になっていた。通路は鉄製の手すりが付いており、暗くてよく見通せないが、倉庫の壁面を一周しているようだった。造りは新しく、何のための通路か井上にはわからなかった。

扉の真上まで行った馬は、井上を呼び寄せた。馬が板壁を指した。一銭銅貨ほどの穴に布切れが、詰め込まれていた。布切れを取ると、一条の光が倉庫の澱んだ空気を貫いた。

覗けと言うように、馬が指し示した。穴にあてがった目に突然、共産軍の軍服が飛び込んできた。井上は反射的に体ごと穴から離れた。

向こうからは見えない、安心しろと、馬が耳元で囁いた。

通りを隔てて倉庫が並ぶ。向かいの倉庫の前に共産軍兵士がいた。穴から見える人数は五人、班規模の数だろう。倉庫の警備だということは、すぐにわかった。

一人の兵士が視線を向けた。目があった。目を引き剝がすように、井上は穴から離れた。離してすぐに兵士の残像が頭に映った。井上は再び穴に目をあてがった。

その兵士は、馬に付き添っていた男にそっくりだった。井上は馬に話そうとした。馬は唇に人差し指をあて、無言を指示した。そして、わかっているというように、いたずらっぽく笑みを浮かべた。

井上は穴に目を付けた。他の兵士たちも見覚えがあった。二日前、会談場所の屋敷のロビーを警備していた男たちだ。彼らは共和国軍の兵士だ。どういうことだ、と井上が小声で言った。

「ここは共産軍が没収した生阿片の一時保管倉庫だ」

馬が井上の問いに触れずに説明した。

共産軍は満洲国専売公署や関東軍が隠匿した生阿片を探しだし、ここに一時保管する。その後、共産軍が支配する地方都市や県城に貨車で運ぶ。その都市では阿片業者、売人の公開処刑が行われる。同時に、その場で運ばれた生阿片の焼却処分を行う。阿片撲滅を不退転の決意で行う共産党の姿勢を民衆に知らしめるためだ。

満洲国専売公署、関東軍が隠匿した生阿片はすでに処分された。今、摘発され入ってくる阿片は哈爾浜の黒社会の組織が隠匿していた北満産阿片だという。人目を避けるために本線から離れた奥まった立ち入り禁止の倉庫街を保管場所にしていると、説明した。

エンジン音が耳に伝わってきた。

「今から、面白いものを見せる。ついてこい」

馬真恭が倉庫の角に移動した。井上も続いた。

「ここにうずくまったまま、動くな。どんなことがあってもだ」

うずくまった井上の顔あたりの板の継ぎ目に、馬が指を差し込むと、一〇㎝程の長さの木切れを取り出した。横長の覗き穴ができていた。馬は井上に覗いて見ろ、と言った。視界が広がり斜め方向から道路を見渡すことができた。あわただしく兵士が動いた。

目をもとに戻すと、馬真恭はいなかった。倉庫に光が入った。馬が街路側の戸の通用口から外に出たのだ。何が起きるのか、動悸が高まった。

井上は外を覗き見た。馬が道の真ん中に立っていた。倉庫を警備していた兵士たちが通りに散開した。小銃を構え、警固態勢を敷いた。

トラックが三台、ゆっくりと入ってきて停まった。幌付きの一台の後ろに、荷台を防水布で覆ったトラック二台が続いて止まった。三台とも、旧日本軍の軍用トラックだ。幌付きトラックから共産軍兵士が降りてきた。

トラックの防水布が外された。乗用車のタイヤの一回りほど小さい円盤状の塊が現れた。生阿片だと井上は察した。

幌付きトラックの助手席から降りた兵士が、書類を馬真恭に丁重に手渡した。拳銃のホルダーを肩からかけていた。馬は書面を受け取るとゆっくりと目を通した。その後、扉を開けよと指示した。

扉が開いた。それは井上がいる倉庫の扉だった。光が倉庫に押し入った。井上の身体は自然と縮まった。それでも辺りは薄暗く、身は隠されているだろうと、思った。

しかし、馬の次の指示は、井上の肝を潰した。警固の兵士が梯子を上って通路に上がってきた。井上の近くに一人の兵士が銃口を下に向けて立った。井上には目もくれなかった。共和国軍兵士の一人に違いないと井上は思ったが、それでも内心は穏やかではなかった。倉庫を一回りしている通路の役割を井上は理解した。

トラックの一台が、通りと倉庫前面のプラットホームの高さと同じになっているコンクリートの壁面に横付けされた。

倉庫内の板壁に沿って防水布が敷かれてあった。生阿片の円盤がトラックから降ろされ、防水布の上に積まれていった。兵士たちは黙々と生阿片を運んだ。警備の兵士も一言も発しなかった。二台とも運び終わり、扉が再び閉じるまでの時間が、井上にはひどく長く思えた。

井上は再び暗くなった倉庫の角にうずくまったままだった。立てなかった。腰が抜けるとはこういうことかと、思った。

井上の手には、倉庫の通用口の鍵があった。次の出番は俺か、井上は鍵を握りしめた。


一九四六年六月二十五日の深夜、哈爾浜は闇夜だった。星の瞬きはぼんやりとして、短い夏の到来を告げていた。

埠頭区と傅家甸の間にある広大な鉄道用地は闇に沈んでいた。引込線に沿って倉庫が並び、闇の中に黒く横たわっている。

引込線の用地に沿って有刺鉄線が長く延びている。有刺鉄線はたわみ、緩み、切れた箇所が目立ち、その用を成していなかった。鉄道を管理する共産軍も、ここまでは手が回らないと見える。

傅家甸の西端にある低い屋根の家並みが途切れ、鉄道用地の有刺鉄線までは草地が続いていた。監視、警備のための保衛地帯になっていた。草地は緩やかな下りとなってかなり先の松花江岸まで続いている。

二つの影が、闇夜にかかわらず足早に移動していた。引込線の先にある本線を通過する列車の響きが長く続いている。

あの列車のほとんどは無蓋車で、そこには物ではなく、人が、それも日本人が詰め込まれているだろう、と影の一つが思った。村岡だった。

日本人の本国帰還が順次始まったと昨日、井上が言った。アメリカの仲介で共産軍、国府軍の戦闘が一時休戦になったという。

新香坊の仮設収容所にいる清家屯開拓団の安否が絶えず村岡の胸に引っかかっていた。原口団長が意図した資金調達ができれば、これ以上犠牲を出さず、生き残っている全員が無事に日本に帰れる。しかし、団長が期待した資金源はなかった。

原口伊三郎が備蓄した阿片は、原口が哈爾浜を離れたときに、趙徳真に託された。趙はそれを資金源に共和国軍の維持を図った。しかし、それは満洲国が崩壊する以前に底をついていた。

趙たちは昨年の春に、原口の三江山峡部の阿片ルートを再開させようとしたが、すでにルート閉鎖から四年がたっていた。ルートは朽ちていた。徒労に終わった。

趙徳真がマンジュ共和国軍の解体を決意した日、井上正次が傳家甸に現れた。趙は原口伊三郎の意志の実現を最後の仕事とした。それは原口から受けた恩義に報いることだった。

先を歩く井上が立ち止まった。煉瓦塀のある人家が続く先に、闇にとけ込むように黒塗りのセダンが停まっていた。

「それにしても、平気で人を待たせる奴らだ。日本人なら恥を知れ。満人に魂を売っているんだったら仕方がないがな」

セダンから降りた山村が毒突いた。

「申し訳ありません。我々の行動が監視されていないか、周囲を探っていました。それに、山村中佐の車が尾行されていなかったか、しばらく様子を窺っていました」

平然と嘘を口にする井上に、村岡は内心驚きながら、これからの行動に不安を覚えた。今夜、山村に阿片を見せる、一緒に来い、とだけ言った。

「井上、我々の力を侮らないことだ。尾行者がいたとしても、そいつは途中から消えるだろう」

「失礼の段は、お許し願います。来ていただくのは山村中佐と磯崎曹長だけで、あとのお二方は残っていただきます」

運転席と助手席には、無表情を装った中国人がいた。

「日本人だけで、段取りをするということか。どういうことだ」

「さして理由はありません。私たち二人は共和国軍から信頼を得ています。任されたということです。当然、あなた方も国府軍から信頼を得ておられる軍事顧問です。全権を任されておられると思いますがね。それに共に魂を売った者同士で、汚い物を扱うのに似合っています」

井上は声を出さずに笑った。

「減らず口を叩きやがって」

山村は吐き捨てるように言った。

倉庫に身を寄せながら、井上は進んだ。井上の後に村岡、山村、磯崎と続いた。懐中電灯は使わない、と山村に告げた。これまでは共産軍警邏隊の行動は深夜に及んではいなかった。両軍の一時休戦で警戒態勢がかえって厳しくなったようだと、井上は言った。

明かりがなくとも案内はできます、安心してほしい、と井上は自信たっぷりに言った。この場の主導権を握ろうと、井上はことさら強気に出ていた。

「通りを横切る。一人が渡り終えたら、次が渡る。体を低くし、素早く、足音は立てるな」

通りを横切った井上が、向かいの通路に消えた。三つの影が後に続いた。

通路の先に鉄製の短い梯子がかかっていた。井上はここで待て、と指示すると梯子を駆け上がった。

井上が戻ってくるまで、ひどく時間がかかったように村岡には思えた。

「共産軍が警戒態勢を取っている。つい先日までは、深夜の警戒はなかった。嫌な予想があたった。国府軍を警戒してのことだ。山村中佐、ハルピンに潜入したことが、すでに知られているのではないですか」

井上は危機の矛先を山村に向けた。ここを危険地帯にすることで、山村に疑念を生じさせない作為があった。

「馬鹿なことを、俺たちがそんな不用意な部隊だと思っているのか」

「しかし、今までなかった警戒態勢が取られている。ただ、この一画の警戒態勢はまだ緩い。空き倉庫がほとんどだということもある。きっと本線に近い倉庫群の警戒は、こんなものではないだろう」

井上は他の三人に話しているというより、独り言のように言った。

井上は梯子を駆け上がった。三人が続いた。ひどく視界が広がった。プラットホームに出たのだ。村岡は周囲から視線にさらされたような不安を感じた。

井上は同じ造りの倉庫が並ぶ一つに、迷うことなく止まった。扉の脇にある通用口の戸に鍵をさして、開けた。倉庫の中はガランとして、闇が支配していた。懐中電灯の光は、倉庫の反対側までは届かない。二本目の光が走った。山村が懐中電灯を点けた。山村の光が倉庫の壁に沿って移動した。

「これか」

防水布に覆われた山に光をあて、山村が言った。山は四つあった。井上は防水布の覆いをめくった。積まれた円盤状の生阿片が覗いた。

「磯崎、調べろ」

山村の指示で、磯崎がナイフで阿片を削り取り、口に含んで、すぐに吐き出した。磯崎は一つの山積みから、数回その作業を繰り返した。四つの山積みを調べ終わるまで、沈黙が続いた。

「本物です」

磯崎は無愛想に言った。

「ざっと見て、トラック三台分というところだな。三十トンというところか。思っていた以上にあるな。井上、これで全部か」

「それは秘密です」

一昨日より阿片が二山増えていた。

「もったいぶりよって。王は百トンあると豪語したが、この程度のことだろう。さて、取引だが、俺もお前も全権を委任されている。値の交渉を詰めよう」

「山村さん、何を言う。王中佐、鄭中佐がいる場で、一トンにつき五十両馬蹄銀十個と決めたんですよ。それを覆すんですか」

「若いの、この手の交渉をするのに、十年早かったな。言ったはずだ、俺はすべて任されている。お前もそうだろ。現物のあるここが、取引の場だ。あの場は予備交渉の場にすぎん。全部で馬蹄銀六十個だ」

「交渉通り、一トンにつき五十両馬蹄銀十個、全部で三百個だ」

「馬鹿か、お前は。交渉は水ものだ。流れるのは当たり前のことだ。不成立になって、泣きを見るのは、お前らだろう。共産軍が制圧するハルピンで、目の前の阿片がどんな意味を持っているのか、わかっているはずだ。これもいずれは焼却処分される無用の長物になる。細かいことは言わん、ここにある阿片を三十トンあるとして、一トンにつき馬蹄銀二個、全部で六十個だ」

井上は山村の言っていることが、理解不能という表情で、山村を見続けた。

「井上、わからんのか。ここにある阿片全部を馬蹄銀六十個で引き取ってやるということだ」

「この取引は単なる阿片取引ではない。共和国軍が国府軍の側にまわるという、政治的、軍事的意味を持つ取引だということを、あんたはわかっているはずだ」

井上は感情を抑えるように、ゆっくり言った。

「だからお前らはこの手の交渉をするのに十年早い、と言ったのだ。俺たちには金がない、金さえくれれば、味方すると泣き面で、言っているようなものだ。それも役にも立たん阿片をもったいぶって見せてだ」

懐中電灯の明かりは、山村の表情をひどく歪んだように見せた。村岡は山村が皮肉な表情を精一杯見せつけようとしているように思えた。

「未熟者のお前たちに教えてやろう。鄭も王もこの阿片取引は交渉の道具にしただけだ。共和国軍が政府軍につくための交渉は、軍事支援、軍事作戦を含めて、すでに鄭と王で詰めの作業に入っている。この阿片取引の政治的意味は、この時点では全くなくなっている。お前らはこのことを王から知らされていないだろう」

山村は勝ち誇ったように、それでもそれを抑えるように小さく笑った。井上は押し黙っていた。

「目の前の阿片はこのまま放置して、共産軍の摘発を待つに任せるか、それとも、この阿片を宝の山にするか。王はこの阿片は放棄した。政府軍の好きなようにしてくれと、鄭に伝えている。鄭は軍統の隠し資金にできる。濡れ手に粟とばかり、欲が出た。共和国軍はこの阿片を持参金にして、政府軍の傘下に入ったということだ。ただ、日本人には何がしかの使い賃として渡してくれ、王は鄭に頼んだ。お前ら、そんなこと、聞いていないだろう」

山村は含み笑いをした。

「何がしの使い賃が、五十両馬蹄銀六十個だ。豪勢なものだ。お前ら、それをどうする。日本に持って帰るつもりか。持って帰れんな。満洲にいて使えばいいが、日本に帰るとなると、それは持ち出しできない無用なお荷物にすぎん」

「この阿片がどういうものか、教えよう。原口団長が関東軍特務機関の資金として集めた阿片だ。機関が解散したとき、貯蔵されていた阿片は一部を除いて、そのほとんどがマンジュ共和国軍に譲り渡した。その一部というのが、この阿片だ。譲り渡した量からいえば、雀の涙ほどだ。団長が必要とするときまで預かってくれ、と張偉に頼んでいたものだ。それが今、必要になった。にもかかわらず、この阿片を政治的道具に使い、それればかりか、二束三文の値で売り飛ばそうとする。話が違う。張偉は原口団長からの恩を仇で返した」

井上は声を絞り出すように言った。村岡にはそれが芝居めいたものに感じなかった。

「満人どもを信用したお前らは、どうしようもない馬鹿だ。というより原口がだ。原口ともあろう者が、満人をそこまで信用するとは。いや、死者に鞭打つような言い方はやめよう」

山村は冷たく笑った。

「軍統の力を過小評価しているようだな。だがな、原口が死んで、お前らの役目は終わった。つまらん遊びをやめて早く日本に帰れ」

「団長の遺志を実行するまで帰るわけにはいかない」

井上の声が、倉庫に響いた。その声が倉庫の外に漏れないか、村岡は胸に冷たいものを感じた。

「原口の遺志といっても、お前ら開拓団の安全確保と帰国だろう。それは、すでに始まっている」

「確かにそうだ。ただし、団長は自分の開拓団だけのことを考えていなかった。ハルピンにいる開拓民全員、これからも北満奥地から避難してくる開拓民が、一人の犠牲もなく日本に帰るための組織を作ろうとしていた。開拓民帰還事業会の設立だ。帰還事業を政府組織に匹敵する規模で行う、そのための資金だ。山村さんらのように軍隊の尻馬に乗って、ちまちまと行動する輩にとっては、原口団長の遺志はわからないだろう」

　井上の言葉に村岡は驚いた。それが表情に出たまま、井上を見た。井上は何の表情も示さなかった。井上の言ったことは、いままで口にしなかったことだ。

「開拓民帰還事業会だと、御為ごかしの話をしやがって」

「山村さんは地獄の苦しみにある日本人はどうなってもいいんだ」

「何を言いやがる。結局は共和国軍の輩に入る金だろう。満人どもにうまく、使われているだけだ」

　山村はぶつぶつ独り言のように言った。

「ところで山村さん、この取引が成立したら、あんたらの懐には、どれだけ入るんだ」

井上の言い方がぞんざいになった。山村は何を言うか、という表情で井上を見た。次の言葉が出てこなかった。

「俺たちの取り分が少なくなったら、あんたらの取り分が多少加えられるというところだろう。鄭は一トンあたり五十両馬蹄銀十個支払ってもいいと思っている」

井上の口調にふてぶてしさが加わった。

「満洲の今後を考えると、国共内戦でケシ栽培は全くできなくなる。ましてや、共産党が勝利すれば、ケシ栽培は一掃され、阿片が満洲から消える。国府軍が勝ったとしても、おおっぴらな解禁ができない。ケシ栽培を許すことになれば、支援するアメリカが黙ってはいないからだ。これは満洲で最後となる阿片だ。ただし、ここにある限り、あんたが言うように無用の長物、おぞましい屑だ」

井上は懐中電灯の明かりを阿片の山積みにあてた。

「この目の前にある生阿片を国府軍支配地にもっていけば、阿片一キロ、銀一キロの等価交換、いやそれ以上かもしれん。山村さん、鄭中佐はそのことがよくわかっている。目の前の阿片は、あんたたちにとって宝の山だ。だが、持ち腐れの山にもなる」

井上の表情に、不敵な笑みが浮かんだ。

「取引を放棄して、ここに置いておけば、誰かが通報して共産軍の手に渡るだろう。

ところで、共産軍が支配するハルピンから、三十トンの阿片を運ぶ算段はついているんでしょうね」

「何を言ってる。それは共和国軍が算段することだろう。お前らがやることだ」

「山村さんたちも鄭中佐から何も聞かされていないんですね。中佐は端《はな》から日本人を信用していないということだ。山村さんの言う、たかだか馬蹄銀六十個でこの阿片を運べと言うんですか。山村さんが勝手に筋書きを換えたことは、お見通しです。鄭中佐への土産のつもりでしょうがね」

井上の物言いには余裕さえ感じられた。

「生阿片一トンあたり五十両馬蹄銀十個、三十トンで三百個、王中佐と鄭中佐が合意した通りです。山村さんが腹を痛めるわけではない。山村さんの取り分は減るでしょうが、欲呆けにならんことです。日本人開拓民のために協力、お願いします」

井上は馬鹿丁寧に頭を下げた。山村は苦虫を噛み潰したような表情になった。

「取引の日は明後日、午前三時。場所はこの倉庫。この街路を入って来てください。街路を間違えないように。この街路近くには共産軍はいないはずです。安心して来てください」

井上は含み笑いをした。山村は忌々しそうに舌打ちした。

「井上、いないはずということは、いるかもしれんということの裏返しだ」

「そうです。この手の工作には危険は伴いますからね。確実性はないと思うことです。その時は、ひたすら逃げましょう。阿片も、馬蹄銀もおっぽり出して。命あっての物種ですからね」

「阿片はどう、運ぶんだ」

「それは、当日、来ればわかります。この鉄道用地から所定の場所まで運び出すのは、我々の役目です。本当に何も聞かされていないんだ。今夜は、倉庫の位置、そこに阿片があるかどうかを確認してこい、という程度の使いでしょう。それはご苦労さんでした」

井上の高笑いが倉庫に反響した。外には共産軍の兵士が見回っているかもしれないのに、井上の神経はどうかなったのか、村岡は井上の笑いに心臓が鷲掴みされたように縮みあがった。

「当日は鄭中佐が指揮をとる。作戦については明日、聞かされる。確かに、阿片の確認が、今夜の俺たちの任務だ」

山村は、弁解がましく話すことの口惜しさを隠そうとせず、忌々しく言った。

山村たちを乗せたセダンが闇に隠れるようにして、のろのろと動き出した。エンジン音が遠ざかると、辺りは静寂が戻ってきた。

「開拓民帰還事業会の話は本当ですか？」

「団長はそういう構想を持っていたのは確かだ。ただ、具体性のあるものではなかった。夢の話だ、と団長は笑って言った。俺が言ったことは口から出任せだ。山村に人間らしさが少しでもあれば、揺さぶることができると思ってね。山村が話した王と鄭の密約も嘘っぱちと見越しての、狐と狸の化かし合いさ」

井上は、にやっと笑った。

おぼろな空に、星の瞬きはわずかだった。夏がやってきた証拠だ。この夏のうちに満洲を離れたい、村岡は夜空を仰ぎ見ながら思った。伊那盆地の夏の暑さはここの比ではないが、その暑さに身を置きたいと思った。


一九四六年六月二十七日未明、松花江の湿地に沿って、二台の幌付きトラックが、八区の鉄道用地に向けて、のろのろと進んでいた。

見る者がいたとしたら共産軍のトラックと思うだろう。ただ、乗員は軍服を着ていない。民間人の服装だ。それにしても無灯火、速度は遅く、エンジン音は低い、どうしてだと首を傾げる。ただ、人家から離れている。この時間に見る者、聞く者は誰もいない。

トラックの後方、およそ三百メートル、黒塗りのセダンがやはり無灯火で、闇に紛れるようにのろのろと進んでいる。

国民政府特務機関、軍事委員会調査統計局中佐鄭景恵は、セダンの後部座席に深く身体を沈めていた。時折緩む表情は、今夜の作戦の自信の表れだった。

一ヶ月ほど前、マンジュ共和国軍中佐王俊瑛が、軍統奉天支局員に接触してきた。鄭はそれを聞き、半信半疑だった。共和国軍は消滅したものと思っていたからだ。王は大隊規模の軍事力は今でも保持していると、支局員に豪語してはばからなかったという。鄭は哈爾浜、牡丹江、佳木斯、勃利の都市に要員を送り、密かに共和国軍の実体調査にあたらせた。

確かに、組織は存在したが、その規模は各都市十数名の規模で、全体でも百名がやっとの数だった。ただ、その百名は秘密裡に軍事行動が遂行できる高度な戦闘能力を持つ忠誠心の強い集団であると判断した。百名は並の兵士の数倍の戦闘能力を持つ。要員の中で、無謀にも直接接触を試みた者は、二度と鄭の前に現れなかった。

王俊瑛の言う、大隊規模の軍事力は、兵士の員数ではなく、質としての戦闘能力と置き換えれば、あながちはったりとはいえない、鄭は苦笑いしながら、そう理解した。

鄭は王と密かに会合を持った。

開口一番、王俊瑛が口にした内容に、鄭は内心非常に驚いた。

七月十二日未明を期して、北東満洲の要衝牡丹江《ぼたんこう》に遊撃戦を展開し、国府軍の進撃を支援する、というものだった。

牡丹江進撃は、軍統の秘密作戦だった。この作戦のことは軍統でも上層部の一部しか知らない。鄭はその攻撃日と時刻を正確に口にした。

王はさらに、牡丹江を共産軍から奪回した後、第二松花江北岸の共産軍の背後を衝けば、均衡は崩れ、国府軍は哈爾浜に一気に進撃できますな、と涼しい顔で言った。

鄭は話に乗った。わずか百名そこそこの戦闘員ではあるが、その情報収集能力と予想される破壊工作、戦闘能力に鄭は引き付けられた。

実は鄭中佐には手酷い失敗があった。この二月に起きた通化事件だった。

朝鮮国境に近い東北南部、通化にいた旧関東軍将校の指揮のもと在留日本人が蜂起、共産党勢力を追いやろうとしたが失敗、多数の日本人犠牲者を出した事件だ。

その工作にあたったのが、山村、磯崎らの旧関東軍の特務機関出身者たちだった。彼らの扇動工作は、在留日本人の蜂起を促した。しかし、蜂起した日本人の武器は、あまりに貧弱で、圧倒的に優位な共産軍の前に、もろくも崩れ去った。

鄭は日本人をうまく利用して、政府軍の失地回復を図ろうと目論んだ。ただ、そこには政府軍の犠牲を最小限に止めたい思惑があった。蜂起した日本人たちは、国府軍の支援が必ずあると見越して、勝算が見えないまま蜂起に走った。その後、女、子供を含む多数の日本人が共産軍に弾圧、虐殺された。

山村は鄭に、蜂起を要請しておいて、部隊をなぜ出さなかった、とひどくなじった。

鄭はそれに答えて、冷ややかに言った。

「山村さん、あなたたちは、事を起こせば、その後は何とかなる、何とかしてくれるという、人任せの気質が染み着いている。その気質だから、戦争に負けたんでしょう。確かに我々は蜂起には同意したが、勝算なき蜂起をしろとは一言も言っていない。一連の作戦の主体は、あなたたちにあった。失敗はあなたたちの責任だ。それと」

鄭は一息つくように、しばらく指にはさんだままのたばこに火をつけた。

「それと、山村さん、あなたの責任も大きい。我々は一連の工作をあなたに任せていた。蜂起を指揮した旧関東軍将校の階級はあなたより上だった。あなたは媚びへつらったとまでは言わないが、耳当たりのいい話をして、判断を誤らせたのではないですか。もちろん、これは推測ですがね」

鄭は笑みを浮かべながら、ゆっくりと煙を吐いた。

「だからと言って、我々はあなたに責任を取れとは言いません。蜂起に同意したのは確かですから、責任が全くないとは言えない。我々の責任の取り方は、共産党をこの東北部から駆逐するために全力を尽くすことです。山村さんの力をまだまだ借りなければなりません」

そう言って、鄭はたばこを差し出し、無言で勧めた。複雑に歪んだ表情を浮かべたまま、山村はたばこを取った。ライターの火をつけながら、鄭は囁くように言った。

「犠牲になった日本人の仇をとりましょう」

鄭は責任をすり替えた。

鄭は山村の計画に大いなる限界を感じていた。政府軍が動くには、蜂起が燎原の火のように広がると判断した時だ。しかし、それは無理だった。

通化の日本人が共産軍に不当な扱いを受け、それに耐えかねて蜂起した。それが理由であったとしても、そこは日本人の土地ではなかった。日本人の国ではない。蜂起は日本人だけの燐寸の火程度に終わった。

そうと知りながら山村たちの工作を煽り、許したのか。鄭は簡単に答えた。うまくいけば政府軍を送るが、そうでないなら送らないだけだ。だめで元々、犠牲になるのは、わずかに政府軍関係者がいたとしても、ほとんどが日本人だ。共産軍を追い出すのは、この東北に根付いた者たちを使うことが最善だった。だめで元々といいながら、日本人を利用したのは、失敗だった。

通化に政府軍の部隊を送らなかったのは、賢明な判断だったと、鄭は司令部から評価されていた。

失敗と認めたのは、自分の心の中だけのことだ。誰にも言わない。誰からも言われたくない。そのために、責任を山村に転嫁した。そして、たばこ一本と、仇をとりましょうという、囁き声で山村を言いくるめた。

マンジュ共和国軍、それは軍隊の体を成していないが、その力は侮れない。東北に根付いた満洲族部隊、彼らを利用し、政府軍が東北支配を優位に進める。

共和国軍の台所事情の悪さを知り、鄭はほくそ笑んだ。わずかに蓄えていた生阿片を手放さなければならないほどだ。それも阿片の価値よりかなり低く見積もった銀錠で、だ。それも阿片収買の秘密ルートを記したノートも添えて。安い買い物だった。

セダンが大きく揺れた。道とはいえない悪路を相変わらず、のろのろと進んでいる。

彼らの阿片取引の要求を丸呑みすることが今は必要だ。その取引は軍統に利益をもたらす。だが、それは俺の腹の中にしまっておけばいいことだ。

セダンが止まった。助手席の孫惠徳中尉が停車を命じた。倉庫街に入ってすぐだった。

「接触したという合図がありました」

孫が言った。前方のトラックから懐中電灯の点滅が続いていた。

「そのまま待て、と伝えよ」

鄭の言葉を受けて、孫が前方に向けて、懐中電灯を点滅させた。

鄭と孫がセダンから降りると、山村が駆け寄ってきた。

「奴らが、銀錠を確認すると言っています」

道の真ん中に二台のトラックの進路を遮るように、苦力姿の井上と村岡が立っていた。トラックの周りには、磯崎と背広姿の中国人が八名、自動小銃を構え、二人と対峙するように警戒にあたっていた。

「井上と村岡です。どうします」

「どうぞ、お好きに」

鄭は日本語で、笑いながら二人に向かって言った。

山村と井上が、後方のトラックの荷台に入った。

「ご満足いただけたかな。宝の山を」

二人が出てきた時、鄭が日本語で皮肉を籠めて言った。

井上は無言で頭を下げた。

「車はここまでで、後は歩いてもらいます」

井上は中国語で、きっぱりと言った。

孫がどういうことだと、非難めいた口調で言った。

「共産軍が警戒態勢に入っている。万が一、取引の場で遭遇するようなことがあれば、阿片も銀錠も共産軍のものになる。それを防ぐためだ」

「共産軍はいないと言ったのは、でたらめか」

山村は押し殺した声で言った。

「山村さん、心配するな。共産軍はこの一画にはいない。三時間前、本線に近い、南部区域の引込線の一部が爆破された。我々の工作だ。本線への破壊工作を恐れた共産軍の警戒は、南部区域に集中している。ここには共産軍のねずみは一匹もいない」

「これは王中佐からの指令だ。阿片が確認されたら、トラックを移動してもらいます」

井上は臆することなく言った。

「手の込んだことをして、何を企んでいる」

山村の手には拳銃が握られていた。

「この舞台は、共和国軍が設定したものだ。仰せの如く、従いましょう」

鄭は日本語で言うと、次に中国語で、三名を連れていく、孫中尉は運転手三名、部下五名と共にこの場に残れと命じた。しかし、舞台と言った自分の言葉が気になった。山村同様、この状況に作為めいたものを感じた。一瞬、嫌な予感がよぎった。

明かりは点けるな、井上はそう言うと先に立った。

街路に沿って並ぶ倉庫の土台のコンクリートの壁に身を寄せるように列となった八人は足早に進んだ。十数棟の倉庫を足早に過ぎ、一つの倉庫の間の通路に入った。通路の奥の鉄製の梯子を上がり、プラットホームに出た。

プラットホームの先に、無蓋車が一輌停まっていた。無蓋車の側壁が下りていた。荷台は防水布で覆われていた。兵士が二人立っていた。帽子と軍服の形から共産軍兵士だ。

まずい、身を隠せ、と井上は鋭く言うと、暗闇に消えた。鄭たちは、倉庫の前の暗闇に身を屈めた。三名の部下が自動小銃の筒先を無蓋車に向けた。鄭が即座に、銃を下ろせと命じた。暗がりから物音一つ立てず、男が鄭にすり寄った。

「賢明なご判断ですな、鄭中佐。山村さん、コルトは納めてもらえませんか」

馬真恭が言った。馬がそう言い終えた時、鄭は旧日本軍の三八式歩兵銃の銃口に囲まれていたことを初めて知った。銃口の数は五つだった。

この時すでに、井上と村岡の二人が、その場から消えていたことは、鄭も山村も気づいていなかった。それればかりか、二人の後を磯崎が密かに追って行ったことも気づいていなかった。二人の行動に気づいた磯崎の単独行動だった。

「王中佐、気の利いた出迎えだな」

「危険を楽しむことがお好きということを聞いていましてね」

「共産軍に取り込まれたかと思った」

「確かに、その心配もありですな。哈爾浜は共産軍に完全に掌握されていますからね」

貨車に近づいた鄭は、覆われた防水布をめくりあげた。円盤状の生阿片が覗いた。

「四十トンはあるな。三十トンのはずだが、どうして増えた」

「それは共産軍の阿片だ」

馬は事もなげに言った。

「何のことだ。山村、説明しろ」

鄭は詰問するように言った。

「俺はお前たちの阿片を確かに確認した」

「鄭中佐、山村さんを責めるな、状況が変わった。倉庫に隠匿した阿片が、共産軍に見つかって、貨車に積まれたということだ。増えたのは別の箇所からのものだ」

「取引を中止するしかないな」

「山村さん、事を急くな。考えもなしに結論を出すのは、日本人の悪いところだ。近くに共産軍はいない。倉庫の前後の扉は開くようになっている。トラックを倉庫に付けて、積み替えるだけのことだ。我々が共産軍兵士を装っている意味がおわかりにならないとみえる。増えた分は濡れ手に粟と思うことだ。こちらが逆に共産軍の物を掠め取るということだ」

馬の言葉に、鄭の胸に再び嫌な予感が湧いた。

「阿片の移送もそちらの役割だ。騙したな」

山村が怒鳴った。

「確かにそういう約束でしたな。だが山村さん、状況が変わった。共産軍を出し抜いて、運び出そうしたが無理になった。トラック二台の要請は次善の策だった」

「こいつら、最初からそのつもりだったんだ」

山村が叫んだ。三人の部下が銃を構えた。共産軍に扮した兵士たちの銃口が突き出された。

「やめろ、勝負にならん」

鄭が苦々しく命じた。

その時だった。本線の方向からエンジン音の軽い響きとレールの継ぎ目をゆっくりと通過する車輪の連続音が響いてきた。

「共産軍だ」

馬が鋭く言った。

「どうしてだ?!　裏切った奴がいるのか」

馬は、そう言うと、信じられない、という表情を見せた。

「鄭中佐、我々は撤退する。阿片は好きなようにしてくれ。ただし、銀錠はいただく」

「勝手なことは、させん」

山村は拳銃を抜いて、叫んだ。

「山村、やめろ。ここで撃ち合っても、共産軍を利するだけだ。撤退する」

鄭たちはプラットホームを走った。梯子まで来て、無蓋車のほうに目をやった。馬たちの姿はいつの間にか消えていた。

無蓋車の先、線路が大きくカーブする地点に、ガソリン気動車がゆっくりと姿を見せた。車輛は小さいが、馬力はある。共産軍の兵士が鈴なりに乗っていた。ただ、そこで指揮する趙徳真の姿があることを鄭も山村も気づくことはなかった。

さらに、この後、気動車は無蓋車を連結し、松花江の埠頭に繋がる線路に入っていったことも二人は知ることはなかった。

突然、拳銃の発射音が鄭たちの耳に押し入ってきた。東の方向、車を停めたあたりだ。続いて乾いた自動小銃の連続音が、聞こえてきた。引きつった山村の顔が梯子の下にあった。

「何が起きた」

鄭はうろたえたように叫び、梯子を滑り下りた。

鄭中佐たちが倉庫に向かった後、孫惠徳は状況の不自然さを感じていた。少人数の作戦要員を二つに分けられたことが、おかしい、変だ。

孫惠徳は日本人を信用していなかった。軍統顧問の肩書きを持つ山村も、山村にいつも付き添っている磯崎も同様だった。山村が命じ、磯崎が実行し、これまでどれほどの中国人同胞が奴らの手に掛けられたか。孫は想像した。

　孫は今回の作戦に要員が最小単位であることに、不安を抱いていた。最低でも一小隊の要員を当てるべきと、鄭中佐に進言した。鄭は即座に否定した。

「哈爾浜は完全に共産軍に支配されている。そんな中での作戦は、当然極秘だ。極秘作戦の要員は最小単位で行う。それと」

　鄭はにやりと笑った。

「中尉、お前だけには話しておく。この阿片取引は、軍統中枢の一部しか知らない。もちろん、軍司令部に伝わるはずがない。俺の単独作戦だ。三十トンの阿片から得る利益は、軍統の秘密資金となる。司令部にも隠す極秘作戦だ」

　居残った孫は、すぐに警戒態勢を敷いた。要員を分断することに成功した共和国軍が銀錠を奪いに来る、奴らは阿片を渡さない、銀錠とも手に入れる作戦を立てている、孫はそう直感した。

　孫はすぐに行動した。三台の車を、倉庫街の端に後退させた。さらにセダンと銀錠を積んだ幌付きトラックの向きを変えさせた。もう一台のトラックはセダンの後ろ、横向きにして幌付きトラックとセダンの盾とした。セダンと銀錠を積むトラックは事が起きたらすぐに発車できるよう運転手を乗り込ませた。盾となるトラックの陰に三人を配置、もう二人はセダンの前方、出入り口方向を警戒させた。孫自身も自動小銃を手にした。

冷静に判断し、迎撃態勢を整えたが、六人で守りきれるか、不安が粟粒のように起きてきた。敵が来る、と思いながらも、孫は、鄭中佐の伝令が、トラックを倉庫に移動させろと、伝えてくることを願っていた。

井上は誤算が生じたと直感した。三台の車は、元の位置からかなり離れ、倉庫街の出入り口近くに戻っていた。セダンとトラック一台は向きを変えていた。横向きになったもう一台のトラックは通りを遮り、バリケードになっていた。前方の状況は二人が馬から聞いていたものとは、かなり違っていた。

馬の作戦では、鄭たちを分断し、銀錠を載せたトラックを孤立させる。潜んでいた馬の副官、陸慶中尉の指揮する共和国軍が不意を突く。井上と村岡が着く頃に、軍統の武装解除が終わっているはずだった。

陸慶は、作戦通り軍統の連中を二つに分けることができたと思った。しかし、居残った者たちは、陸たちが予想しない行動に出た。軍統が防御態勢を整えたのだ。

陸たちは三台の車輛を取り囲むような位置で、倉庫と倉庫の間の狭い通路数箇所に埋伏《まいふく》していた。それがその場に取り残され、位置的に対峙する形になった。不意を突くことが不可能になった。

作戦が見破られた。防御態勢を敷いた指揮官の有能さを思っている暇はなかった。

陸は逡巡の渦のなかで、立ち往生した。

　このまま強行して銃撃戦になっても、勝算はない。人数はこちらが倍以上でも銃器の性能の差があり、防御態勢を敷かれたなかでの攻撃は無謀だ。

　そもそも銃撃戦の想定はない。銃撃戦が始まれば、取引中の鄭中佐が状況を判断し、共和国軍との銃撃戦になる。そうなると、共産軍は離れているとはいえ、異変に気づかない保証はない。

　時間は陸の逡巡を許さない。陸は即座に行動した。部隊は三つの班に分かれ、三箇所に潜んでいた。陸は伝令を送った。

　孫は倉庫街の奥に目を凝らした。闇夜にかなり目は慣れていた。人影はなかった。正直、予想が当たらないことを願っていた。鄭中佐が戻ってきて、車輛を移動させたことで叱責されることのほうが余程良いと思っていた。

　銃撃戦になれば、共産軍に気づかれる公算は大きい。共和国軍との銃撃戦よりもそちらの危険のほうが大きい。

　今回のことは、共和国軍の主導で事が進んでいる。阿片が生み出す利益に鄭中佐は狂わされている。孫は舌打ちし、心の中で中佐をなじった。

　五つ先の倉庫の脇で、影が動いた。一つか、二つか判断はつかない。予想が当たった。命令するまで決して撃つな、孫は小声で鋭く言った。

孫の目が捉えた影は、井上だった。井上は焦っていた。このまま時間だけがたてば、馬蹄銀の奪取が不可能となる。鄭たちが引き返してくるまで、時間の余裕はない。焦りが井上を立たせた。危険と思った村岡がとっさに井上の足を摑んだ。井上が倒れると同時に、銃の発射音が響いた。

拳銃音だと、孫中佐は判断した。前方の影が大きく動いた瞬間だった。ただ、どこから発射され、どこを狙ったのかわからなかった。ただ、こちらには弾は飛んでこなかったのは確かだ。

弾丸はコンクリート壁に当たった。二人はその場にへばりつくように伏せた。引きつった顔のまま、村岡は弾が飛んできた方向を探った。前方ではなかった。背後からだ。

陸中尉の耳にも発射音が入ってきた。倉庫街の裏手、八区の最北端、廃線同様になった引込線のプラットホームを移動している時だった。まずい、と陸の口から漏れた。包囲網は出来上がっていない。

しかし、拳銃音は一発だけだった。陸たちはプラットホームを走った。その足音がやけに響き渡っているようで、陸は思わず足を止めさせた。

倉庫街は深閑として闇に包まれていた。数分前、耳に押し入ってきた一発の拳銃音は、空耳だったと思う者さえいた。しかし、それはその後の出来事の序章にすぎなかった。

そこにいた一人だけが、次の幕をあける機会を待っていた。青白い闘争心は強かった。磯崎は引き金にかかる指に闘争心を集中させた。

たかだか二十歳《はたち》を少し超した若造らが修羅場を踏んできた自分に挑むことに我慢できなかった。ただ、磯崎には珍しい感情の高ぶりが、その後の行動の誤算となった。

磯崎は今回の阿片取引に作為的な匂いを感じていた。しかし、その懸念を口には出さなかった。出したところで、鄭も山村も取り合わない。二人とも阿片がもたらした欲に目が眩んでいる。

磯崎は共和国軍がどこかで尻尾を出すだろうと踏んだ。その尻尾を出した時が、若造らの寝首を掻く機会だと自分に言い聞かせた。予想は当たった。

鄭一行が、共産軍を装った共和国軍と対峙する直前、井上はプラットホームから消えていた。路地には村岡が残っている。二人は、トラックに向かう。磯崎は確信した。

磯崎は二人を追った。二台の車は移動していた。それもバリケードを構築するように停車している。孫も共和国軍の意図を察したと、磯崎は密かに笑みをこぼした。腰を屈め、通りを横切り、向かいの倉庫前で伏せた。斜め前方、三十メートルほど先だろう、二人は倉庫の土台のコンクリート壁にへばりつくようにうずくまっているはずだ。ただ、その位置は闇の幕が覆って不明だった。

磯崎は脇に吊ったホルスターから米軍の軍用コルトを抜いた。拳銃を渡された時に山村が笑いながら昨日の敵は今日の友、と言ったことが、唐突に蘇った。コルトは磯崎の手になじんでいた。

突然、影が浮き上がった。大きく動いた。それは磯崎の見当をつけた位置より、わずかに離れていた。一瞬の迷いが引き金を絞る時を遅らせた。倒した手応えはなかった。

次で仕留める、そこで撃ち損じたら、獲物を取り逃がすことになる。青白い闘争心は快感となっていた。引き金に指をかけた。銃口の先は、前方の車輌に向けられていた。磯崎は続けて二発発射した。

孫中佐は部下たちに応戦の態勢をとらせていた。二発の拳銃音が耳に響いてほぼ同時に、トラックの扉に着弾した。孫は左前方に影を認めた。敵が誰であれ、攻撃された。孫は一斉射撃を命じた。

井上と村岡は地面に張り付いたまま、身動きできなかった。井上は何が起きたか、思いあぐねていた。後方から拳銃音が続けて響いた。と、間を置かず、車輌の陰から銃口が火を吹いた。

磯崎の思惑通り、事が進んだ。孫中尉の銃火は、二人が伏せている方向に向けられた。二人は耐えられなくなり、応戦する。その時、コルトの引き金を引く。

一斉射撃後、銃声はぴたりとやんだ。静寂が戻った。井上と村岡は、伏せたままだ。計算外のことが起きた、と磯崎は思った。

孫たちは背後から三八式歩兵銃を突きつけられていた。共産軍の服装をした兵士たちだった。孫は共和国軍の偽装と気づいた。敵は前方だという思い込みが、陸中尉たちの密かな接近を許していた。自動小銃の一斉射撃が、陸たちの行動をたやすくした。

孫は陽動作戦にいとも簡単に掛かった自分を呪った。

「作戦は思い通りにいったとみえるな」

自嘲の笑いを浮かべた孫は、陸に言った。

「そうでもない。あんたらが防御態勢をとった時点で、我々の作戦は失敗したと思った」

「だが、すぐに陽動作戦に切り替えた。見事じゃないか」

「作戦なんかない。ただ、あんたらが前方にだけ注意を向けていたから、近づきやすかっただけだ」

「前方にも、兵を配置していたんだろう」

「何のことだ」

二人の会話は噛み合わないまま、孫が話を変えた。

「阿片を渡さず、銀錠を奪うための作戦か。手の込んだことをするものだ。所詮、盗人集団の仕業だな」

「欲に目が眩んで、盗人集団と取引したんだから、あんたらも同じ穴の狢だ」

「阿片はどうなった」

「阿片は共産軍の手に落ちた。我々の物でなくなった」

「話がそっちの都合の良いようになっている。遊撃戦を戦うというのも、でっちあげだということだな」

「我々盗人集団に戦う力はない。そっちが過大評価してくれたおかげで、話に信憑性が生まれた」

「そこまで口にするのか。舐められたものだ」

「たかだかの盗人集団に騙されては、国府軍の東北掌握は無理だな」

陸は鼻で笑った。

「俺たちをどうする」

「どうもしない。銀錠はトラックごといただく。悪いが車のタイヤは撃ち抜く。歩いて立ち去ってくれ。共産軍が来る前にだ。阿片はあきらめろ」

トラックのエンジン音が聞こえてきた。井上は懐中電灯の点滅を見た。予め決められていたトラックを制圧したという合図だった。

井上は半信半疑で、懐中電灯で合図の点滅を送った。懐中電灯の明かりを消すと同時に銃声がした。銃弾が小石を飛ばした。井上は狙われていると悟った。

　陸中尉は懐中電灯の点滅で、井上と村岡が戻っていることを確認した。同時に井上たちが狙われていることを知った。

　陸は孫に聞いた。

「仲間がまだ、いるのか」

「知らん」

　孫は知っていても、知らんという素振りで言ってから、何者かと考えた。鄭中佐が銃声を聞き、異変を悟って引き返すには早すぎる。それに取引の場でも争いが生じていれば、引き返すのは無理だ。

　陸は部下に一斉射撃を命じた。

　懐中電灯の点滅の意味を磯崎は悟った。悟ると共に、自分の過ちに気づいた。孫の防御態勢を崩し、思いもしなかった埋伏していた共和国軍の連中を呼び込んだのだろう。

　磯崎はコルトの引き金を引くと同時に、移動した。次の行動を頭で描いていた。

　磯崎は、銃弾が飛んでくる前に倉庫の間の通路に飛び込んだ。全力で通路を抜け、裏に回った。プラットホームを越え、引込線の線路を越えて、線路脇を走った。

　磯崎は自分の失敗を覆すために走った。トラックが倉庫街を出る前に、先回りする。

線路が終わると、荒れ地になっていた。荒れ地は緩やかな傾斜になっている。

傾斜を上ったところに有刺鉄線があるが、用をなしていない。切断された有刺鉄線をくぐって出る。トラックのくぐもったエンジン音が耳に入ってきた。

二つのトラックの影が、荒れた緩やかな下り道をのろのろと揺れてくる。磯崎はコルトを構えた。肩で息をしながら一台目の運転台を狙った。二十メートル先だった。

銃口がぶれていたが、引き金を引いた。連続して引いたが三度目は、カチと乾いた音だけだった。

磯崎は舌打ちし、弾倉を外した。残りの弾数を頭に入れていなかった、自分の焦りを呪った。予備の弾倉を装填した時間は、わずかだったが、それが磯崎の目論見を消し去った。

陸慶は任務の遂行が山場を越したことで、安堵していた。孫の機転が、作戦の失敗を予感させたが、思いがけない展開で救われた。天運が味方したのだ。

運転する部下はエンジン音に気を遣いながら、慎重にトラックを進めている。あの時、拳銃を発射したのは何者か、と思ったとき、トラックの前方に影が立った。孫は伏せろ、と叫んだ。拳銃の発射音が二発続いた。トラックが止まった。部下はハンドルに顔を伏せていた。発射音は続かなかった。

陸はとっさにライトを点けた。拳銃を向けていた男は突然の明かりで目眩ましにあったようだ。陸は助手席から外に転げ落ちた。

井上と村岡は、倉庫街で起きた一連の出来事が理解できないまま、押し黙って荷台に座っていた。二人の兵士は、歩兵銃を構えたまま、後ろの幌を上げ、後方を監視していた。

突然の銃声と共に、トラックがガクンと止まった。二人の兵士が飛び降りた。井上、村岡が続いた。二台目のトラックからも兵士たちが飛び降り、散開し伏せた。

「蔡がやられた」

陸が絞り出すように言った。

「敵は」

井上がうわずった声で言った。

「お前たちを狙った奴に違いない。銃の扱いに手慣れている」

陸は部下たちにトラックの下に潜り込めと、指で指示した。

磯崎は突然のライトの明かりで一瞬、目標を失った。助手席に狙いを定めたときは、影が外に転げ落ちた後だった。磯崎は二つのライトを撃ち、明かりを消した。

磯崎は有刺鉄線のなかに戻った。緩やかな斜面を横切って、二台のトラックの背後に回ろうとした。

発射音と共に、闇が一瞬に戻ってきた。

「タイヤを狙ってくる」

陸が呟いた。

「中尉、トラックを動かしてくれ。俺は残って奴を食い止める。村岡、お前は中尉と一緒に行け」

井上が叫んだ。

「俺も残る。一人では殺られる」

「村岡、言っただろう。お前の役目は馬蹄銀を資金に換えて、開拓団に持っていくことだ。その金《かね》で開拓団の安全を図れ。中尉、後ろに付かれる前に、早く出してくれ」

井上の手に九四式が握られていた。頼んだぞ、井上が笑って言った。死ぬつもりだ、村岡は思った。

陸が叫んだ。

「善、お前は残れ。歩兵銃では役に立たん」

陸は部下の朱善に命じると、手にしていたモーゼル銃を渡した。

陸は蔡の遺体を助手席に移すと、エンジンをかけた。

二台のトラックが再び、動き出した。兵士たちがトラックに身を隠すようにして進んだ。磯崎は移動したことを悔いた。銃撃戦の不利は承知のうえで、前方でトラックを食い止めるべきだった。位置取りを優位にしようとしたことが、攻撃の機会を逃した。

それでも、タイヤに向けて、続けざまに撃った。手応えはあった。だが、二台のトラックはそのまま、のろのろと動いていく。

片足を引きずるようなトラックの動きだった。磯崎は体を起こして銃を構え直した。次の銃撃で止める自信があった。

その時、銃声が届いた。同時に、前面の小石がはねた。磯崎は斜面を後ずさりして、次の銃撃を避けた。

残った者がいる。井上の顔が浮かんだ。トラックは兵が乗り込むと速度をあげ、緩やかな下りを南に向かった。松花江に向かうつもりだ、磯崎は思った。しかし、トラックの行方はどうでもよかった。磯崎は眼前の獲物を倒すことを選択した。残忍な笑みがこぼれた。

有刺鉄線の内側に影を見た。井上は九四式拳銃の引き金を引いた。朱のモーゼル銃が火を吹いたのが、一瞬早かった。影が有刺鉄線の向こうの斜面に引っ込んだ。

朱は、上手から有刺鉄線の向こうに回る、銃撃が始まったら、斜面まで出て援護しろと井上に指示した。

しかし、行動に移ろうとしたとき、突然、光を正面から浴びた。朱はとっさに井上の手をとると、光の輪から逃れ、モーゼル銃を連射した。ライトが消えると同時に、セダンは止まった。運転する孫中尉の額は射貫かれていた。

朱は、走れ、と鋭く言うと、傳家甸に続く荒れ地を走った。

セダンの前照灯に浮かび上がった二人を磯崎は見た。銃声の後、セダンが止まった。磯崎は孫の安否を気遣う気はなかった。二つの影が傳家甸の家並みに走り込もうとしている。大柄の影が先を行き、小柄な影が後に続く。やはり、井上だ。磯崎は口元を歪めた。

二人を追った。コルトを構えた。二十メートル先、自信はあった。しかし、その自信は相手の動きまでは読んでいなかった。

朱が振り向きざまに、井上の腰に手をかけ、共に地面に伏せた。雑草がまばらに茂る窪地だった。窪地に伏せると、間を置かず、影に向かって銃を連射した。

磯崎は地面に伏せた。銃弾が耳元の空気を切り裂いた。二人が窪地に転がり込んだ。その先に、傳家甸の家並みがある。そのまま、後ずさりして、貧民窟の路地に入り込むつもりだ。

磯崎は一か八かの行動に出た。兵士の銃の弾倉に残っているのは、せいぜい一発、井上が銃を発射しても当たる確率は少ない。勝算はこちらにある。

決断は早かった。磯崎は走った。窪地を背後から突こうと回り込んだ。走りながらコルトを連射し、撃ち尽くした。予備の弾倉を差し込んだ。

朱は敵が背後に回ろうとしていることを悟った。走る影に向かって引き金を引いた。相手の足が止まった。ゆっくり膝をついた。朱は続いて引き金を絞った。撃鉄の乾いた音がした。予備の弾倉はなかった。

磯崎は右肩に衝撃を感じた。弾は貫通したと、とっさに判断した。急激な痛みをこらえ、立ち上がり、銃を連射しながら再び走った。

朱の左太ももに衝撃が走った。朱は倒れた。意識ははっきりしていた。

井上は九四式の銃把を左手で支え、走ってくる影を狙った。引き金を絞った。影が倒れた。同時に、井上の右胸に衝撃が走った。

痛みを感じたのはかなり後のような気がした。その後のことは断片的にしか井上の意識に上がってこなかった。

影が起き上がった。その手にコルトはなかった。

磯崎の血走った眼が井上の顔に近づいた。井上は九四式の銃把を握り直そうとした。そこに拳銃はなかった。井上は手で探った。さらに近づいた眼に残忍な笑いが浮かんでいた。

額に何かを押しつけられた。九四式の銃口。石川部隊長の顔が、急に浮かんだ。耳元で鈍い音がした。磯崎の身体が崩れるように伸し掛かってきた。自分を呼びかける朱の顔があった。井上の意識が遠のいた。

気がつくと、背負われていた。撃たれたのは確かだ。頭だったら気づくことはない。腹だったら厄介なことになる。胸か、再び意識が薄れ、二度と戻らないと感じた。川の流れが唐突に耳に入ってきた。天竜川の瀬を洗う水音、まさか、意識が遠のく。

大柄な朱善は、井上を軽々と背負っていた。朱は左足を引きずっていた。太股に血止めの布がきつく縛られていた。低い軒が密集する一画を朱は、迷うことなく進み、傳家甸の闇に消えた。

襲撃を逃れた二台のトラックは、傳家甸の東の端を南下し、松花江に出た。そこから松花江に沿って東進し、小さな桟橋にトラックをつけた。

桟橋には小型船が待機していた。兵士たちは陸慶の指示で黙々と馬蹄銀の大半を積み替えた。陸慶と兵士十数名は小型船に乗り、松花江の闇に消えた。

残りの銀錠五十個は、三つの麻袋に詰められた。一台のトラックに村岡と兵士三名が乗った。兵士たちは共産軍の軍服を脱ぎ捨て、苦力姿になっていた。もう一台は松花江に沈められた。

村岡たちは松花江沿いをさらに東進し、傳家甸の東端に出ると、このトラックも松花江に沈めた。

麻袋を背負った兵士たちは傳家甸の闇夜の路地から路地へ、躊躇することなく歩いた。着いたところは陽春楼の裏庭だった。揚天生が出迎えた。

　翌朝、揚は井上が帰るまで待つという村岡を、哈爾浜にいればここは毎日でも来られると説得し、新香房の収容所に帰らせた。

十二　祖国への帰還　そして未来へ

十日近く不明だった村岡が収容所にひょっこり戻ってきた。驚いた表情の市野に、原口の資産が中国人に管理されており、すぐにでも使えると伝えた。

市野は死ぬ間際の原口から、資産を、信用できる中国人に管理させていることを聞いていた。期待はずれになるやもしれんが、その資産が届いたら、団員全員の住まいを市中で確保し、収容所を出ろ、それが市野の団長としての最初の仕事だ、と笑って言った。

村岡は阿片に関わる一連の話は一切しなかった。ただ、原口の資産を現金にすることが困難だったと言った。それ以上の話は、資産を管理していた中国人に迷惑をかけるとだけしか言わなかった。市野は原口が、資産と言っても褒められるものではないが、と笑いながら言ったことをよく覚えていた。

二人の行動は、危険が伴うものだったということを理解し、村岡の話を了解した。井上の消息についても、多くは聞かなかった。井上の命が引き換えになると言った原口の言葉が現実になったと、市野は確信した。

清家屯の開拓団員が収容所を出て、地段街にある、戦前は日本人専用だった煉瓦造りの三階建てのアパート一棟に移ったのはそれから数日後だった。楊天生の手配だった。

開拓団で必要とする金は、その都度、村岡が陽春楼に受け取りに行った。そのほうが安心で、都合がいいと判断し、村岡が楊に頼んだ。日本人が日本に持って帰れる財産はないに等しいものだと知らされていたからだ。

開拓団員たちには、原口団長の資産が井上、村岡の力によって団に届いた、それは団のために使ってもよいという団長の遺言で、使わせてもらうと市野が告げた。帰らなかった井上は、そのために犠牲になったと誰もが思った。

村岡は、井上が半ば口から出任せだと言った開拓民帰還事業会のことが気にかかっていた。そのことを楊に話し、何かできないかと相談した。楊は哈爾浜日本人会が細々ながら支援活動を続けているから、そのテコ入れならできると言った。

数日後、一人の小柄な中国人が、哈爾浜日本人会の事務所を訪れた。中国人によると、かつて日本人から恩義を受けたある中国人富豪が、共産党統治から逃れるように資産のほとんどを哈爾浜に残したまま、急ぎ上海に移った。逃れるにあたって、その資産を開拓民救済のために使用するよう頼んだ。食糧、衣類、日用品の諸々を現物で届けるから、手配をしてほしいという依頼だった。ただ、共産党にそれが伝わると、即刻財産は没収される、秘密裡に進めてほしいと、くどく言った。陽春楼に運び込まれた馬蹄銀の残りすべてがそれに使われた。

八月末、邦人引揚港となった遼東湾の付け根にある胡蘆島の岸壁は、こぼれ落ちるほど人の波が続いた。夏の日差しと人いきれで、満洲の夏とは思えない暑さが、人々を包む。不平も、不満も口にする者はいない。その表情は喜びに満ちていた。それは明日をもしれぬ病に侵されている者も例外ではなかった。

この日、人々は整然と並び、何時間も待った。待つ、苦痛はなかった。この日のために、地獄から這い上がって来た道のりに要した時間に比べれば、この数時間は休息に等しい時間だ。いや、そもそも待っているという気持ちはなかった。自分たちは、向かっているのだ。祖国、日本へ。

目の前の灰色の巨大な鉄の函は、人々を生きるために運んでくれる希望の函だ。それは棺桶ではない、と人々は見上げながら、何度も確認した。そして、確認しながら、その鉄の巨大な函、アメリカ海軍の揚陸艦の急なタラップを上がった。その思いに水を差すように雨が降ってきた。しかし、そこにいた誰もが、その雨を祝福の雨と感じていた。

　喜びが渦を巻くように船倉に舞い降りてきたのは、揚陸艦が岸壁を離れた時だった。甲板から伝わってきたその喜びの波動は、あっという間に、船倉に伝わってきた。

　広い船倉は人で埋まっていた。誰の表情もここ数年、お互い見たこともない屈託のない晴れやかなものだった。

　しかし、一人一人の表情を眺め渡していくと、喜びが突然、消滅したような表情の持ち主に出会う。それはうつむいたまま顔を上げもしない若い婦人、呆けたように高い鉄板の天井を見上げる中年の夫婦、痩せこけた女の子が寄り添い眠り、その寝顔を見つめる老人だった。彼らは、今、離れようとする満洲の地で失った家族、置き去りにしてきた幼子を思う痛みに耐えていた。多くの命を救うための犠牲的決断だったと他人は慰めるが、それに心を寄せることはできない。自分の、今ここにある命と引き換えにした罪悪感、自責の念が止まることなく襲ってくる。決して癒やされない、果てることのない痛みだった。

　村岡雄一は船倉の壁にもたれ、見るともなしに人々の表情に目をやっていた。ここひと月余、あの夜の光景は、村岡の脳裏から離れなかった。満洲から離れようとする今、過去のことと引き剝がすことはできると思っても、そうしなかった。

「村岡、満洲と別れてこい。二度と来られないが、今日まで生き永らえた土地だ。別れぐらいしろ」

井上の声だと思った。

「村岡、いつまでも呆けとるな。井上のことはあきらめろ。お前のせいではないぞ。そうなる井上の定めだ。しっかりしろ」

声の主に焦点を定めた。市野だった。晴れやかな、とは言えなかったが、安堵した市野の表情が村岡の目に映った。原口の後を継ぎ、開拓団をここまで引っ張ってきた責任の重さが半減したような表情だった。

村岡は市野の表情に押されるように、甲板への長い階段をのろのろと上った。甲板は人で埋まっていた。乗船するときに降っていた雨は上がっていた。港の上空は青空が広がっていた。人々の視線は一様に、埠頭の彼方遠く、雨雲が厚くかかる山々の連なりに向けられていた。稲妻が一筋、二筋、走った。しばらくして、微かに雷鳴が届いた。虹が大きく弧を描いていた。

マンジュグルンの虹。この大地に一歩を踏み出したときにも出会った。その時、仰ぎ見た色鮮やかで雄大な虹、それはこの大地と自分を繋ぐ希望の架け橋だった。しかし、それは偽りであり、勝手な思い込みだった。

揚陸艦が岸壁を離れるとき起きたどよめきは、今は静まり、人々は一人一人の思いにとらわれていた。

ある者は彼方の大地に思いを馳せ、頬を伝う涙を拭おうとしない。ある者は叫びたい気持ちを抑え、拳をぐっと、握る。顔を覆い、すすり泣く者。無言でいつまでも手を振り続ける者。速度をあげた揚陸艦がたてた航跡をたどっている者。村岡は、次第に薄れゆくマンジュグルンの虹を見続けた。

昭和二十一年九月三日、午後一時。

気持ちの高ぶりは声にならず心に沁み渡り、知らない者が居合わせていたら、誰もが不機嫌な顔だと思うかもしれない。甲板に立つ者は、緩やかな稜線の濃い緑の山々を前に、安堵の思いが心の底にゆっくりと広がっていくのを心置きなく感じていた。

アメリカ海軍の揚陸艦は福岡の山並みを右手に見ながら博多湾に入った。

揚陸艦が描く波頭は、初秋の強い日差しに白く輝いていた。その航跡の先は、粟粒のような泡となって満洲に繋がる。村岡は他愛なく思った。井上の顔が、原口団長の顔が、趙、馬の顔が、満洲で出会った顔が、揚陸艦の航跡の白く輝く波頭に消えていった。

「いよいよだな」市野が決意を込めて言った。

村岡はその一言を理解した。祖国に戻った安堵感をすぐにも遠ざけ、この国で再び生きることを確かめる一言、未来への決意だった。

＊本作中には、現在からすると差別表現、差別的表現と取られかねない箇所があります。しかし、これは作品の時代背景をより明確に伝えるためで、作者に差別、差別を助長する意図はないことをお断りします。読者の皆様のご理解をお願いいたします。

またこの作品はフィクションで登場人物はすべて仮名です。もし現実に一致する場合でも一切関係ありません。

著者プロフィール

土屋 伸（つちや しん）

1946年生まれ
愛知県在住
早稲田大学第二文学部・立命館大学文学部卒業
公立小・中学校・私立高校の教職に就く

著書
『老耄《ろうもう》の謀叛《むほん》　蘭亭序草稿異聞』（2021年、文芸社）

断層の昭和 偽りの沃野

2022年７月15日　初版第１刷発行

著　者　土屋 伸
発行者　瓜谷 綱延
発行所　株式会社文芸社
〒160-0022　東京都新宿区新宿１－10－１
電話　03-5369-3060（代表）
03-5369-2299（販売）

印刷所　株式会社暁印刷

Ⓒ TSUCHIYA Shin 2022 Printed in Japan
乱丁本・落丁本はお手数ですが小社販売部宛にお送りください。

送料小社負担にてお取り替えいたします。

本書の一部、あるいは全部を無断で複写・複製・転載・放映、データ配信することは、法律で認められた場合を除き、著作権の侵害となります。

ISBN978-4-286-23281-2